*Ирландия – одно из моих любимейших мест,
как в реальной жизни, так и в творчестве.
Это страна бесконечных полей и живописных утесов,
от одного взгляда на которые захватывает дух.
Это страна мифов и легенд, страна магии.
В «Драгоценностях солнца» я использовала некоторые
из мифов и создала свою легенду.*

*Я хочу познакомить вас с Галлахерами: Эйданом,
Шоном и их сестрой Дарси. Они живут в Ардморе,
приморской деревушке в графстве Уотерфорд, и управ-
ляют местным пабом. Неподалеку от деревни стоит в
цветущем саду маленький коттедж, куда в поисках себя и
своих корней приезжает одинокая молодая американка.*

*Правда, жить здесь уединенно ей не суждено. В доме
обитает еще одна женщина, и эта женщина – призрак.
Не без помощи потусторонних сил
Эйдан Галлахер из Ардмора и Джуд Фрэнсис Мюррей
из Чикаго обретут себя и друг друга и сделают первый
шаг к разрушению трехсотлетнего заклятия.*

*Добро пожаловать в Ирландию!
Откройте двери паба Галлахеров, где горит огонь
в очаге и застыли в ожидании пивные кружки.
У меня есть для вас волшебная история любви.*

*С уважением,
Нора Робертс*

NORA ROBERTS

Gallaghers of Ardmore Trilogy
Трилогия о Галлахерах из Ардмора

Драгоценности солнца
Слезы луны
Сердце океана

ROYAL BOROUGH OF GREENWICH

Follow us on twitter @greenwichlibs

Please return by the last date shown

18 SEP 2015

2 1 JUN 2017   WO-05/23

9. 07. 17.

0 1 AUG 2017

1 3 DEC 2021   WITHDRAWN

2 7 AUG 2022

2022

1 1 NOV 2023

Thank you! To renew, please contact any
Royal Greenwich library or renew online at
www.better.org.uk/greenwichlibraries

НОРА РОБЕРТС

Драгоценности солнца

ЭКСМО

Москва

УДК 82(1-87)
ББК 84(7США)
   Р 58

Nora Roberts
JEWELS OF THE SUN

Перевод с английского *И. Файнштейн*

Оформление серии художника *Е. Савченко*

Дизайн переплета художника *В. Щербакова*

Робертс Н.

Р 58   Драгоценности солнца / Нора Робертс ; [пер. с
англ. И. Л. Файнштейн]. — М. : Эксмо, 2013. — 352 с. —
(Нора Робертс. Мировой мега-бестселлер).

ISBN 978-5-699-58829-9

После развода психолог Джуд Мюррей замкнулась в себе и
втайне мечтает сбежать на край света. Потерянная и несчастная,
она уезжает из Америки в Ирландию на родину своих предков. Но
долго страдать ей не приходится! Владелец местного паба Эйдан
Галлахер нарушает одиночество Джуд. Теперь-то главное — перестать анализировать свои поступки и потерять голову...

УДК 82(1-87)
ББК 84(7США)

ISBN 978-5-699-58829-9

Рут Райан Ланган посвящается

О дитя, иди скорей
В край озер и камышей
За прекрасной феей вслед,
Ибо в мире столько горя,
что другой дороги нет[1].

У. Б. Йитс

1

на сошла с ума! Никаких сомнений, она определенно сошла с ума.

Кому это знать, как не ей самой, дипломированному психологу?

Вот, пожалуйста, налицо все симптомы. И появились они не сегодня. Она чувствует признаки надвигающегося безумия уже несколько месяцев. Раздражительность, вспыльчивость, забывчивость, апатия, витание в облаках, полная потеря интереса к жизни.

Родители, разумеется, все замечали, но высказывались, как обычно, очень мягко, мол, соберись, Джуд, ты же умница, ты все сможешь. Окружающие косились на нее с тихой жалостью или с недоумением. Она же тихо ненавидела и работу, и студентов, а в друзьях, родных, коллегах и начальстве выискивала и находила десятки недостатков, на которые прежде и внимания не обратила бы.

Открывая по утрам глаза, она с ужасом представляла себе новый день. Усилия, необходимые для того, чтобы выползти из постели и одеться, приобретали масштабы восхождения на высокую гору. Хуже того, ей было неинтересно даже смотреть на эту гору, не говоря уж о том, чтобы карабкаться на нее.

---

[1] Перевод Григория Кружкова.

А еще необдуманные, импульсивные поступки. О, да, это стало последней каплей. Здравомыслящая Джуд Фрэнсис Мюррей, одна из самых крепких ветвей семейного древа чикагских Мюрреев, благоразумная и любящая дочь профессоров Линды Мюррей и Джона К. Мюррея, бросила работу!

Да, да! Бросила! Не взяла творческий отпуск или пару недель на отдых, а бросила работу прямо посреди учебного семестра.

Почему? Она понятия не имела, почему.

Для нее это было таким же необъяснимым потрясением, как для декана, коллег, родителей.

Чувствовала ли она что-либо подобное, когда два года назад рухнул ее брак? Нет. Она жила привычной жизнью: готовилась к лекциям, занималась со студентами, делала все необходимое без единой заминки, ни разу не дрогнула, даже когда встречалась с адвокатами и заполняла документы, символизирующие бесславный конец брачного союза.

Правда, вряд ли это был какой-то необыкновенный союз или так уж трудно было общаться с адвокатами, чтобы юридически разорвать его. Брак, длившийся чуть меньше восьми месяцев, не породил запутанных проблем. Или любви.

Любовь, вот чего нам не хватало, думала Джуд. Если бы я любила Уильяма, он не ушел бы к другой женщине, едва завяли цветы в моем свадебном букете. Но поздно и бессмысленно предаваться грустным мыслям. Я такая, какая есть. Или была. Один Бог знает, какая я сейчас.

Так что же все-таки произошло? Может, она просто посмотрела вниз с высокого утеса, увидела бескрайнее темное море однообразия и скуки по имени Джуд Мюррей и, отпрянув, в ужасе помчалась прочь.

Что, впрочем, тоже на нее совершенно не похоже.

От всех этих размышлений ее сердце бешено забилось. Не хватало еще в довершение всех несчастий скончаться от сердечного приступа. Перед мысленным взором Джуд предстал газетный заголовок:

ПРЕПОДАВАТЕЛЬ УНИВЕРСИТЕТА ИЗ АМЕРИКИ НАЙДЕНА МЕРТВОЙ В АРЕНДОВАННОМ «ВОЛЬВО»

Странный получился бы некролог. Может, он даже попал бы в «Айриш Таймс», любимую бабушкину газету. Родители, естественно, были бы шокированы. Какая недопустимая публичная смерть!

Разумеется, они были бы убиты горем, но более всего озадачены. О чем думала их девочка? Как она могла сбежать в Ирландию от успешной карьеры и прелестной квартиры в кооперативном доме на берегу озера?

Они возложили бы вину на бабушку и, пожалуй, были бы правы. Они были правы с того самого момента, как благоразумно зачали свою дочь ровно через год после свадьбы.

Хотя Джуд вовсе не хотелось представлять интимную сторону жизни своих родителей, она не сомневалась, что их физическая любовь была такой же безупречно элегантной, как идеально поставленные классические балеты, которые они оба обожали.

Господи, как же она докатилась до того, что сидит во взятом напрокат «Вольво» с рулем с идиотской неправильной стороны и думает о сексе собственных родителей?

Глупый вопрос. Такие приходят в голову, когда сходишь с ума.

Джуд закрыла глаза, сжала пальцами веки и не отпускала, пока не избавилась от наваждения. Затем она сделала глубокий вдох, выдохнула, снова глубоко вдохнула. Кислород непременно прочистит и успокоит растревоженный мозг.

Итак, она еще может вытащить чемоданы из багажника, вернуться в здание аэропорта, отдать ключи от «Вольво» ярко-рыжей, с улыбкой до ушей, девице из пункта проката автомобилей и первым же рейсом улететь домой.

Разумеется, у нее больше нет работы, но зато — спасибо, боже, за маленькие радости — накопился приличный портфель ценных бумаг, на который какое-то время можно прожить. Ах да! Жилья тоже нет, поскольку она сдала свою квартиру очень милой супружеской паре. На шесть месяцев. Но ведь можно пока пожить у бабушки.

И бабушка будет разочарованно смотреть на внучку выцветшими, но все еще прекрасными голубыми глазами. *Джуд, дорогая, в своих сердечных желаниях ты всегда останавливаешься у самого края. Почему ты никогда не можешь сделать последний шаг?*

— Я не знаю, не знаю! — воскликнула Джуд, в отчаянии закрывая лицо руками и покачиваясь взад-вперед. — Это ты предложила приехать сюда. Это была твоя идея, не моя. Что я буду делать в коттедже на Эльфийском холме целых шесть месяцев? Я даже не знаю, как управлять этой чертовой машиной.

Джуд всхлипнула, чувствуя приближение истерики. Рыдания теснили горло, звенели в ушах, но прежде чем выкатились первые слезы, она вскинула голову, крепко зажмурила глаза и обругала себя последними словами. Слезливость, истеричность, злость и прочие неконтролируемые состояния — результат рвущихся наружу бессознательных или подавляемых желаний и побуждений. Ее воспитания и образования вполне хватает, чтобы понимать это, а значит, она может сопротивляться.

— Давай, Джуд, жалкая идиотка, делай следующий шаг. Хватит разговаривать с самой собой и реветь в арендованной машине. Хватит топтаться на месте. Долой нерешительность! Включай зажигание и вперед. — Джуд судорожно вздохнула, расправила плечи. — Но есть и другой вариант, — пробормотала она. — Закончить то, что начала.

Джуд повернула ключ в замке зажигания, произнесла короткую молитву — Боже, не дай мне убить или покалечить кого-нибудь и себя в том числе — и осторожно вывела машину с парковки.

Она пела. Пела все, что выхватывал из памяти ее взбудораженный мозг. Пела, чтобы не взвизгивать каждый раз, как приближалась к очередному участку шоссе с круговым движением, который ирландцы называли не так, как она привыкла в Америке. Джуд мгновенно забывала, где лево, где право, и в ужасе представляла, как врезается в ни в чем не повинных пешеходов.

За недолгий путь от Дублина до графства Уотерфорд она успела не столько напеть, сколько проорать все популярные мелодии, которые смогла вспомнить, и несколько ирландских застольных песен, а в узком выезде из городка Карлоу провизжать припев последнего хита так громко, что содрогнулся бы сам Мик Джаггер.

В конце концов все как-то обошлось. Вероятно, боги дорог, оглохнув от производимого Джуд шума, отступили и перестали швырять другие машины навстречу ее многострадальному «Вольво». А может, за нее вступилась Пресвятая Дева Мария, фигура которой в маленьких часовнях встречалась вдоль дорог. Как бы то ни было, Джуд немного успокоилась и даже почти наслаждалась путешествием.

По обе стороны шоссе, мерцая в солнечных лучах, как раскрывшиеся жемчужные раковины, перекатывались и растворялись в тени далеких гор волны зеленых холмов. Серебристое небо на горизонте было подернуто дымкой. Казалось, увидеть такую перламутровую прозрачность воздуха можно лишь на полотнах гениального художника, но никак не в реальной жизни. А если долго разглядывать их, то, наверное, можно соскользнуть в волшебный мир, созданный воображением гения.

Правда, все это Джуд видела, если осмеливалась оторвать от дороги напряженный взгляд, и тогда сердце щемило от поразительной красоты пейзажа, а душевная боль, как ни странно, ослабевала.

Неправдоподобную зелень полей рассекали осыпающиеся каменные ограды и живые стены низкорослых деревьев. В загонах лениво щипали траву пятнистые коровы и длинношерстные овцы, на полях тарахтели трактора. По лоскутному зеленому ковру были разбросаны бело-кремовые домики, во дворах хлопало на ветру белье, буйно и беспорядочно цвели пышные яркие цветы.

Вдруг за поворотом изумительно и необъяснимо возникли на фоне ослепительных полей и небес руины древнего аббатства, величественные даже в запустении и будто терпеливо ожидающие момента возрождения.

«Что бы я почувствовала, если бы прошла по этому полю и поднялась по гладким, скользким ступеням, сохранившимся среди развалин? — подумала Джуд. — Можно ли ощутить следы сотен ног, в течение столетий топтавших эти ступени? Можно ли, как уверяла бабуля, услышать — если хорошенько прислушаться — музыку, голоса, эхо далеких сражений, рыдания женщин и смех детей, давно умерших и затерявшихся в глубине веков?»

Разумеется, ни во что такое Джуд не верила. Однако здесь, в этом волшебном свете, в этом волшебном воздухе невозможное казалось возможным. Эта земля предлагала все — от былого величия до чарующей простоты: соломенные крыши, каменные кресты, средневековые замки, деревушки с узкими улочками и вывесками на гэльском языке.

По обочине, поросшей высокой травой, мимо таблички, предупреждающей о возможных осыпях, брел старик с собакой. И на старике, и на собаке были забавные коричневые шапочки. Джуд долго хранила в памяти эту картинку, завидуя свободе парочки и безыскусности их жизни.

Она представляла, как они гуляют целыми днями в любую погоду, затем возвращаются домой в уютный маленький домик под соломенной крышей посреди ухоженного сада. Старик пьет чай у камина или, вернее, очага, а собака — хотя у нее есть конура — сворачивается у ног хозяина.

Джуд тоже захотелось гулять с преданным псом по этим полям. Просто идти и идти, пока от усталости не загудят ноги. Тогда она опустилась бы на землю и сидела бы, пока не надоест. Потрясающе! Делать по-своему все, что хочешь и когда хочешь.

Никогда еще в жизни не было такой естественной, каждодневной свободы, и Джуд испугалась, что, обретя ее, не сможет удержать.

В графстве Уотерфорд серая лента шоссе вилась вдоль побережья, и теперь Джуд видела море — атласно-синее у горизонта и серо-зеленое с белой бурлящей каймой у широкого песчаного берега.

Напряжение, сковывавшее ее плечи, потихоньку исчезало, пальцы, вцепившиеся в руль, расслаблялись. Ей раскрывалась та Ирландия, о которой рассказывала бабушка, ее краски, ее драматическая судьба, ее покой. И Джуд, кажется, поняла, почему наконец приехала посмотреть места, где жили ее предки до того, как оторвались от родной земли и обосновались по другую сторону Атлантики.

Теперь она даже была рада, что не вернулась в аэропорт и не удрала обратно в Чикаго. Разве не одержала она первую победу? Не преодолела большую часть пути — целых три с половиной часа — без единого происшествия? Глупо же считать происшествием маленькую ошибку на кольцевой развязке в Уотерфорд-сити, по которой она проехала трижды и чуть не врезалась в автомобиль с туристами, такими же перепуганными, как она сама.

Но ведь в конце концов никто не пострадал!

Она уже почти приехала. Во всяком случае, это подтверждали указатели с названием Ардмор. Бабуля нарисовала очень подробную карту, и Ардмор был ближайшей к коттеджу деревушкой, где можно купить продукты и все, что понадобится.

Разумеется, бабушка снабдила внучку впечатляющим списком имен людей, которых она должна найти, и дальних родственников, с которыми она должна познакомиться, но это, решила Джуд, вполне может подождать.

В ближайшем будущем она не собиралась ни с кем знакомиться. Подумать только — никаких разговоров несколько дней подряд! Никто не задает вопросов, никто не ждет ответов. Никаких факультетских торжественных сборищ и, следовательно, никаких светских бесед. Никакого расписания, которого надо неукоснительно придерживаться.

Одно мгновение блаженного удовольствия, и Джуд охватила паника. Что же тогда, ради всего святого, делать целых шесть месяцев?

Необязательно жить здесь все шесть месяцев, напомнила она себе, пытаясь успокоиться. Ее не арестуют на пограничном контроле, если она отправится домой через шесть недель. Или через шесть дней. И даже через шесть часов, если уж на то пошло.

Как психолог, она прекрасно знает: ее самая большая проблема заключается в том, что она всю жизнь пытается оправдывать ожидания — и чужие, и свои собственные. И, хотя жизнь показала, что в теориях она гораздо сильнее, чем в практике, пора наконец измениться: начать потихоньку и не отступать от задуманного, сколько бы она ни прожила в Ирландии.

Эти размышления вернули спокойствие Джуд. Она включила радио, изумленно округлила глаза, услышав поток гэльской речи, и стала судорожно тыкать кнопки, надеясь найти хоть что-нибудь по-английски. Увлекшись этим занятием, она пропустила указатель на Тауэр-хилл к своему коттеджу и свернула к Ардмору.

К тому времени, как Джуд заметила свою ошибку, разверзлись затянувшиеся низкими тучами небеса, будто гигантская рука воткнула нож прямо в их сердце. Дождь забарабанил по крыше автомобиля и сплошным потоком обрушился на ветровое стекло прежде, чем Джуд поняла, как в этом чертовом «Вольво» включаются «дворники».

Решив переждать потоп, Джуд свернула на обочину, заглушила двигатель, уставилась в залитое водой стекло.

Деревушка примостилась на небольшом выступе суши между Кельтским морем и Ардморской бухтой. За бодрым шуршанием «дворников» отчетливо слышались угрожающие завывания ветра и гневный грохот прибоя. Буря разбушевалась не на шутку, проникая в самые укромные уголки.

Джуд не раз мысленно бродила по берегу, знакомому по рассказам бабушки, взбиралась на живописные утесы, неспешно гуляла по деревушке, разглядывая хорошенькие домики, заходила в прокуренные, набитые людьми пабы. В ее воображении по залитым солнцем улочкам молодые женщины катили коляски с пухлыми румяными младенцами, мужчины с озорными искрами в глазах, заигрывая, шутливо салютовали ей, прикасаясь к шапкам кончиками пальцев.

Вот именно! По залитым солнцем! Она и представить себе не могла такой внезапный, такой яростный шторм с таким диким ветром, мечущимся по безлюдным улочкам. Может, здесь вообще никто не живет. Может, это деревушка Бригадун из старого американского фильма того же названия, которая появляется раз в сто лет на один день? В фильме именно в этот день в нее попадают двое заблудившихся американцев, вот и Джуд заплутала в другом столетии.

«Еще одна моя проблема — слишком богатое воображение, разыгрывающееся с гнетущей регулярностью», — напомнила себе Джуд.

Естественно, здесь живут люди, просто им хватило ума спрятаться от ливня. А домики такие же хорошенькие, как мысленно она и представляла, похожи на дам с брошенными к их ногам цветами. Правда, сейчас этим цветам приходится несладко, уж слишком безжалостно теребят их дождь и ветер.

Какой смысл ждать, когда вернется солнечный день ее грез? Она устала, у нее болит голова, и хочется как можно скорее спрятаться где угодно, лишь бы было тепло и уютно.

Джуд включила двигатель и под непрекращающимся ливнем медленно тронулась с места, боясь снова пропустить нужный поворот.

Она не сознавала, что едет по неправильной стороне дороги, пока чуть лоб в лоб не столкнулась со встречной машиной, или, точнее, пока встречная машина не успела резко вильнуть в сторону, разразившись возмущенными гудками.

В конце концов Джуд все же нашла нужный поворот, который благодаря венчавшей холм остроконечной, круглой башне даже сквозь пелену дождя трудно было не заметить. Эта башня, как безмолвный часовой, охраняла древний, с обрушившейся крышей собор Святого Деклана и могилы, отмеченные покосившимися каменными надгробьями.

На мгновение Джуд привиделся там мужчина, одетый во что-то, поблескивавшее тусклым серебром. Она напряглась, чтобы рассмотреть его получше, и чуть не съехала со скользкой размытой дороге, если, конечно, это месиво можно было назвать дорогой. На этот раз Джуд так распсиховалась, что даже не подумала запеть. Сердце колотилось слишком сильно, руки, сжимавшие руль, дрожали. Она пыталась разглядеть странного прохожего, понять, что он делает, но не видела ничего, кроме башни, величественных руин и надгробий.

Разумеется, там никого и быть не могло. Кто стал бы бродить по кладбищу в такую жуткую бурю! Просто уставшие глаза сыграли с ней злую шутку. Нужно немедленно найти убежище, теплое и сухое, и перевести дух.

Когда дорога сузилась до едва различимой слякотной тропы, окаймленной с обеих сторон живыми изгородями высотой в человеческий рост, Джуд решила, что безнадежно заблудилась. Она медленно двигалась вперед, надеясь найти местечко для разворота. Автомобиль дергался и, натужно пыхтя, переваливался через торчащие из земли корни.

Вожделенный приют можно найти в деревне, думала Джуд. Наверняка кто-нибудь сжалится над безмозглой американкой, которая не в состоянии добраться до собственного дома.

Сбоку возникла невысокая каменная стена, заросшая колючими кустами — в любое другое время

Джуд нашла бы ее живописной, — затем в узком просвете мелькнуло что-то, отдаленно напоминающее проезд, но Джуд поняла это слишком поздно и побоялась дать задний ход и маневрировать в грязи.

Дорожка, теперь изобилующая не только корнями, но и рытвинами, пошла в гору. Нервы Джуд были на пределе, зубы громко стучали, она почти решилась остановиться и ждать, пока кто-нибудь, сжалившись над ней, не дотянет ее машину до Дублина, когда заметила еще один просвет в каменной стене, и издала стон облегчения. Джуд свернула, оставив на камне часть краски, выключила двигатель, опустила голову и прижалась лбом к рулю.

Она заблудилась, проголодалась, устала, и ей отчаянно хотелось пописать. Теперь предстояло выбраться из машины под проливной дождь и постучать в чужую дверь. Если хозяева скажут, что ее коттедж находится более чем в трех минутах езды, придется проситься в туалет.

Ну, ирландцы славятся своим гостеприимством, так что вряд ли тот, кто откроет ей дверь, отправит ее облегчаться под деревьями. И все же ей не хотелось предстать перед хозяевами коттеджа совсем уж отчаявшейся идиоткой.

Опустив зеркало заднего вида, Джуд ужаснулась. Ее светло-зеленые глаза, обычно безмятежные, сейчас горели диким огнем. Из-за влажности волосы завились мелким бесом, и казалось, что на голове разросся коричневый кустарник. От усталости и тревоги лицо было мертвенно бледным, но сил на то, чтобы достать косметичку и хоть немного привести себя в порядок, у нее не осталось.

Джуд выдавила дружелюбную улыбку, отчего на щеках появились ямочки. Она знала, что рот у нее крупный, а глаза великоваты для ее лица и что ее жалкая попытка больше похожа на гримасу, но на лучшее в данный момент была неспособна.

Сжав в руке сумочку, Джуд распахнула дверцу, решительно шагнула под дождь и краем глаза заметила какое-то движение в окне второго этажа, будто колыхнулась занавеска. Джуд подняла глаза.

У окна стояла поразительно красивая женщина в чем-то белом. Очень светлые волосы пышными волнами струились по ее плечам и груди. Сквозь серую пелену дождя на одно короткое мгновение взгляды Джуд и женщины встретились, и ее глаза показались Джуд невыразимо печальными.

Вдруг женщина исчезла, и не осталось ничего, кроме дождя.

Джуд задрожала под сырым, пронизывающим до костей ветром и, забыв о чувстве собственного достоинства, бросилась к белой калитке. За калиткой оказался симпатичный маленький дворик, утопающий в цветах. К дому вела узкая белая дорожка.

Веранды не было, только крыльцо, но над ступеньками, обеспечивая благословенное укрытие, нависал второй этаж. Джуд ухватилась за медный молоток в форме кельтского узла и застучала по деревянной двери, грубой и массивной на вид с аркой наверху.

Дрожа и стараясь не думать о переполненном мочевом пузыре, Джуд осмотрелась. Кукольный домик, белый кукольный домик. Окна с тонким частым переплетом и ставнями цвета свежей зелени. Соломенная крыша, как в сказке. И три связки колокольчиков над крыльцом — «музыка ветра».

Джуд постучала снова. Решительнее, ведь в доме точно кто-то есть, черт побери! Плюнув на хорошие манеры, она выступила под дождь и заглянула в окно рядом с входной дверью, пытаясь разглядеть хоть что-нибудь... и, заслышав за спиной деликатные гудки, виновато отскочила.

Видавший виды красный грузовичок, довольно урча отлаженным двигателем, остановился в проулке позади ее машины. Джуд откинула с лица мокрые волосы и приготовилась объясняться.

Выскочившего из кабины человечка в грязных сапогах, замусоленной куртке и рабочих штанах она поначалу приняла за мужчину. Однако лицо, улыбающееся ей из-под козырька грязно-коричневой бейсболки, оказалось женским. И почти идеально красивым.

Глаза девушки были такими же ярко-зелеными, как окружающие холмы, а кожа словно светилась изнутри. Из-под бейсболки выбивались вьющиеся пряди ярко-рыжих волос.

Девушка бросилась к Джуд, умудряясь двигаться грациозно, несмотря на тяжелые сапоги.

— Вы мисс Мюррей! Какая точность!

— Неужели?

— Конечно, а я немного задержалась. Томми, внук миссис Даффи, запихал в унитаз половину своих кубиков и спустил воду. Представляете, сколько всего пришлось разгребать!

— Ну... — Джуд так и не придумала, что сказать, и только удивилась, почему стоит под дождем и болтает с незнакомкой о забитых кубиками унитазах.

— Разве вы не нашли свой ключ?

— Мой ключ?

— От парадной двери. Хотя ладно, у меня есть свой, так что давайте поскорее войдем в дом. Здесь так сыро.

Отличная идея.

— Благодарю вас. Но кто вы?

— О, прошу прощения. Я Бренна О'Тул. — Бренна протянула руку, обхватила ладонь Джуд и энергично встряхнула. — Ваша бабушка наверняка говорила, что я приготовлю коттедж к вашему приезду, разве нет?

— Моя ба... коттедж? — Джуд втиснулась под навес, пытаясь спрятаться от дождя. — Мой коттедж? Это мой коттедж?

— Разумеется, если вы Джуд Мюррей из Чикаго. — Бренна улыбнулась, хотя ее левая бровь вопросительно выгнулась. — Держу пари, путешествие ужасно вас вымотало.

— Да. — Пока Бренна отпирала дверь, Джуд попыталась обтереть лицо ладонями. — А я решила, что заблудилась.

— Похоже, вы нашлись. *Ceade mile failte!* — С этими словами Бренна отступила, пропуская Джуд в дом.

Добро пожаловать тысячу раз! Уж это по-гэльски Джуд понимала. И почувствовала себя тысячу раз благодарной, шагнув в обволакивающее тепло.

Из прихожей, такой же крохотной, как крыльцо, вела на второй этаж лестница, за многие годы отполированная ногами сновавших туда-сюда обитателей домика. С другой стороны за арочным проемом виднелась маленькая гостиная, хорошенькая, как картинка. Бежевые стены, рамы и подоконники цвета меда, кружевные занавески, пожелтевшие со временем, отчего даже в такой серый день комната казалась солнечной.

Старая мебель. Обивка в бело-голубую полоску, жизнерадостная, хотя и выцветшая. На натертых до блеска столиках теснятся сокровища: хрустальные вазочки, статуэтки, крохотные бутылочки. По широким доскам пола живописно разбросаны цветные коврики, а в каменном очаге сложено что-то, похожее на брикеты торфа.

И запахи земли и чуть более слабые каких-то цветов.

— Мило здесь, правда? — Джуд закружилась, поправляя одной рукой волосы. — Как в кукольном домике.

— Старая Мод любила красивые вещи.

Почувствовав в тоне Бренны легкий укор, Джуд перестала кружиться и внимательно посмотрела на нее.

— Простите, я ее не знала. Вы любили ее.

— Конечно. Все любили Старую Мод. Она была удивительной женщиной. Ей бы понравилось, что вы присмотрите за ее домом. Она бы не хотела, чтобы он стоял пустым. Давайте-ка я вам все покажу, чтобы вы побыстрее освоились.

— Большое спасибо, но для начала мне срочно нужно в туалет.

Бренна хихикнула.

— Мы и вправду далековато от Дублина. За кухней есть крохотная туалетная комната. Мы с отцом соорудили ее на месте кладовки три года назад. Вон там.

Джуд сразу нашла ее. Крохотная. Именно такой и была эта комнатка. Сгибая или поднимая руки, можно было запросто ободрать локти о стены. Но эти самые стены были выкрашены в прелестный бледно-розовый цвет, белый фаянс сиял чистотой, а на крючках висели полотенчики для рук с очень красивой вышивкой.

Джуд взглянула в овальное зеркало над раковиной, и тут же подтвердились ее худшие опасения. Да, она действительно выглядит ужасно и, несмотря на свой средний рост и среднюю комплекцию, рядом с похожей на фею Бренной наверняка кажется воинственной амазонкой.

Разозлившись на себя за дурацкое сравнение, Джуд резко выдохнула, откинула со лба челку и покинула туалет.

— Ой, не стоило беспокоиться.

Проворная Бренна уже выгрузила и втащила в прихожую ее багаж.

— Ну, вы наверняка с ног валитесь. Я отнесу все наверх. Думаю, вам понравится комната Мод, она чудесная. И поставлю чайник, чтобы вы выпили чаю. И разведу огонь, сегодня так сыро.

Бренна говорила без умолку, втаскивая на второй этаж два огромных чемодана с такой легкостью, будто они были пустыми. Джуд поднялась следом с дорожной сумкой, ноутбуком и портативным принтером, пожалев о том, что так мало времени проводила в спортзале.

Бренна показала ей две комнаты, и спальня Старой Мод с видом на сад перед домом действительно оказалась симпатичной. Правда, первые впечатления Джуд были несколько смазаны, ибо одного взгляда на кровать хватило, чтобы она тут же почувствовала свинцовую тяжесть во всем теле.

Джуд вполуха слушала веселый голосок, объясняющий, где лежит постельное белье, как разжечь маленький капризный камин в спальне, и, когда Бренна подожгла торф в камине, спустилась на кухню, еле передвигая ноги.

Бренна, не умолкая ни на секунду, уже готовила чай. Слова доносились до Джуд, как сквозь плотный туман. Оказывается, для нее закупили продукты, а потом она должна будет делать покупки в деревне у Даффи. Еще что-то... Кажется, брикеты торфа сложены за задней дверью, поскольку так было заведено у Старой Мод, но есть и дрова, если так ей больше понравится, и телефон снова подключили, а вот так работает кухонная плита...

— Ох, вы же спите на ходу! — Бренна сунула в руки Джуд большую синюю кружку. — Идите наверх и ложитесь. Я разожгу огонь и внизу.

— Простите, я никак не могу сосредоточиться.

— Вам просто надо поспать. Если вам что-то понадобится, я оставила свой номер около телефона. Наш дом всего в километре отсюда. Нас много: мама, папа, я и четыре моих сестры, так что не стесняйтесь. Звоните или просто загляните к О'Тулам.

— Спасибо огромное. Вообще-то, я обычно не такая рассеянная.

— Ну, не каждый же день вы перелетаете через океан, правда? Пока я не ушла, может, еще чем-нибудь помочь?

— Нет, нет, я... — Джуд привалилась к лестничным перилам, заморгала. — Ой, совсем забыла. В доме я видела женщину. Куда она подевалась?

— Женщина, говорите. Где?

— В окне. — Джуд покачнулась и, чуть не пролив чай, тряхнула головой. — Женщина в окне второго этажа. Она смотрела на меня, когда я приехала.

— Неужели?

— Да. Белокурая женщина, молодая, очень красивая.

— А, это, должно быть, Красавица Гвен. — Бренна отвернулась, прошла в гостиную и принялась разжигать камин.

— Так куда она ушла?

— Думаю, она все еще здесь. — Когда торфяные брикеты разгорелись, Бренна поднялась с колен, отряхнула брюки. — Она живет здесь уже лет триста. Она ваше личное привидение, мисс Мюррей.

— Мое кто?

— Привидение. Не тревожьтесь, она не причинит вам вреда. Ее история длинная и очень печальная. Вы ее обязательно узнаете, но сначала отдохните.

Джуд уже ничего не понимала, ей хотелось поскорее отключиться, дать отдых мозгам и уставшему телу, но кое-что все-таки требовалось прояснить немедленно.

— Вы хотите сказать, что в доме обитает привидение?

— Вот именно. Разве ваша бабушка вам не рассказывала?

— Не припоминаю. А вы, значит, верите в привидения?

Бренна снова приподняла бровь.

— Ну, вы же ее видели? — Джуд нахмурилась. — То-то. В общем, поспите, а когда придете в себя, загляните в «Паб Галлахеров», и я куплю вам вашу первую пинту пива.

Джуд покачала головой.

— Я не пью пиво.

— Быть такого не может, — искренне изумилась Бренна. — Ну, до свидания, мисс Мюррей.

— Джуд, — пробормотала Джуд, с трудом удерживая глаза открытыми.

— Хорошо. До свидания, Джуд.

Бренна ослепительно улыбнулась и выскользнула из дома в дождь.

Дом с привидениями, думала Джуд, поднимаясь по лестнице. Типично ирландские фантазии. Видит бог, бабуля знает кучу сказок. И не о чем больше говорить. Сказки они и есть сказки.

Но кто-то же стоял у окна... или нет?

Нет! Дождь, занавески, тени. Джуд поставила на тумбочку кружку с чаем, который так и не попробовала, и наконец с наслаждением скинула туфли. Привидений не бывает! Это просто прелестный домик на очаровательном маленьком холме. И, увы, дождь.

Джуд упала ничком на кровать, не успев даже натянуть одеяло, и провалилась в сон.

* * *

Ей приснилось сражение на зеленом холме. Мечи звенели, отраженные солнечные лучи сверкали на них, как бриллианты. А еще ей приснились танец фей и эльфов в волшебном лесу в лунном свете, слезами рассыпавшемся по листьям, и бескрайний синий океан, ритмично, как сердце, бьющийся своими волнами о застывший в ожидании берег.

2

Джуд очнулась в непроницаемом мраке; торф в маленьком камине выгорел до крохотных рубиновых огоньков. Она приняла их за следящие за ней глаза, и сердце чуть не выпрыгнуло из груди.

Тут сонный туман рассеялся, в мозгу будто что-то щелкнуло, и Джуд все вспомнила. Она в Ирландии. В коттедже, где девочкой жила ее бабушка. И замерзает.

Джуд села в кровати, растирая ледяные руки, нащупала выключатель прикроватной лампы и, взглянув на наручные часики, озадаченно замигала, затем поморщилась. Почти полночь. Ее восстановительный сон длился почти двенадцать часов.

Джуд поняла, что не только замерзла, но и умирает от голода, и еще несколько секунд она озадаченно таращилась на камин. Поскольку огня в камине практически не было, а она понятия не имела, как развести его, она отправилась на кухню на поиски чего-нибудь съестного.

Дом стонал и поскрипывал — очень домашние звуки, уверяла себя Джуд, хотя то и дело вздрагивала и оглядывалась. Нет, нет, она вовсе не думала, даже не вспоминала о привидении, упомянутом Бренной. Она просто не привыкла к звукам старого дома. В ее чикагской квартире полы не скрипели, а единственным источником света, на который она могла наткнуться ночью, был крошечный огонек в системе безопасности.

Ничего, она привыкнет к новому окружению.

Бренна не обманула ее. И кукольных размеров холодильник, и узкий буфет были забиты продуктами. Может, она и заледенеет, но голодная смерть ей не грозит.

Джуд решила согреть в микроволновке консервированный суп, однако, обойдя с банкой в руке всю кухню, сделала шокирующее открытие.

Микроволновки здесь не было.

А вот это уже настоящая проблема. Придется перелить суп в кастрюльку и подогреть на плите. И тут Джуд поджидало новое разочарование. Автоматического консервного ключа тоже не оказалось.

Старая Мод жила не только в другой стране, но и в другом столетии, решила Джуд, нервно роясь в ящиках.

Она как-то умудрилась вскрыть банку обычным консервным ножом, поставила кастрюльку с супом на огонь, затем выбрала из вазы на кухонном столе яблоко и подошла к задней двери. Снаружи клубился туман, нежный, как шелк, и мокрый, как дождь. Не было видно ничего, кроме дрожащей в ночи бледно-серой пелены. Ни каких-либо предметов, ни огней, только клочья и клубы, порожденные туманом. Дрожа от холода, Джуд вышла на заднее крыльцо в ночную тьму, и туман мгновенно окутал ее.

Одиночество, абсолютное одиночество. Ничего подобного она никогда не испытывала и не представляла. Она протянула руку, и туман поглотил ее ладонь до запястья. Джуд не испугалась, не опечалилась. Это приключение странным образом освобождало ее от всего, что окружало раньше.

Она никого здесь не знает, никто не знает ее. Никто, кроме нее самой, ничего от нее не ждет. И сегодня ночью, этой удивительной ночью она абсолютно одна.

Ей казалось, что она слышит в ночи едва различимое биение, похожее на пульс. Что это? Морские волны? Или дыхание тумана? Она уж хотела посмеяться над собой, как услышала другой звук, очень отчетливый — где-то играла музыка.

Трубы и колокольчики, флейты и свистки? Очарованная, завороженная, Джуд чуть не сошла с крыльца в туман, как лунатик, гуляющий во сне... «Музыка ветра», — поняла она и нервно хихикнула. Это всего лишь «музыка ветра», очаровательные колокольчики над ее парадным крыльцом. И, наверное, она еще не совсем проснулась, если отважилась в полночь покинуть дом и бродить в тумане, следуя за звуками музыки.

Джуд решительно вернулась в дом, крепко заперла дверь и услышала очень прозаический звук — кипел, с шипением заливая плиту, ее суп.

— Черт побери! — Джуд бросилась к плите, выключила горелку. — Что со мной происходит? Двенадцатилетняя девчонка смогла бы без происшествий подогреть чертову банку супа!

Джуд протерла тряпкой плиту, при этом обожгла два пальца. Затем, стоя посреди кухни и ругая себя последними словами, она автоматически подносила ложку ко рту и глотала суп без всякого удовольствия, просто выполняла долг перед изголодавшимся организмом.

Хватит витать в облаках, пора вернуться в реальность. Она не из тех, кто бродит ночами в тумане и мечтает неизвестно о чем.

Пора взглянуть правде в глаза и признать, почему она вообще прилетела в Ирландию. Хватит притворяться, будто она взяла длинный отпуск для того, чтобы исследовать свою родословную и подготовить к публикации работу, которая должна увенчать ее далеко не блистательную университетскую карьеру.

Она прилетела сюда потому, что смертельно устала и чувствовала неумолимое приближение нервного срыва. Стресс стал ее постоянным спутником, с восторгом зазывающим насладиться мигренью или пофлиртовать с язвой желудка.

Дошло до того, что она каждое утро просыпалась в паническом ужасе от необходимости идти на работу, она перестала уделять должное внимание своим студентам, своим родным, самой себе.

Более того, хуже того — в эти дебри она еще не готова была углубляться — стало ясно, что срочно нужны радикальные перемены — отдых, покой, иначе она сошла бы с ума. А мысли о том, чтобы сойти с ума у всех на глазах, она не могла допустить.

Она не имела права так унизить себя или свою семью, которая ничем не заслужила подобного унижения. Поэтому она сбежала. Может, она просто струсила, но бегство показалось единственно верным решением.

И, когда Старая Мод в весьма зрелом возрасте, в сто один год, переселилась в мир иной, представился шанс.

Не воспользоваться этим шансом было бы верхом идиотизма. И Джуд поступила весьма разумно. Ей необходимо провести какое-то время в одиночестве, в тишине, спокойно проанализировать свою жизнь. Именно это она и собиралась сделать.

Она будет работать. Она пустилась в это путешествие, составив подробный план, исполнение которого оправдает проведенное здесь время. Она займется исследованиями, попытается объединить свою родословную со своей профессией или хотя бы запишет местные легенды и мифы, сделает их психологический анализ, что не даст закиснуть мозгам. И эта работа не оставит места грусти и тоске — неотъемлемым чертам ирландского характера, по утверждению ее матери. Да уж, ирландцы лучше всех умеют предаваться грустным размышлениям, вздохнула Джуд, зато она выбрала для этого занятия самое лучшее место в мире.

Отлично! Джуд повернулась, чтобы поставить пустую миску в посудомоечную машину, и обнаружила, что и этого блага цивилизации здесь нет.

Она посмеивалась, поднимаясь на второй этаж в свою спальню.

Распаковав чемоданы, Джуд аккуратно повесила верхние вещи в древний скрипучий гардероб, а белье положила в старинный комод с застревающими ящиками. Восхищаясь антикварной раковиной в ванной комнате, она разложила на полочке туалетные принадлежности и долго наслаждалась горячим душем, стоя в ванне на львиных ножках за тонкой полиэтиленовой занавеской на потускневших медных крючках.

Джуд успела натянуть фланелевую пижаму и закутаться в теплый халат, прежде чем у нее снова застучали зубы, и приступила к нелегкому занятию разжигания торфяных брикетов. Неожиданный успех удивил ее, и она минут двадцать бездумно просидела на полу, обхватив руками колени. С улыбкой глядя на танцующий в камине огонь, она попыталась представить себя счастливой фермершей, ожидающей возвращения мужа с полей.

Джуд резко очнулась от грез и отправилась во вторую спальню посмотреть, можно ли в ней устроить кабинет.

Маленькая комнатка была похожа на коробочку с узкими оконцами. После недолгих размышлений Джуд решила расположить свое рабочее место перед южным окном, чтобы видеть деревенские крыши, церковные шпили и широкую прибрежную полосу. Во всяком случае, она это увидит, когда поднимется солнце и рассеется туман.

Письменного стола в доме не оказалось. Весь следующий час Джуд подбирала в гостиной подходящий столик, а затем тащила его вверх по лестнице. Ее труды не пропали даром — столик отлично поместился у окна на южной стороне комнаты, и на нем хватило места и для ноутбука, и для портативного принтера.

И вдруг ее осенило, что можно было бы работать за кухонным столом у уютного очага под трели колокольчиков. Нет, пожалуй, это будет слишком легкомысленно.

Вздохнув, Джуд нашла переходник для розетки, включила ноутбук и открыла файл, в котором собиралась вести дневник своей жизни в Ирландии.

3 апреля, коттедж на Эльфийском холме, Ирландия
Я пережила путешествие.

Прочитав первую фразу, она рассмеялась. Получилось несколько высокопарно, как будто она пережила войну. Джуд собралась было стереть написанное и начать заново, но передумала. Нет, дневник она пишет исключительно для себя, а потому не нуждается в цензуре.

Дорога из Дублина была долгой и более трудной, чем я представляла. Интересно, сколько времени я буду привыкать к левостороннему движению. Думаю, вообще никогда не привыкну. Правда, виды на всем пути открывались потрясающие. Ни одна из фотографий или картин, которые мне доводилось видеть, не воссоздают красоты Ирландии. Сказать, что страна зеленая, значит ничего не сказать. Пожалуй, самое близкое к истине — она вся сверкает и переливается.
Деревушки очаровательны и так невероятно опрятны, будто каждую ночь армии эльфов скребут мостовые и полируют здания.

Я практически не разглядела Ардмор, потому что лил дождь, и, возможно, из-за усталости иных впечатлений у меня не было.

На коттедж я наткнулась по чистой случайности. Разумеется, бабуля назвала бы это судьбой, но мне просто повезло. Коттедж очарователен. Он стоит на маленьком холме, поросшем цветами до самого порога дома. Надеюсь, я не загублю их. Если в деревне есть книжный магазин, я поищу книжки по садоводству. Во всяком случае, пока, несмотря на сырость и холод, цветы благоденствуют.

В окне спальни я видела женщину, то есть мне показалось, что я видела женщину. Она смотрела на меня. Это было очень странное ощущение. Она была прекрасна. Бледная, белокурая и безумно печальная. Разумеется, это всего лишь игра тени и света, ведь на самом деле там никого и быть не могло.

Бренна О'Тул, очень доброжелательная девушка из деревни, подъехала к коттеджу следом за мной и помогла мне устроиться. Я от души ей благодарна, хотя ее ловкость и расторопность просто пугают.

Меня-то она наверняка сочла беспомощной недотепой, но по доброте душевной ничем своего отношения не выказала.

Бренна уверена, что в коттедже живет привидение, хотя, как я думаю, деревенские жители то же самое говорят о любом доме. Однако раз уж я собираюсь исследовать ирландские легенды, то вполне могу начать с изучения того, что послужило основанием такой уверенности.

Разумеется, мой несчастный организм еще не приспособился к резкой перемене часовых поясов. Я проспала весь день и вечер и поужинала в полночь.

На улице темно, сыро и туманно, но туман здесь мерцающий и с каким-то странным запахом.

Мне уютно и спокойно в этом доме. Надеюсь, все будет хорошо.

Джуд откинулась на спинку стула и тяжело вздохнула. Да, все будет хорошо.

В три часа утра она снова лежала в кровати под толстым одеялом с книгой в руке. На тумбочке стояла кружка с чаем, в камине горел огонь, по оконным стеклам скользили клубы тумана, а Джуд размышляла о том, чувствовала ли она себя более счастливой.

Она так и заснула на рассвете — с книгой в руке и в очках для чтения, соскользнувших на кончик носа.

Утром, когда ветер разогнал дождь и туман, Джуд увидела совсем другой мир. В нежном солнечном свете поля зеленели так ослепительно, что хотелось зажмуриться. Вовсю заливались птицы, напоминая, что пора достать книгу по орнитологии, купленную специально к этой поездке, но спешить не хотелось. Так приятно было просто стоять и слушать птичьи голоса, и совсем не важно, какие это птицы поют, лишь бы пели.

Густая пружинистая трава стала похожей на дорогой ковер. Топтать ее казалось кощунством, однако Джуд чувствовала, что этому греху не сможет сопротивляться.

На холме за деревней виднелись руины величественного собора Святого Деклана и возвышающаяся над ними круглая башня. Джуд вздрогнула, вспомнив мелькнувшую под дождем фигуру.

Глупости! Это просто кусочек ирландского ландшафта. Историческая достопримечательность. Бабушка рассказывала, и в путеводителе упоминаются огамические надписи [1] внутри собора и на внешнем фризе из ложных арок. А к востоку, если память не изменяет, за утесом с примостившейся на вер-

---

[1] *Огамические надписи (огамическое письмо)* — письменность древних кельтов, распространенная в Ирландии до введения латиницы.

шине гостиницей, прячется в окружении трех каменных крестов и большого камня, похожего на древний трон, источник святого Деклана.

В ближайшее время она обязательно посетит руины, поднимется по крутой тропинке на вершину холма, может, даже обойдет весь мыс, откуда, если верить путеводителю, открываются потрясающие виды. Но не сегодня. Этот первый день она посвятит более простым, обыденным занятиям.

Воды утихомирившейся бухты мерцали голубыми искрами и, удаляясь от берега, словно густели и отливали темной синевой. Протянувшийся вдоль берега широкий пляж был безлюдным. Еще одно прекрасное место для утренней прогулки в полном одиночестве, но опять же не сегодняшней.

Сегодня она прогуляется по полям, как мечтала, уйдет подальше от деревни, наслаждаясь видом далеких гор. Джуд совсем забыла, что хотела познакомиться с ближайшим окружением — цветами в своем дворе — и заняться первостепенными делами.

Необходимо найти мастера, чтобы установить дополнительную розетку в спальне-кабинете и получить доступ во Всемирную сеть. Необходимо позвонить в Чикаго и сообщить родным, что беглянка благополучно добралась до нового дома. И, конечно, нужно съездить в деревню, выяснить, где и что можно купить, найти местное отделение хоть какого-нибудь банка.

Но как же не хотелось всем этим заниматься! Воздух был таким ласковым, а легкий, прохладный ветерок так приятно бодрил, развеивая остатки вчерашней усталости, что Джуд решительно побрела по траве, восторженно глядя по сторонам, пока ее туфли не промокли насквозь.

Как ей и представлялось накануне, она словно соскользнула в прекрасное художественное полотно, оживленное трепетаньем листьев, трелями птиц, ароматами мокрой травы, а потому вздрогнула от неожиданности, увидев дом за живой изгородью почти у самой дороги, причем дом не совсем обычный. Как живое существо, он тянулся во все стороны, будто по собственному капризу прирастая новыми частями и спереди, и сзади, и с одного боку, и с другого. И, как ни странно, получилось удивительное сочетание камня и дерева, выступов и навесов, окаймленное изобилием цветов. Позади дома за садом стоял сарай — бабуля назвала бы его хижиной, — в котором теснились, явно не умещаясь внутри и вываливаясь в распахнутые двери, какие-то инструменты и механизмы.

На подъездной дорожке скучал автомобиль грязно-серого цвета, выглядевший так, словно сошел с заводского конвейера задолго до рождения Джуд.

Рядом с домом в пятне солнечного света спала или делала вид, что спала, во всяком случае, лежала на спине совершенно неподвижно, как сбитое на дороге животное, огромная рыжая собака.

Жилище О'Тулов? Пожалуй, решила Джуд, когда из задней двери с корзиной выстиранного белья вышла женщина, ослепительно-рыжая, как Бренна, но крепкая и широкобедрая. Именно такой могла быть женщина, выносившая и родившая пятерых детей. Собака очнулась, перекатилась на бок и приветствовала прошедшую к бельевой веревке хозяйку парой ударов хвоста по земле.

Джуд вдруг поняла, что никогда прежде не видела, как развешивают во дворе белье — в центре Чикаго ничего подобного не делали даже самые самоотверженные домохозяйки, — и этот процесс показался ей бездумным, а потому умиротворяющим. Женщина вынимала из кармана фартука и совала в рот прищепки, брала в руки наволочку, встряхивала, закрепляла один конец, затем доставала следующую вещь, снова встряхивала и скрепляла со вторым концом предыдущей, неспешно продвигаясь вдоль веревки.

Завораживающее зрелище.

Корзина постепенно пустела, а развешенное белье раздувалось и хлопало на ветру.

«Еще одна часть моей картины, — подумала Джуд. — Под названием «Фермерская жена».

Когда корзина совсем опустела, женщина повернулась к другой веревке, сняла и сложила высохшее белье, подхватила на бедро полную корзину и направилась к дому. Собака потрусила следом.

Приятные утренние заботы. А вечером, когда все вернутся домой, в комнаты просочатся аппетитные ароматы стоявшего на плите ужина — рагу или жаркого с картошкой, потемневшей от мясного соуса. Семейство рассядется за большим столом, заставленным трогательно разномастными мисками и тарелками, зазвучат разговоры о прожитом дне и смех, и кое-кто украдкой будет подсовывать лакомые кусочки собаке, спрятавшейся под столом и выпрашивающей угощение.

Наверное, уютно жить в большой семье. Нет, конечно, и в маленьких семьях нет ничего плохого, виновато подумала Джуд. В том, что ты единственный ребенок, имеются свои преимущества. Единственному ребенку обеспечено полное родительское внимание. Может, чересчур много внимания, шепнул внутренний голосок.

Джуд отмахнулась от ехидного замечания и решила вернуться в коттедж, чтобы совершить что-нибудь полезное. Первым делом она позвонила домой и, учитывая разницу во времени, поймала родителей как раз перед уходом на работу. Чувство вины блудная дочь заглушила счастливой болтовней, сообщила, что отлично отдохнула, с удовольствием прогулялась и с нетерпением предвкушает новые впечатления.

Джуд прекрасно знала, что родители считают ее внезапный отъезд в Ирландию неким экспериментом, кратковременным отклонением от главного жизненного пути, и пока не развеивала их заблуждений. Несколько облегчало ее совесть то, что родители не возражали. Они были просто озадачены. А она ничего не могла объяснить ни им, ни самой себе.

С мыслями о семейных отношениях Джуд набрала еще один номер. Вот кому не требовались никакие объяснения, так это бабушке Мюррей — она просто понимала. С более легким сердцем Джуд пересказала бабуле все детали путешествия, поделилась впечатлениями и восторгами по поводу коттеджа, одновременно заваривая себе чай и готовя сэндвич.

— Я только что прогулялась. — Плечом прижимая телефон к уху, Джуд поставила свой нехитрый завтрак на кухонный стол. — Руины и башню я видела издали. На днях обязательно посмотрю поближе.

— Там прекрасно, — откликнулась бабушка, — и так много можно почувствовать.

— Мне очень интересны надписи и фриз из ложных арок, но так далеко я сегодня не забиралась. Я видела соседский дом. Должно быть, это дом О’Тулов.

— Ах, Майкл О’Тул. Я помню его совсем парнишкой. Веселый Мик так улыбался, что мог заворожить любую девчонку. Он женился на хорошенькой Молли Логан, и у них родилось пять девочек. Та, с которой ты познакомилась, Бренна, вроде бы самая старшая. Как она поживает, красотка Молли?

— О, я не подошла к ней. Она была занята — развешивала белье.

— Джуд Фрэнсис, в тех местах никто не бывает слишком занят для знакомства. Когда в следующий раз пойдешь гулять, обязательно зайди и окажи уважение Молли О'Тул.

— Хорошо. Да, бабуль, — Джуд улыбнулась, прихлебывая чай. — Ты не говорила, что в коттедже водится привидение.

— Еще как говорила. Неужели ты не слушала аудиозаписи и не читала мои письма?

— Нет, пока еще нет.

— И теперь ты думаешь: вот опять я пристаю к тебе со своими фантазиями. Обязательно все прочитай и послушай. Там есть история Красавицы Гвен и ее возлюбленного эльфа.

— Возлюбленного эльфа?

— Так гласит легенда. Коттедж построен на Эльфийском холме. Дворец эльфов как раз под холмом. Красавица Гвен ждет возлюбленного и тоскует по нему, потому что отвергла свое счастье, повинуясь здравому смыслу, а он потерял свое счастье из-за собственной гордости.

— Как печально, — прошептала Джуд.

— Ну, что верно, то верно. И все же этот холм — хорошее место, чтобы прислушаться к своим сердечным желаниям. Обязательно загляни в свое сердце.

— Пока я просто ищу покоя.

— Отдыхай столько, сколько понадобится, гуляй. Там полно чудесных мест. Только не тяни слишком долго. Мир велик, а жизнь гораздо короче, чем тебе кажется.

— Бабуля, почему ты не хочешь сюда приехать и пожить со мной?

— О, я приеду, но пока твое время. Не трать его понапрасну. Ты хорошая девочка, Джуд, но ты вовсе не должна быть хорошей все время.

— Ты всегда мне так говоришь. А вдруг я закручу роман с каким-нибудь ирландским красавчиком-повесой?!

— Это тебе нисколечко не повредило бы. Пожалуйста, дорогая, положи от меня цветы на могилу кузины Мод. И скажи ей, что я обязательно навещу ее, как только смогу.

— Хорошо. Я люблю тебя, бабуля.

Джуд ошеломленно уставилась на часы. Куда подевалось время? Она же собиралась сделать что-то полезное, хотела повозиться с цветами, сорвать немного, сколько поместится в высокую синюю бутылку, обнаруженную в гостиной, и еще в одну поменьше — граненую, из зеленого стекла. Подходящей вазы в домике пока не нашлось. А потом было так весело сидеть на крылечке, собирать букеты. Жаль только, что она не знает названий цветов. Так подевалось куда-то еще почти полдня.

Затем она отнесла зеленую бутылочку в кабинет и поставила на столик рядом с компьютером. И совершила ошибку.

Джуд честно собиралась прилечь всего лишь на пару минут, но, проспав два часа на узкой кровати в кабинете, проснулась совершенно разбитая и озадаченная.

Где ее хваленая дисциплина? Как быстро она превратилась в отъявленную лентяйку! Уже тридцать часов кряду она только и знает, что бездельничает и спит. И опять ей хочется есть.

Такими темпами, сокрушалась Джуд, рыская по кухне в поисках съестного, она растолстеет, разленится и отупеет за неделю.

Надо выйти из дома, съездить в деревню, найти книжный магазин, банк, почту. Надо разузнать, где находится кладбище, чтобы исполнить поручение бабушки — навестить могилу Старой Мод. Это надо было сделать еще утром. Тогда сейчас с делами было бы покончено, и завтра она смогла бы прослушать бабушкины записи и прочитать ее письма, она уже знала бы, есть ли в них тема для ее исследования.

Сначала Джуд переоделась. Она выбрала элегантные брюки, водолазку и стильную куртку. В них она чувствовала себя увереннее, чем в толстом свитере и джинсах, в которых провела весь день.

Затем она атаковала свои волосы. «Атака» — по ее мнению, единственное слово, точно определявшее то, что ей пришлось сделать, дабы укротить свою шевелюру и собрать волосы в толстый «конский хвост». Волосы так и норовили вырваться и скрутиться упругими пружинами, причем все сразу.

Легкий макияж. Она не очень-то умела краситься, но результаты показались ей вполне приличными для знакомства с деревней. В конце концов в зеркале отразился не суточной давности труп и не уличная девица, как иногда бывало.

Сделав глубокий вдох, Джуд вышла из коттеджа, чтобы еще раз попытать счастья с арендованным автомобилем и ирландскими дорогами. Она уже взялась за руль и потянулась к зажиганию, когда поняла, что ключи остались дома.

— Гинкго билоба, — пробормотала Джуд, выбираясь из машины. — Пора принимать гинкго билоба.

Ключи нашлись на кухонном столе. На этот раз она не забыла включить свет, чтобы не возвращаться в темный дом, и запереть дверь. Джуд не смогла вспомнить, заперла ли заднюю дверь, и, обругав себя, отправилась вокруг коттеджа решать очередную проблему.

Солнце катилось к горизонту, и накрапывал мелкий дождик, когда наконец машина задним ходом выползла на дорогу.

Путь оказался короче, чем помнилось Джуд, и гораздо живописнее без хлещущих по ветровому стеклу дождевых потоков. Красными, похожими на кровь каплями набухали на живых изгородях бутоны дикой фуксии. Иногда попадались колючие кустарники с крохотными белыми цветками — терновник, насколько она знала, — и желтые облачка фрезий.

На холме за поворотом дороги снова, как из старинной легенды, возникли стены собора и высокая круглая башня. И никто там не бродил.

Восемь веков стоят здесь собор и башня, что само по себе чудо. Войны, голод и счастливые дни, кровь, смерти и рождения — все пронеслось и исчезло, а величие осталось, как символ поклонения и защиты. Интересно, права ли бабуля, а если права, что можно почувствовать, стоя в тени этих руин, на земле, видевшей благочестие и скверну?

Какая странная мысль! Джуд потрясла головой, пытаясь избавиться от наваждения, и въехала в деревушку, в свой мир на следующие шесть месяцев.

3

В очаге тускло освещенного паба Галлахеров ярко горел огонь. Все было так, как нравилось посетителям в промозглые весенние вечера. На этом самом месте Галлахеры кормили и развлекали их более ста пятидесяти лет, подавая светлый лагер, крепкий портер, чистый виски в разумных дозах и обеспечивая приятную атмосферу, в которой любой мог с наслаждением посидеть за кружкой пива или стаканчиком чего-нибудь более крепкого.

Когда Шеймус Галлахер со своей преданной женой и помощницей Мег открыл этот паб в одна тысяча восемьсот сорок втором году от Рождества Христова, виски, конечно, стоил дешевле, однако мужчина, каким бы радушным и гостеприимным он ни был, должен все-таки зарабатывать на жизнь. Поэтому теперь виски стоил дороже, но подавался и выпивался с тем же удовольствием.

В этот паб Шеймус вложил и свои надежды, и свои сбережения. Разные бывали времена — трудные и полегче, — а однажды штормовой ветер начисто сорвал крышу паба и унес ее аж в Дангарван. Во всяком случае, так любили рассказывать местные жители после пары-другой стаканчиков доброго ирландского виски.

Несмотря ни на что, паб стоял до сих пор, глубоко пустив корни в пески и скалы Ардмора. Когда пришло время, первенец Шеймуса встал на место отца за старой барной стойкой из благородного дерева, следом его старший сын, а потом и его.

Поколения Галлахеров обслуживали поколения других семейств и процветали, постепенно расширяя бизнес и предлагая все большему количеству страждущих пропустить пинту пива в сырой вечер после тяжелого трудового дня. Здесь можно было найти пищу не только для желудка, но и для души. В большинство вечеров в пабе играла музыка, веселая и грустная, бодрящая и утешающая.

Ардмор всегда был рыбацкой деревушкой, зависел от щедрот моря, приспосабливался к его капризам. Еще Ардмор мог похвастаться живописными видами и прекрасными пляжами, а потому зависел и от туристов. И приспосабливался к их капризам.

Паб Галлахеров был одной из местных достопримечательностей. В благополучные времена или в скудные, ловилась ли рыба в изобилии или бури вспенивали воды бухты так, что никто не отваживался забросить сети, двери паба были открыты для всех.

Табачный дым и алкогольные пары, запахи жареного мяса и мужского пота так глубоко впитались в темное дерево, что, даже когда бар был закрыт, в нем будто кипела жизнь.

Часто субботними вечерами, когда музыка играла особенно громко, стропильные балки угрожающе подрагивали. На полах, исцарапанных мужскими башмаками и сдвигаемыми стульями, кое-где виднелись следы случайных искр от сигарет. Скамьи и стулья были обиты темно-красной кожей, которая крепилась потемневшими медными гвоздиками с большими шляпками.

Однако здесь всегда царила чистота, а четыре раз в год — была в том нужда или нет — все начищалось до блеска, как в шикарном ресторане.

Гордостью заведения была уже упомянутая барная стойка, которую Шеймус собственноручно выстрогал из каштана, погибшего, по преданию, от удара молнии в канун летнего солнцестояния. Потому и считалось, что в этой стойке таится некая магия, и те, кто сидел за ней на высоких табуретах, знали, что занимают лучшие места.

На зеркальной полке позади стойки к всеобщему удовольствию были выставлены бутылки, чистые и сверкающие, как новенькие пенсы. В баре Галлахеров всегда было многолюдно, но очень опрятно. Пролитые капли тут же вытирались, за пылью шла настоящая охота, и никогда ни одну порцию напитка не подали в грязном стакане.

Очаг разжигали торфом, поскольку так нравилось туристам, а именно от туристов зависело, будут хозяева еле сводить концы с концами или процветать. Отдыхающие, привлеченные пляжами, наезжали летом и ранней осенью. Зимой же и в начале весны их бывало гораздо меньше, но те, что приезжали, непременно заглядывали в «Паб Галлахеров» пропустить стаканчик, послушать народные мелодии или попробовать прославленные, сдобренные специями мясные пироги.

Постоянные посетители подтягивались после ужина пообщаться, посплетничать, выпить пинту «Гиннеса». Некоторые приходили и поужинать, но обычно по какому-то особому поводу всем семейством. Заглядывали и одинокие мужчины, которым надоедало готовить еду дома или хотелось пофлиртовать с любезной и улыбчивой Дарси Галлахер.

Дарси работала и за барной стойкой, и на кухне, и обслуживала столики, правда, кухню она любила меньше всего и при первой же возможности спешила улизнуть оттуда, оставляя территорию брату Шону.

Был и еще один брат, Эйдан, самый старший. Все местные знали, что с тех пор, как родители уехали в Бостон и вроде бы решили там остаться, парадом командует именно он. Большинство сходилось во мнении, что Эйдан покончил со своим бродячим прошлым, остепенился и управляет семейным пабом так, что Шеймус им гордился бы.

Сам Эйдан был вполне доволен своим настоящим. За время скитаний он многое понял о жизни вообще и о себе в частности. Страсть к путешествиям, как поговаривали, он унаследовал от Фицджералдов, предков по материнской линии. Его мать до замужества тоже поколесила по свету, неплохо зарабатывая на жизнь своими песнями.

Эйдан закинул за спину рюкзак, когда ему только-только стукнуло восемнадцать, и исходил всю страну, а затем путешествовал по Англии и Франции, Италии и Испании. Целый год он провел в Америке, изнемогал от жары на юге, зимой дрожал от холода на севере, замирал от восхищения в горах и на равнинах Запада.

Эйдан, как и его брат с сестрой, унаследовал от матери ее музыкальность, поэтому, когда не подрабатывал официантом, оплачивал ужин песнями, в общем, поступал так, как его больше устраивало в данный момент. Увидев все, что хотел увидеть, он вернулся домой зрелым двадцатипятилетним мужчиной и последние шесть лет, из которых четыре года стоял во главе семейного бизнеса, работал в пабе и жил в комнатах над ним.

И ждал. Он не знал, чего именно, но ждал.

Даже сейчас, наливая по всем правилам в два приема пинту «Гиннеса», протягивая клиенту стакан «Харпа» и вполуха прислушиваясь к разговору на случай, если придется вставить замечание, он отстраненно и терпеливо наблюдал.

Тот, кому пришло бы в голову присмотреться, заметил бы настороженность в его пронзительно-голубых глазах.

Длинный, прямой нос, крупный чувственный рот, волевой подбородок с едва заметной ямочкой, густые брови глубокого каштанового цвета — худое, резко очерченное, типично кельтское лицо Эйдана привлекало несколько необузданной красотой, которую обеспечили отличные гены его родителей.

Сложен он был, как настоящий задира, — широкоплечий, узкобедрый, длиннорукий. И правда, немалую часть юности Эйдан провел, всаживая кулаки в чужие физиономии или принимая удары в свою собственную. Он не стыдился признавать, что дрался не только из-за буйного нрава, но и ради удовольствия. Он также гордился тем, что — в отличие от младшего братца Шона — ему ни разу не ломали в драке нос.

Повзрослев, Эйдан перестал искать неприятности. Теперь он просто присматривался и верил, что узнает свою судьбу, как только встретит ее.

Джуд он заметил сразу — сначала как хозяин паба, потом как мужчина. С затянутыми в хвост волосами, в красивой куртке, она выглядела очень чистенькой и растерянной. И смотрела по сторонам с таким испугом, как смотрела бы юная олениха на незнакомую тропку в лесу.

Хорошенькая, подумал Эйдан. Так оценивают женщину мужчины, когда видят привлекательное женское личико и ладную фигурку. А поскольку за свою жизнь он видел много женских лиц, то распознал нервозность, пригвоздившую девушку к полу на самом пороге. Казалось, в любую секунду она развернется и убежит.

Ее внешность, ее манера держаться пробудили его интерес, разгорячили кровь.

Незнакомка расправила плечи, позабавив его этим продуманным жестом, и направилась к бару.

— Доброго вам вечера, — произнес Эйдан, протирая стойку тряпкой. — Что вам угодно?

Джуд открыла было рот, чтобы вежливо попросить бокал белого вина, но тут парень улыбнулся, медленно, лениво изогнул губы, отчего у нее внутри что-то дрогнуло, а голова пошла кругом.

Да, вяло удивилась она, здесь все безумно красивы.

Парень не торопил ее и, похоже, готов был ждать сколько угодно. Он поудобнее облокотился о барную стойку и наклонился, приблизив к ней красивое лицо и выгнув брови.

— Красавица, вы заблудились?

Ей показалось, что она тает, просто стекает на пол лужей гормонов и вожделения. Воображение нарисовало такую неприличную картинку, что в голове что-то щелкнуло и мозги заработали.

— Нет, не заблудилась. Я бы выпила бокал белого вина. Шардоне, если можно.

— Разумеется. — Но он даже не пошевелился. — Вы янки. Вероятно, юная американская родственница Старой Мод, остановившаяся в ее коттедже?

— Да. Я Джуд. Джуд Мюррей. — Машинально она протянула руку и осторожно улыбнулась, отчего на ее щеках появились и тут же исчезли милые ямочки.

Эйдан всегда питал слабость к ямочкам на хорошеньких личиках.

Он взял девушку за руку, но не пожал, а просто задержал в своей руке, пристально всматриваясь в ее лицо, пока — она готова была в этом поклясться — у нее не начали плавиться косточки.

— Добро пожаловать в Ардмор, мисс Мюррей, и добро пожаловать к Галлахерам. Я Эйдан, и это мой паб. Тим, уступи-ка место даме. Где твои хорошие манеры?

— О, нет, не беспо...

Однако Тим, грузный мужчина с шевелюрой, похожей на клубок стальных пружинок, уже сползал с высокого табурета.

— Прошу прощения. — Он оторвал взгляд от экрана телевизора, висевшего над стойкой, и подмигнул Джуд, ничуть не огорчившись тем, что его отвлекли от футбольного матча.

— Присаживайтесь, если, конечно, не хотите сесть за столик, — добавил Эйдан, поскольку она все стояла и смотрела на него.

— Нет, нет. Так прекрасно. Благодарю вас. — Джуд взобралась на табурет, мучительно стараясь не ежиться под заинтересованными взглядами посетителей. Она не любила быть в центре внимания. Именно это больше всего угнетало ее в преподавании — все эти лица, обращенные к ней, ожидающие от нее чего-то глубокомысленного и значительного.

Наконец Эйдан отпустил ее. И вовремя. Ей уже казалось, что ее пальцы совершенно растаяли в его руке. Затем он выхватил из-под крана стакан пива и запустил его по стойке в страждущие руки.

— Как вам понравилась Ирландия? — снова обратился он к ней, отворачиваясь и доставая бутылку с зеркальной полки.

— Она прекрасна.

— Ну, здесь вы не найдете никого, кто бы с вами не согласился. — Эйдан стал наливать вино, глядя на нее, а не на бокал. — Как поживает ваша бабушка?

— О! — Джуд поразило, что он не пролил ни капли и поставил бокал точно перед ней. — Отлично. Вы ее знаете?

— Да, конечно. Моя мама до замужества была Фицджералд, и она приходится вашей бабушке то ли троюродной, то ли четвероюродной сестрой. Следовательно, мы с вами родственники. — Он щелкнул пальцем по ее бокалу. — *Slainte*[1], родственница Джуд.

— А, ну... спасибо. — Она приподняла бокал и вздрогнула от громкого крика. Женский голос, чистый, как звон церковных колоколов, обозвал кого-то проклятым, нескладным болваном, у которого мозгов меньше, чем у репы. В ответ раздраженный мужской голос пробурчал, что лучше уж быть проклятой репой, чем бессловесной грязью, в которой репа растет.

Никого из присутствующих, похоже, не шокировали ни крики, ни проклятья, ни неожиданный грохот, от которого Джуд снова вздрогнула и на этот раз пролила несколько капель вина на тыльную сторону ладони.

— Еще парочка ваших родственников, — пояснил Эйдан, ловко вытирая ее руку. — Моя сестра Дарси и мой брат Шон.

— Понятно. Но разве не нужно посмотреть, что случилось?

— Где случилось?

Джуд вытаращила глаза, поскольку перебранка вспыхнула с новой силой.

— Только посмей бросить эту тарелку мне в голову, змеюка, и клянусь, я...

---

[1] Ваше здоровье (*гэльский яз.*).

Угрозу прервал звон бьющейся посуды и следом злобное ругательство. Через мгновение из двери за баром выскочила разрумянившаяся и довольная девушка с подносом, заставленным тарелками.

— Дарси, ты в него попала? — поинтересовался кто-то из посетителей.

— Не-а. Он увернулся. — Дарси вскинула голову, взметнув облако черных, как вороново крыло, волос. Гнев явно был ей к лицу. Ее синие, как ирландские озера, глаза сверкали, пухлые губы мило дулись. Соблазнительно покачивая бедрами, Дарси подошла к семейству из пяти человек, сидевшему за низким столом. Расставляя блюда, она наклонилась к матери семейства, которая ей что-то шепнула, откинула назад голову и расхохоталась. Джуд заметила, что смех идет Дарси так же, как и гнев.

— Я вычту стоимость тарелки из твоей зарплаты, — сообщил сестре Эйдан, когда та подошла к стойке.

— Ради бога! Мне не жалко. И было бы еще веселее, если бы я попала в цель. Клуни заказали еще две кока-колы, имбирный эль и два «Харпа» — пинту и стакан.

— Дарси, это Джуд Мюррей из Америки, — произнес Эйдан, выполняя заказ. — Она будет жить в коттедже Старой Мод.

— Рада познакомиться. — Гнев, кипевший в глазах Дарси, мгновенно сменился неподдельным интересом. Губы изогнулись в ослепительной улыбке. — Хорошо устроились?

— Да, спасибо.

— Вы из Чикаго, верно? Вам там нравится?

— Красивый город.

— С роскошными магазинами, ресторанами и всем прочим. А чем вы занимаетесь в Чикаго? Чем зарабатываете на жизнь?

— Преподаю психологию. — *«Преподавала»*, — мысленно поправила себя Джуд, но объяснять было бы слишком сложно, тем более что она снова стала центром внимания.

— Правда? Как здорово! — В прекрасных глазах Дарси заиграли озорные и чуточку ехидные огоньки. — А вы не могли бы обследовать голову моего брата Шона, когда выдастся свободное время? С ней что-то не в порядке с самого рождения. — Дарси подхватила поднос с напитками, который к ней подвинул Эйдан, и ухмыльнулась. — Я швырнула две тарелки и оба раза промахнулась, но второй раз я чуть не сиданула ему по уху.

Метнув прощальную стрелу, Дарси гордо удалилась подавать напитки и принимать заказы.

Эйдан обменял два стакана на фунты, еще две кружки поставил под краны и вопросительно взглянул на Джуд.

— Вам не понравилось?

— Что? — Джуд опустила взгляд и заметила, что едва пригубила вино. — Нет, вино хорошее. — Она из вежливости сделала глоток и застенчиво улыбнулась, сверкнув ямочками. — Даже очень хорошее. Я просто отвлеклась.

— Не расстраивайтесь из-за Дарси и Шона. Шон у нас прыткий и всегда ловко уворачивается. Правда, если бы Дарси действительно хотела в него попасть, давно бы попала. Наша сестрица очень меткая.

Джуд успела лишь издать неопределенный звук, как кто-то заиграл на концертино.

— У меня есть кузены в Чикаго. — Это произнес Тим, оказывается, так и стоявший позади Джуд и терпеливо ожидавший вторую пинту пива. — Демпси. Мэри и Джек. Вы случайно их не знаете?

Джуд развернулась на табурете.

— Нет, простите.

— Понимаю, Чикаго большой город. Мы с Джеком росли вместе. Потом он уехал в Америку работать на мясокомбинате у дяди по материнской линии. Он там уже десять лет, горько жалуется на ветра и зимы, но даже не думает возвращаться домой. — Тим взял у Эйдана кружку, положил на стойку несколько монет. — Спасибо. Послушай, Эйдан, а ведь ты бывал в Чикаго?

— Скорее, проезжал. Озеро очень красивое и большое, как море. Ветры пронизывают до костей. Однако, если память мне не изменяет, там подают такие бифштексы, что можно разрыдаться от благодарности за то, что Бог создал коров.

Разговаривая, Эйдан ни на секунду не прекращал работу. Он загрузил полными бокалами и кружками еще один поднос, подставленный сестрой, протянул бутылку американского пива парнишке, который с виду еще не вырос из молочных коктейлей.

Зазвучала более быстрая мелодия, и, подхватив поднос, Дарси вдруг запела так, что у Джуд округлились от изумления глаза.

И дело было не только в голосе, хотя он поражал своей серебристой чистотой, но и в непринужденности, с которой девушка вдруг запела на публике. В песне рассказывалось об умирающей на чердаке старой деве, о ее судьбе, которая, судя по взглядам всех мужчин в зале — от мальчишки Клуни лет десяти до похожего на скелет древнего старикана, — самой Дарси Галлахер не грозила ни в коем случае.

Все дружно начали подпевать, и пивные краны заработали энергичнее.

Мелодия с еле заметным изменением ритма перетекла в следующую, и Эйдан столь естественно вплел в нее слова о предательстве женщины, еще не снявшей траур, что Джуд изумленно уставилась на него. Его голос оказался таким же прекрасным, как у сестры, и звучал так же искренне и взволнованно.

Эйдан налил пинту светлого пива, запустил кружку скользить по стойке и подмигнул Джуд. Она залилась румянцем, устыдившись, что он застал ее за откровенным разглядыванием, и утешилась тем, что в зале темновато.

Джуд подняла бокал, надеясь, что сделала это непринужденно, будто часто сидит в барах, где со всех сторон льются песни, а мужчины, похожие на произведения искусства, подмигивают ей, и обнаружила, что бокал полон. Она нахмурилась, поскольку помнила, что выпила не меньше половины, но Эйдан был почти на другом конце стойки, а ей не хотелось прерывать ни его работу, ни его песню, поэтому она пожала плечами и решила наслаждаться вином.

Дверь за стойкой, вероятно, ведущая в кухню, снова распахнулась. Джуд понадеялась, что никто не обращает на нее внимания, поскольку опять вытаращила глаза. Похоже, это начинает входить у нее в привычку. Появившийся в зале парень словно только что покинул съемочную площадку фильма о кельтских рыцарях, спасающих королевства и прекрасных девиц.

Он явно чувствовал себя легко и свободно, был высок и худощав и отлично смотрелся в потертых джинсах и темном свитере. Довольно длинные волосы, черные-черные, падали на ворот свитера. В глазах, синих, как глубокие озера, искрилось веселье. Губы, как и у Эйдана, были пухлыми, чувственными, а нос искривлен самую чуточку, ровно настолько, чтобы избавить парня от тяжкой ноши совершенства.

Заметив на его правом ухе ссадину, Джуд поняла, что это и есть Шон Галлахер, не так уж ловко увернувшийся от последней тарелки.

С врожденным изяществом лавируя между столиками, он поставил перед клиентом полную тарелку, затем вдруг одним молниеносным движением схватил сестру, развернул лицом к себе — Джуд затаила дыхание — и закружил в каком-то сложном танце.

«Что же это за люди, которые только что свирепо ругались и вот уже танцуют, весело смеясь, в переполненном пабе?» — изумилась Джуд.»

Посетители засвистели, захлопали в ладоши, затопали. Они танцевали так близко к Джуд, что она почувствовала ветерок, поднятый кружащей парой. Когда музыка смолкла, Дарси и Шон обнялись и глуповато улыбнулись друг другу.

Чмокнув сестру в губы, Шон обернулся и с интересом взглянул на Джуд.

— Ну, и кого же ночь привела в паб Галлахеров?

— Это Джуд Мюррей, родственница Старой Мод, — объяснила Дарси. — А это мой брат Шон, тот самый, которому нужна ваша профессиональная помощь.

— Ах да, Бренна рассказывала о вас. Джуд Ф. Мюррей из Чикаго.

— А что означает буква Ф? — спросил Эйдан.

Джуд обернулась, и у нее снова закружилась голова.

— Фрэнсис.

— Она видела Красавицу Гвен, — объявил Шон, и в зале воцарилась мертвая тишина.

— Правда? — Эйдан вытер руки тряпкой, отложил ее, облокотился о стойку.

Все явно ждали ее разъяснений.

— Нет, нет. Мне просто показалось... шел дождь. — Джуд схватила бокал, сделала большой глоток и мысленно помолилась о том, чтобы снова заиграла музыка.

— Эйдан видел Красавицу Гвен на скалах.

Джуд изумленно взглянула на Шона, сделавшего это заявление, перевела взгляд на Эйдана и размеренно произнесла:

— Вы видели привидение.

— Она бродит там и рыдает. От ее рыданий разрывается сердце и болит душа.

Глядя в его глаза, Джуд чуть не впала в транс, но вовремя заморгала и затрясла головой.

— Вы не можете верить в привидения.

Его красивые брови снова приподнялись.

— Это почему же?

— Потому что... их не бывает.

Эйдан рассмеялся громко, раскатисто и подлил вина, раскрыв тайну ее непустеющего бокала.

— Интересно, что вы скажете через месяц. Разве ваша бабушка не рассказывала вам историю Красавицы Гвен и Кэррика, принца эльфов?

— Нет. Хотя она дала мне с собой аудиозаписи, письма, дневники, связанные с легендами и мифами. Я... я хотела познакомиться с ирландским фольклором и изучить его место в психологии культуры.

— Потрясающе. — Эйдан развеселился и не пытался это скрыть, даже когда Джуд нахмурилась, он только подумал, что никогда прежде не видел, чтобы так мило сердились. — Смею заметить, вы приехали в самое лучшее место для сбора информации к такому замечательному проекту.

— Эйдан, обязательно расскажи ей о Красавице Гвен, — вмешалась Дарси. — И остальные истории. У тебя получается лучше всех.

— Обязательно расскажу, только в другой раз. Разумеется, если вам интересно, Джуд Фрэнсис.

Джуд Фрэнсис, раздраженная и, как поняла она с некоторым беспокойством, слегка пьяная, выпрямилась и с достоинством кивнула.

— Разумеется. Я хотела бы включить в свои исследования местный колорит и буду рада назначить вам встречу в любое удобное для вас время.

Он снова улыбнулся. Неспешно, непринужденно. Разрушительно.

— Ну, мы здесь не так официальны. Я просто загляну к вам на днях и, если вы будете свободны, расскажу кое-какие истории из тех, что знаю.

— Хорошо. Спасибо. — Джуд открыла сумочку, выудила бумажник, но Эйдан накрыл ее руку своей.

— Не надо. Вино за счет заведения. Добро пожаловать в Ардмор.

— Вы очень добры. — Интересно, насколько душевным получился ее ответ, подумала Джуд, вставая с табурета.

— Ждем вас снова.

— Я обязательно приду. Спокойной ночи. — Последние слова она произнесла, обводя взглядом зал, поскольку так показалось более вежливым, и снова взглянула на Эйдана. — Благодарю вас.

— Спокойной ночи, Джуд Фрэнсис.

Он смотрел ей вслед, рассеянно наполняя очередной стакан. Хорошенькая. И чопорная ровно настолько, чтобы мужчина задумался, какая она на самом деле. Пожалуй, он с удовольствием это выяснит. Не спеша. В конце концов у него полно времени.

— Наверное, она богатая, — вздохнула Дарси.

— Почему ты так думаешь?

— По одежде видно. Все очень неброско и безукоризненно. А ее сережки-кольца из настоящего золота, и туфли итальянские, не сойти мне с этого места.

Эйдан не заметил ни туфель, ни сережек, у него осталось общее впечатление сдержанной женственности и изящества. И, будучи настоящим мужчиной, он представил, как развязывает ленту, стягивающую ее волосы, как они свободно рассыпаются по ее плечам...

Но его сестра дулась, поэтому он повернулся к ней и щелкнул по носу.

— Дарси, милая, может, она и богатая, но так одинока и застенчива, как тебе вовек не представить. Деньги не купят ей друга.

Дарси тряхнула волосами.

— Я как-нибудь прогуляюсь к коттеджу и навещу ее.

— У тебя доброе сердце.

Ухмыльнувшись, Дарси подхватила поднос.

— Когда она уходила, ты пялился на ее попку.

Эйдан тоже ухмыльнулся.

— И со зрением у тебя все в порядке.

Когда последний посетитель отправился домой, стаканы были вымыты, пол протерт и двери заперты, Эйдан обнаружил, что вовсе не хочет спать. И читать не хочет. И выпить у камина стаканчик виски тоже не хочет.

Он любил провести часок перед сном в своей квартирке над пабом. Он не возражал против одиночества, а иногда даже дорожил им. Но так же сильно любил он долгие прогулки под усыпанным звездами ночным небом и плывущей над бухтой луной.

И сегодня вечером он отправился на скалы, поскольку не мог избавиться от мыслей о Красавице Гвен. Шон не солгал. Эйдан действительно видел ее и не раз. Она стояла на высоком утесе над морем. Ветер развевал ее светлые волосы, раздувал накидку, белую, как луна в небе.

Эйдан был совсем ребенком, когда впервые увидел Красавицу Гвен, и сначала очень испугался, но ее рыдания и отчаяние на лице тронули его до глубины души.

Красавица Гвен никогда не заговаривала с ним, но смотрела на него, видела его. Он готов был в этом поклясться на любом количестве Библий.

Сегодня он не искал привидений, не искал дух женщины, которая потеряла то, что любила больше всего на свете, до того, как поняла это.

Он просто хотел пройтись прохладной ночью, напоенной запахами моря, по земле, на которую вернулся, потому что нигде больше не чувствовал себя дома.

Тропинка, знакомая не хуже, чем путь от собственной кровати до ванны, круто карабкалась вверх. Внизу волны бились о берег, ведя бесконечную войну с валунами. Свет полумесяца рассыпался тонкой дорожкой по черной, никогда не успокаивающейся воде. Здесь Эйдан мог свободно дышать и думать обо всем, на что редко находилось время в дневных заботах.

Паб теперь принадлежал ему. Эйдан никогда не предполагал, как может быть тяжела эта ноша, но теперь в полной мере чувствовал ее на своих плечах. Решение родителей остаться в Бостоне после того, как они помогли дяде открыть собственный паб и пережить первые полгода, его не удивило.

Отец очень скучал по брату, а мать всегда обожала переезды и новое окружение. Они вернутся, но не навсегда, просто повидать друзей, детей. А «Паб Галлахеров» снова перешел от отца к сыну.

И, поскольку это его наследство, ему и продолжать семейное дело.

Дарси не будет вечно обслуживать столики и готовить сэндвичи, это ясно. Она откладывает деньги, как белка — орешки. Когда наберется достаточно, только ее и видели.

Шон вполне счастлив на кухне, витает в облаках, пока все девчонки в округе грезят о нем. Настанет день, когда Шон найдет свою мечту и свою женщину и пойдет своей дорогой.

Если он сам хочет сохранить семейный бизнес, а он хочет, то и он должен найти правильную женщину и подумать о сыне — или дочери, если уж на то пошло. Он вполне может немного отступить от традиции и передать свое дело девочке.

Но, слава богу, еще есть время. В конце концов ему всего тридцать один год, и он не собирается жениться только из чувства ответственности. Для брачных уз необходимы любовь и страсть, и слияние душ.

В своих путешествиях он многое понял, а главное, он понял, с чем может смириться мужчина, а с чем — никогда. Можно смириться с жестким матрасом и даже испытывать благодарность, если не хочешь спать на полу. Однако невозможно смириться с женщиной, рядом с которой скулы сводит от скуки, которая не горячит твою кровь, как бы ни было красиво ее лицо.

Эйдан обернулся и устремил взгляд на холм, где белел под звездным небом маленький коттедж. Из трубы вился тонкий дымок, в одном окне горел свет.

Джуд Фрэнсис Мюррей, подумал он и словно наяву увидел ее лицо. Что ты делаешь в своем маленьком домике на Эльфийском холме? Может, читаешь хорошую, серьезную книгу или вдали от чужих глаз наслаждаешься веселой, легкомысленной историей? Тебя тревожит, что думают о тебе окружающие, что они видят, когда смотрят на тебя. Это он понял за тот час, что она просидела за его стойкой.

Однако Джуд не только тревожится, она впитывает все, что происходит вокруг, все, что она видит и слышит. Вряд ли она сама это понимает, но это светится в ее глазах.

Он обязательно разберется в своих впечатлениях, постарается понять, какая она настоящая.

Ее огромные глаза морской богини и непослушные волосы уже разбередили его кровь. Ему понравился ее голос, четкость ее речи, так интригующе вступающая в противоречие с ее застенчивостью.

Интересно, а как поступит красотка Джуд, если он сейчас постучит в ее дверь?

Нет, не стоит пугать ее до смерти только потому, что ему тревожно и почему-то тянет к ней.

— Спокойных снов тебе, — прошептал он, сунув руки в карманы куртки и ежась под пронизывающим ветром. — Как-нибудь ночью я пойду не на скалы, а к твоей двери, и посмотрим, что получится.

Его слова как будто были услышаны. Мелькнула тень, дрогнула занавеска, и Джуд замерла на фоне освещенного окна. С такого расстояния он мог разглядеть лишь ее силуэт. Может, и она видит его тень на далеких скалах.

Занавеска задернулась, и через пару секунд свет в окне погас.

4

Надежность начинается с ответственности, и обе уходят корнями в дисциплину. Этой короткой нотацией Джуд приветствовала следующее утро, затем приготовила незатейливый завтрак и с кружкой чая устроилась в кабинете за столиком у окна.

Никаких прогулок по холмам, хотя день изумительный. Никаких грез среди цветов, сколько бы ни манили они своей красотой. И, разумеется, никаких поездок в деревню и блужданий — даже всего лишь час или два — по манящему золотистым песком берегу.

Возможно, ее намерение исследовать ирландские легенды, устно передаваемые из поколения в поколения, многим показалось бы в лучшем случае причудой, но при правильном, разумном подходе этот проект, безусловно, имеет право на жизнь. В конце концов талант устного пересказа легенд и историй так же, как и письменное слово, — один из краеугольных камней, заложенных в фундамент культуры.

Джуд никак не могла признаться себе, что ее самым тайным, самым сокровенным желанием было письменное творчество. Ей безумно хотелось открыть тот надежно запертый уголок своей души и выплеснуть на бумагу или экран компьютера — что, в общем-то, одно и то же — слова и образы. Однако каждый раз, как крепкий замок начинал дребезжать, Джуд напоминала себе, что желание ее романтично, даже глупо, и объясняется оно очень просто — это зудит ее тщательно обуздываемое честолюбие. Обычные люди со средненькими способностями должны довольствоваться тем, что диктует им здравый смысл.

Исследование с его анализами, детализациями и обобщениями — разумное и практичное занятие. Ее этому учили, от нее этого ждали, и прежде это вызывало в ней глухое недовольство, но сейчас все изменилось. Сама выбранная тема — исследование психологических причин зарождения и сохранения мифов на примере страны своих предков — для нее все равно, что бунт на корабле. И где, как не здесь, воплотить в жизнь свой замысел?!

Ирландия кишит мифами и легендами.

Призраки и привидения-плакальщицы, так называемые банши, злые духи и феи — лишь малая часть существ, порожденных неуемным кельтским воображением. Согласно легенде, коттедж Старой Мод стоит на волшебном холме, под которым скрывается сверкающий дворец эльфов. Кажется, в той же легенде говорится, что феи и эльфы могут заманить или просто утащить смертного в свой мир под холмом и удерживать там столетиями.

Завораживающая история.

Поразительно, что вроде бы нормальные, разумные люди на пороге двадцать первого века делают подобные заявления, свято веря в свои слова и утверждая тем самым торжество мифологии над здравым смыслом.

Джуд на себе испытала власть мифа, когда поверила в него, проведя в старом доме всего пару одиноких ночей. Отдельная благодарность колокольчикам над ее порогом — волшебной музыке ветра, навевающей грезы.

И еще та фигура на скалах. Мужской силуэт на фоне неба и моря, притянувший ее взгляд и вызвавший гулкое сердцебиение. Может, этот мужчина — простой смертный или принц эльфов, вплетающий магию в реальную жизнь, — ждал возлюбленную или скорбел о ней...

Очень романтично и заманчиво.

Разумеется, кто бы ни бродил после полуночи по продуваемым всеми ветрами скалам, он просто ненормальный. Эта трезвая мысль осенила Джуд утром, а всю ночь она ворочалась, вздыхала и дрожала, растревоженная романтичным образом.

Пожалуй, помешательство — за неимением лучшего определения — часть очарования этого народа и его мифов, поэтому придется к нему привыкнуть. Исследовать его, погрузиться в него.

Воодушевившись, Джуд отложила аудиозаписи и письма и приступила к работе.

Говорят, что коттедж стоит на Эльфийском холме, одном из множества холмов Ирландии, под которыми в своих волшебных дворцах и замках живут феи и эльфы. Говорят, что если приблизиться к Эльфийскому холму, то можно услышать волшебную музыку, чуть приглушенную густой зеленой травой. А если человек поднимется на такой холм, то велика опасность, что эльфы поймают его и заставят выполнять все их желания.

Джуд улыбнулась. Начало получилось уж очень лиричным для серьезного труда и очень ирландским. На первом курсе колледжа ее работы регулярно критиковали за нечто подобное, мол, она то и дело перескакивает с одной мысли на другую, отклоняется от темы, не придерживается намеченного плана. Прекрасно зная, как важны родителям ее оценки, она научилась сдерживать свои цветистые фантазии.

Однако сейчас некому ее оценивать, и это всего лишь набросок. Отредактировать его можно позже. А пока она будет записывать свои мысли, создавая основу для будущего исследования.

Бабушкиных рассказов вполне хватит для краткого обзора наиболее распространенных мифических существ. Главное — найти самые интересные мифы, дать исчерпывающую характеристику каждому персонажу, а затем объяснить его место в психологии народа, его создавшего.

Все утро Джуд корпела над основными терминами и ссылками, соотносившими ирландские персонажи с их аналогами в других культурах. Она настолько погрузилась в волшебный мир мифов, что не сразу услышала стук в парадную дверь, а услышав, с трудом оторвалась от описания *Pishogue* — колдуньи, которую в старину можно было встретить почти в каждой ирландской деревне. Засунув очки за ворот джемпера, Джуд поспешила вниз. Бренна О'Тул, уже возвращавшаяся к своему грузовичку, обернулась на звук открывшейся двери.

— Простите, что побеспокоила вас.

— Нет, нет! — воскликнула Джуд, удивляясь, почему так стесняется милой девушки в грязных рабочих сапогах. — Я была в маленькой комнате наверху. Я очень рада, что вы заехали, ведь я даже не поблагодарила вас как следует.

— Ой, ерунда! Вы спали на ходу. — Бренна вернулась к крыльцу. — Как вы устроились? У вас есть все, что нужно?

— Да, спасибо. — Джуд заметила на выцветшей кепке Бренны приколотую над самым козырьком маленькую крылатую фигурку. Фея! Поразительно, что такая практичная девушка носит амулет в виде феи. — Вы не хотели бы зайти, выпить чаю?

— Я бы с удовольствием, но у меня работа. — Однако Бренна явно не спешила покинуть палисадник. — Я только хотела узнать, как вы справляетесь, не нужна ли вам помощь. Я проезжаю мимо раза два в день.

— Пожалуй, у меня все есть. Хотя, не знаете ли вы, с кем мне связаться, чтобы поставить телефонную розетку во второй спальне? Я отвела ее под кабинет и хочу подключить модем.

— Модем? У вас есть компьютер? — В глазах Бренны загорелся неподдельный интерес. — У моей сестры Мэри Кейт есть компьютер, потому что она изучает программирование. Она так трясется над ним, будто он помог ей найти лекарство от глупости, и меня к нему не подпускает.

— Вы интересуетесь компьютерами?

— Мне интересно, как все работает, а она боится, что я разберу его на части, что я, конечно, и сделала бы. А как иначе узнать, как он работает? У нее и модем есть, она рассылает письма нашим родственникам в Нью-Йорке и друзьям в Голуэе. Просто чудо.

— Чудо. Но мы принимаем его как должное, пока не остаемся без него.

— Я передам вашу просьбу по назначению, и рано или поздно вас подключат, — улыбнулась Бренна. — Думаю, скорее, рано, не позднее чем через недельку. А пока я что-нибудь придумаю.

— Отлично. Большое спасибо. Да, я вчера ездила в деревню, но магазины уже были закрыты. Я надеялась найти книжный магазин, подобрать книжки по садоводству.

— Книжки по садоводству. — Бренна задумчиво поджала губы. Странно, что есть на свете люди, которые без инструкций не могут воткнуть цветок в землю. — Даже не представляю, можно ли найти такие в Ардморе, но в Дангарване или в Уотерфорд-сити точно найдутся. А если хотите что-то разузнать о цветах здесь, просто спросите мою маму. Она знает о цветах все, моя мама.

Бренна оглянулась на шум подъезжающей машины.

— А, это миссис Даффи и Бетси Клуни. Я отгоню грузовик, чтобы они смогли подъехать. Миссис Даффи наверняка привезла вам свои знаменитые пирожные. — Бренна помахала женщинам, сидящим в машине: — Ну, я поехала. Если что понадобится, дайте знать.

— Да, я... — Боже, взмолилась Джуд, не оставляй меня наедине с незнакомцами, но Бренна уже бежала вприпрыжку прочь.

Когда грузовичок вылетел через узкий проем в изгороди, Джуд чуть не вскрикнула от ужаса, хотя вероятность столкновения со встречным транспортом была ничтожно мала. Бренна тем временем почти вплотную приткнула грузовичок к машине гостей, поболтала с ними с минутку и укатила.

Пока грузовичок ковылял на ухабах, а вторая машина подъезжала к калитке, Джуд пребывала в панике.

— Доброго вам дня, мисс Мюррей!

С водительского сиденья соскочила пышногрудая женщина с широкими бедрами, плавно переходящими в короткие ножки с крохотными ступнями. На милом лице, обрамленном светло-каштановыми, щедро политыми лаком кудряшками, сверкали блестящие, как у птички, глаза.

Джуд выдавила улыбку и обреченно, будто на эшафот, потащилась к садовой калитке. Пока она судорожно подбирала подходящее приветствие, женщина распахнула заднюю дверцу, без умолку болтая и с Джуд, и со своей спутницей, уже вышедшей из машины, и, похоже, со всем миром.

— Я Кейти Даффи, а это Бетси Клуни, моя племянница, дочка моей сестры. Пэтти Мэри, моя сестра, сегодня занята в продуктовой лавке, не то и она приехала бы с нами засвидетельствовать вам свое почтение. Я утром так и сказала Бетси, попроси соседку понянчить младшенького, пока двое старших в школе, и мы заскочим в коттедж на Эльфийском холме, познакомимся с американской родственницей Старой Мод.

Женщина ни на секунду не умолкала, даже втиснув верхнюю часть туловища в заднюю дверцу, нетерпеливо перебирая короткими ножками и виляя бедрами, обтянутыми платьем в ярко-красных маках. У Джуд уже рябило в глазах и кружилась голова, когда Кейти Даффи — о, счастье! — выбралась наружу, держа в руках накрытое фольгой блюдо, и обратила к Джуд раскрасневшееся, улыбающееся лицо.

— А вы похожи на вашу бабушку, какой я ее помню с юности. Надеюсь, она здорова.

— Да, спасибо. Как мило, что вы заехали. — Джуд открыла калитку. — Пожалуйста, заходите.

— Мы не спешили, чтобы не мешать вам. — Бетси обошла автомобиль, и Джуд вспомнила, что видела ее в пабе накануне вечером. Она сидела со своим семейством за одним из низких столов. Эта зыбкая связь, как ни странно, помогла успокоиться. — Я сказала тете Кейти, что видела вас в пабе вчера вечером. Помните, у Галлахеров? И мы подумали, что вы уже готовы принимать гостей.

— Вы были со своей семьей. У вас очень воспитанные дети.

— Ах! — Бетси закатила глаза, темно-зеленые, как бутылочное стекло. — Не стану разубеждать вас в самом начале знакомства. Наверное, у вас нет детей?

— Нет, я не замужем. Я приготовлю чай? — предложила Джуд, когда гостьи переступили порог.

— Не откажусь. — Кейти решительно вошла в маленькую прихожую, явно чувствуя себя, как дома. — Мы замечательно проведем время на кухне.

К удивлению Джуд, именно так и получилось. Она с удовольствием целый час общалась с двумя славными и смешливыми женщинами. И неважно, что Кейти Даффи оказалась сплетницей, совершенно не признающей чужого мнения, косточки ближним своим она перемывала без всякой злобы.

Правда, вскоре у Джуд голова уже шла кругом от множества имен, от запутанных родственных связей, от отношений, добрых или враждебных, от описания свадеб и поминок. Если в Ардморе и окрестностях за последние сто лет с кем-то и произошло что-то, о чем не знала Кэтрин Энн Даффи, то это не заслуживало упоминания.

— Как жаль, что вы никогда не встречались со Старой Мод, — заметила Кейти. — Она была чудесной женщиной.

— Моя бабушка ее очень любила.

Кейти кивнула.

— Они хоть и кузины, но были близки, как родные сестры. Ваша бабушка жила здесь в детстве, когда потеряла родителей. Моя мама дружила с ними обеими. Когда ваша бабушка вышла замуж и уехала в Америку, и мама, и Мод очень скучали.

— А Мод осталась здесь. — Джуд обвела взглядом кухню. — Одна.

— Иначе и быть не могло. У нее был возлюбленный, и они собирались пожениться.

— Правда? И что же случилось?

— Его звали Джон Маги. Моя мама говорила, что он был очень красив и любил море. Он ушел на войну, Первую мировую, и погиб во Франции.

— Очень печально, — подхватила Бетси, — но романтично. Мод так больше никого и не полюбила. Когда мы ее навещали, она часто говорила о нем, хотя его не было на свете почти три четверти века.

Кейти вздохнула.

— Для некоторых так и бывает. Только один, никого до и никого после. Но Старая Мод, она жила счастливо здесь со своими воспоминаниями и цветами.

— Счастливый дом. — Джуд произнесла это вслух и тут же смутилась, но Кейти Даффи улыбнулась и снова кивнула.

— Да, счастливый. И те из нас, кто знал Мод, счастливы, что теперь здесь живет родной ей человек. Вы погуляйте по деревне, познакомьтесь с людьми, некоторые из них ваши родственники.

— Родственники?

— Вы из Фицджералдов, а их полно и здесь, и в Олд Пэриш. Моя подруга Дейдре — она теперь живет в Бостоне — до того, как вышла замуж за Патрика Галлахера, была Фицджералд. Это в их паб вы заглянули вчера вечером.

— Ах да. — Джуд вспомнила лицо Эйдана, ленивую улыбку, гипнотизирующие голубые глаза. — Мы в каком-то родстве.

— Насколько мне помнится, ваша бабушка приходится кузиной Саре, а Сара то ли двоюродная бабушка Дейдре, то ли ее прабабка, и тогда Агнес и Сара не двоюродные сестры, а троюродные. Впрочем, какая разница. Лучше поговорим о старшем сынке Дейдре... — Кейти задумчиво надкусила одно из своих пирожных. — Бетси, а ведь ты одно время не сводила с него глаз, не так ли?

В глазах Бетси замелькали веселые искорки.

— Может, я и взглянула разок-другой, только мне тогда было всего шестнадцать. Может, и он не отворачивался. А потом он отправился путешествовать, и у меня появился мой Том. Когда Эйдан Галлахер вернулся... ну, может, я и тогда на него поглядывала, но лишь для того, чтобы воздать хвалу Господу за его творение.

— Парнишкой он был довольно буйным, и что-то в его глазах... Похоже, не совсем-то он притих. — Кейти вздохнула. — Я всегда питала слабость к сорвиголовам. Джуд, а не остался ли у вас возлюбленный в Штатах?

— Нет. — На мгновение ей вспомнился Уильям. Интересно, думала ли она когда-либо о своем муже как о возлюбленном? — Никого особенного.

— А если не особенный, нечего и вспоминать.

Нечего вспоминать, думала Джуд позже, проводив гостей и задержавшись на крыльце. Нельзя сказать, что Уильям был для нее такой великой любовью, как Джон Маги — для Мод. Не были они ничем особенным друг для друга — она и Уильям.

А должны были. И какое-то время не было в ее жизни ничего важнее Уильяма. Она любила его или верила, что любила. Черт побери, она хотела его любить, она отдала ему все лучшее, что было в ней.

Только этого оказалось мало. И очень унизительно, что он так легко, так бездумно разорвал еще неокрепшие узы и выбросил ее из своей жизни.

Правда, если бы Уильям умер — от болезни ли, несчастного случая или даже героем, — она не стала бы скорбеть о нем семьдесят лет, просто погоревала бы немного и считалась бы вдовой, а не брошенной женой. И как ни ужасно признавать, она предпочла бы вдовство.

Что мучает ее больше — потеря Уильяма или уязвленное самолюбие? В любом случае, она не допустит, чтобы с ней опять случилось что-либо подобное.

В следующий раз она сосредоточится на себе и на том, что важно лично для нее, на своей независимости и самостоятельности. Она не будет ни к кому приспосабливаться и останется самой собой.

Она вовсе ничего не имеет против брака. У ее родителей очень прочный брак, они преданы друг другу. Может, им не хватает киношной страсти, о которой обычно грезят в юности, но их отношения — прекрасный пример успешного партнерства.

Вероятно, нечто подобное — спокойствие и достоинство — ей представлялось с Уильямом, но не получилось. И виновата она сама.

В ней же нет ничего выдающегося. И, к стыду своему, она просто стала его привычкой, частью заведенного порядка.

В среду в семь часов вечера ужин в одном из трех любимых ресторанов. В субботу театр или кино, поздний ужин и деликатный секс. При обоюдном согласии за сексом следует здоровый восьмичасовой сон, поздний завтрак и обсуждение новостей в воскресной газете.

После свадьбы ничего не изменилось, и покончить с рутиной на самом деле оказалось довольно легко.

Но, боже, боже, как она жалела, что не сама положила всему этому конец. Не совершила что-нибудь безрассудное, не сбежала с любовником в порыве страсти в дешевый мотель, не подрабатывала по ночам стриптизершей, не укатила с бандой байкеров.

Джуд попыталась представить себя в кожаной косухе на заднем сиденье мотоцикла, обнимающей здоровенного татуированного байкера по кличке Зеро, и рассмеялась.

— Должен признать, потрясающее зрелище для мужчины в апрельский день. — Держа руки в карманах, Эйдан непринужденно стоял в просвете живой изгороди и улыбался. — Смеющаяся женщина с цветами у ног. Если вспомнить, где мы с вами находимся, можно принять вас за фею, которая накладывает на цветы заклинание пышного цветения.

Эйдан подошел к калитке и остановился, видимо, ожидая приглашения, а Джуд могла думать лишь о том, что никогда не видела ничего более романтичного, чем Эйдан Галлахер с растрепанными ветром волосами и голубыми мятежными глазами на фоне далеких скал.

— Но вы же не фея, не так ли, Джуд Фрэнсис?

— Нет, разумеется, нет. — Она машинально подняла руку проверить прическу. — Я... я только что проводила Кейти Даффи и Бетси Клуни.

— Я встретил их машину, когда шел сюда. Они сказали, что чудесно провели с вами часок за чаем и пирожными.

— Вы пришли пешком? Из деревни?

— Это не так уж далеко, если любишь ходить пешком, а я люблю.

Джуд снова показалась Эйдану немного растерянной. Как будто она не знала, что с ним делать. Пожалуй, это их уравнивает, только хорошо бы придумать что-то такое, чтобы она улыбнулась, чтобы изогнулись ее губы и на щеках появились застенчивые ямочки.

— Вы меня пригласите или мне идти своей дорогой?

— О, простите. — Джуд поспешила к калитке и протянула руку одновременно с Эйданом. Его ладонь, теплая и крепкая, легла на ее пальцы. Щеколду они подняли вместе.

— О чем вы думали? Почему смеялись?

— Ну... — Поскольку он не выпускал ее руку, Джуд попятилась. — Так, глупости. Идемте. Миссис Даффи привезла пирожные, и чай еще не остыл.

Эйдан никогда не видел, чтобы женщину так пугал разговор с ним, но его это не огорчило. Проверяя свои впечатления, он шагнул вперед, и Джуд снова попятилась.

— Могу представить, что вам уже не хочется ни того, ни другого. Правду сказать, меня иногда так и тянет проветриться, и я отправляюсь на прогулки, которые люди называют блужданиями Эйдана. Если вы не спешите, мы могли бы просто посидеть на вашем крыльце. — Он остановил ее отступление, положив свободную руку на ее бедро. — Вы чуть не наступили на ваши цветы. Было бы очень жаль, если бы вы их растоптали.

— Ой! — Джуд осторожно отодвинулась в сторону. — Я такая неуклюжая.

— Я бы так не сказал. Немножко нервничаете, только и всего. — Вспыхнувший на ее щеках румянец доставил ему странное удовольствие, но захотелось успокоить ее, заставить забыть о неловкости. Он аккуратно развернул Джуд, явно изумив ее, и повел к крыльцу. — Я подумал, не хотите ли вы послушать мои истории. Для вашего исследования.

— Да, да, конечно, очень хочу. — Она облегченно вздохнула и присела на крыльцо. — Я сегодня утром как раз начала работу, попыталась почувствовать ее, набросать план, сформулировать основные принципы.

Джуд обхватила руками колени, сцепила пальцы, подняла голову и увидела, что Эйдан за ней наблюдает.

— Что-то не так?

— Нет, все в порядке. Я слушаю. Мне нравится вас слушать. У вас такой чистый и такой американский голос.

— Хм. — Джуд кашлянула и уставилась на цветы, будто ее приставили сторожить их, чтобы не сбежали. — Так на чем я... да, на принципах. Я хочу рассмотреть различные аспекты. Элементы фантазии, безусловно, но также социальные, культурные и сексуальные аспекты традиционных мифов. Их использование в качестве развлечения, притчи, предостережения.

— Предостережения?

— Да. Матери рассказывают о болотных эльфах, чтобы удержать детей подальше от опасных мест, или о злых духах, чтобы дети лучше себя вели. Мифов с гротескными персонажами сохранилось даже больше, чем с добрыми и великодушными.

— А вам какие больше нравятся?

— Ну, я даже не знаю. В зависимости от настроения.

— А у вас много?

— Много чего?

— Настроений. Я лично думаю, что много. У вас переменчивые глаза.

«Вот так-то! Наконец она на меня взглянула», — подумал Эйдан, но его радость была недолгой — Джуд быстро отвела взгляд. И, разумеется, он не мог знать, что, когда она смотрит на него, у нее внутри все трепещет от вожделения.

— Нет, обычно я не очень подвержена смене настроений. В вашей мифологии эльфы похищают младенцев из колыбелей и подменяют другими, великаны-людоеды пожирают детей. В прошлом веке мы заменили неприятные эпизоды и концовки счастьем на всю жизнь, хотя в ранних формах мифы изобиловали кровью, страданием и смертью. Психологически этот процесс зеркально отображает культурные изменения и взгляд родителей на то, что должны слышать их дети и во что они должны верить.

— А во что верите вы?

— В то, что выдумка, она выдумка и есть, но счастливый конец по крайней мере вряд ли станет источником детских кошмаров.

— Ваша мама рассказывала вам сказки о младенцах, подкинутых эльфами взамен похищенных?

— Мама — нет. — Джуд рассмеялась, представив свою маму за подобным занятием. — А бабушка рассказывала. И очень интересно. Я полагаю, вы тоже умеете рассказывать очень занимательно.

— Одну легенду я расскажу сейчас, если вы прогуляетесь со мной до деревни.

— Пешком? — Джуд покачала головой. — Это же несколько миль.

— Не больше двух. — Ему вдруг безумно захотелось пройтись с ней. — Сожжете калории от пирожных миссис Даффи, и я с чистой совестью накормлю вас ужином. Сегодня в нашем меню «рагу нищего», оно сытное и вкусное. А вечером я прослежу, чтобы кто-нибудь подвез вас домой.

Джуд покосилась на Эйдана и снова отвела взгляд. Так хотелось принять это неожиданное предложение, просто встать и пойти с ним без всяких планов, без всяких условий. И именно поэтому делать это не стоило.

— Очень соблазнительно, но мне нужно еще поработать.

— Тогда приходите завтра. — Эйдан опять взял ее за руку, потянул, поставил на ноги и поднялся сам. — В субботние вечера в пабе Галлахеров живая музыка.

— И вчера у вас была музыка.

— По субботам больше. И несколько более... думаю, вы бы сказали, организованная. Музыканты из Уотерфорд-сити, играют в народном стиле. Вам точно понравится, и нельзя же исследовать ирландские легенды, не услышав народную музыку, верно?

Обязательно приходите завтра в паб, а я приду к вам в воскресенье.

— Вы придете ко мне?

Он снова улыбнулся так, будто знал, что сопротивляться его обаянию невозможно.

— Рассказать вам историю. Для вашей работы. В воскресенье днем вас устроит?

— О, да. Замечательно. Отлично.

— Тогда до свидания, Джуд Фрэнсис. — Эйдан неторопливо дошел до калитки, обернулся. Его глаза потемнели, во взгляде сквозило напряжение. — Обязательно приходите в субботу. Мне нравится смотреть на вас.

Она не шевельнулась. Ни когда он отвернулся, чтобы открыть калитку, ни когда покинул сад и пружинисто зашагал по дороге к деревне. Ни даже тогда, когда уже был далеко-далеко.

Ему нравится смотреть на нее. И что это значит? Что он имел в виду? Просто флиртовал от нечего делать? Вроде бы нет. Ничего такого она в его взгляде не заметила.

Джуд заметалась между калиткой и домом. Ну, откуда ей знать, что Эйдан имел в виду, если она видела его второй раз в жизни?

Нет, наверное, все-таки это был флирт, естественное поведение мужчины, привыкшего заигрывать с женщинами. А если вдуматься, просто дружеское приглашение.

— Приходите в паб в субботу, — прошептала она. — Это все, что он имел в виду. И, черт меня побери, почему я опять все анализирую?

Злясь на себя, Джуд вернулась в дом, решительно заперла дверь. Любая нормальная женщина просто улыбнулась бы в ответ на приглашение. Пококетничала бы чуть-чуть. Безобидная, естественная реак-

ция. Если только ты не закомплексованная неврастеничка.

— А ты, Джуд Ф. Мюррей, именно такая. Закомплексованная неврастеничка. Ты не в состоянии
открыть свой идиотский рот и сказать что-нибудь
вроде: «Зайду, если получится. Мне тоже нравится
смотреть на вас». Но нет, ты таращишься на него, как
будто ждешь пулю в лоб.

Джуд сцепила руки, закрыла глаза. Докатилась!
Она теперь не просто разговаривает сама с собой.
Она бранит себя, как будто в ней живут два разных
человека.

Сделав несколько глубоких вдохов и выдохов,
Джуд немного успокоилась и решила побаловать себя
еще одним чудесным глазированным пирожным. Она
отправилась на кухню, стараясь не обращать внимания на тонкий внутренний голосок, объясняющий ее
желание с точки зрения психологии. Да, она собирается «заесть» свой промах. Ну и что? Когда едва зна-
комый, потрясающий мужчина взрывает ее гормоны,
она имеет право побаловать себя сладким.

Джуд схватила пирожное, залитое бледно-розовой
глазурью, и резко развернулась на громкий стук. Увидев за стеклянной дверью волосатую морду и длинные
зубы, она завизжала, дернулась, пирожное взмыло
к потолку, отскочило и плюхнулось — разумеется,
глазурью вниз — к ее ногам. В те доли секунды, что
пирожное летало по комнате, Джуд успела осознать,
что у ее двери стоит не чудовище, а собака.

— Боже! Боже милостивый, что творится в этой
стране? Каждые две минуты кто-то стучится в дверь. —
Джуд запустила пальцы в волосы, освободила кудри
и замерла, глядя на собаку. Та тоже не сводила с нее
больших карих глаз, в которых вроде бы не было враж-
дебности. Скорее, там была надежда. Да, собака ска-

лила зубы, но из раскрытой пасти свисал язык, так что это было естественно. Огромные лапы уже запачкали стекло грязью, но, когда собака дружелюбно тявкнула, Джуд сдалась и подошла к двери.

Собака куда-то исчезла, однако, открыв дверь, Джуд снова ее увидела. Новая гостья вежливо сидела на заднем крыльце, колотила по доскам хвостом и преданно смотрела на нее.

— Ты — собака О'Тулов, верно?

Собака, похоже, приняла вопрос за приглашение, проскользнула внутрь и затопала по кухне, оставляя грязные следы. По дороге она слизнула пирожное, подошла к камину и опустилась на задние лапы.

— Вообще-то я не собиралась сегодня разводить огонь. — Джуд осторожно протянула руку.

Собака принюхалась, ткнулась носом, подставила под ладонь морду.

— А ты умница. — Рассмеявшись, Джуд любезно почесала гостью за ушами. У нее никогда не было собаки, и весь ее опыт сводился к двум сварливым кошкам — любимицам матери, с которыми обращались, как с королевскими особами.

Наверное, эта собака часто приходила сюда и лежала на кухне у камина, скрашивая одиночество старой женщины. Интересно, тоскуют ли собаки по умершему другу? И тут Джуд вспомнила, что еще не сдержала данное бабушке обещание отнести цветы на могилу Мод.

Накануне Джуд наводила справки и знала, что Мод похоронена к востоку от деревни, над морем. Идти туда надо было по тропинке, ведущей к гостинице, затем повернуть к разрушенной часовне и источнику святого Деклана. Не близкий, но живописный путь.

Поддавшись порыву, Джуд выдернула из бутылки на кухонном столе цветы, наклонилась к собаке.

— Хочешь навестить Старую Мод?

Собака снова тявкнула, вскочила на ноги и последовала за Джуд к задней двери. Джуд с удивлением подумала о том, кто же кого ведет.

Сначала дорога вилась между полями с живыми изгородями, затем тропинкой карабкалась на скалы. Джуд брела рядом с рыжей собакой, сжимала в руке цветы и представляла себя ирландской деревенской женщиной, собравшейся навестить могилу дальней родственницы. Да, это вполне могло войти у нее в привычку, ну, если бы она всегда жила здесь и у нее была бы собака.

Джуд с удовольствием вдыхала свежий воздух, наслаждалась легким ветерком, следила за собакой, все время отбегающей, чтобы принюхаться бог знает к чему, замечала на цветущих кустах восхитительные признаки весны, смотрела на проносящихся мимо птиц и слушала их трели.

Внизу под утесами грохотало море. Когда Джуд приблизилась к разрушенной часовне, из-за облаков показалось солнце, и солнечный свет заплескался на траве и камнях. От трех каменных крестов к источнику вытянулись длинные тени.

Здесь, как упоминалось в путеводителе, совершали омовение паломники. И, наверное, многие из них тайно выливали немного воды на землю в дар богам, надеясь, что их мольбы будут услышаны.

Почему бы и нет? Она сама поступала бы так же.

Мирное место. Трогательное. Может, здесь и начинаешь понимать жизнь и смерть и связь между ними.

Несмотря на ветер, было тепло, как летом. В воздухе витал сладкий аромат цветов, пробившихся сквозь высокую траву и укрывших последнее пристанище мертвых. Слышалось монотонное жужжание пчел и птичьи трели, пронзительно чистые и искусные. Небольшие, грубо вытесанные камни отмечали древние могилы, разбросанные по неровной площадке, и среди них — один новый. Старая Мод сама выбрала это уединенное место на утесе, нависающем над опрятной, почти игрушечной деревушкой, морской синевой и зеленью холмов, уходящих к далеким горам.

Среди камней примостился пластмассовый горшок с темно-красными цветами. Тоже очень трогательно.

Люди часто забывают о могилах умерших, но не здесь. Здесь люди помнят и чтят память о мертвых.

«Мод Эллис Фицджералд», — гласила простая надпись на камне. И ниже: «Провидица». И еще ниже даты начала и конца ее долгой-долгой жизни.

Странная эпитафия, подумала Джуд, опускаясь на колени у невысокого могильного холмика, на котором лежал крохотный пучок первых, чуть привядших фиалок. Джуд положила свой букет рядом с ними.

— Я Джуд, внучка вашей кузины Агнес. Из Америки. Я пока поживу в вашем доме. Недолго. Он очень милый. Мне жаль, что мы не знакомы, но бабушка часто рассказывала, как жила с вами в этом домике, как вы радовались за нее, когда она вышла замуж и уехала в Америку. А вы остались здесь, дома.

— Она была чудесной женщиной.

Сердце чуть не выскочило из груди Джуд. Она вскинула голову и увидела красивое лицо, юное и чистое, синие-синие глаза, длинные черные волосы, падающие на плечи, дружелюбно приподнявшиеся уголки губ. Юноша приблизился и остановился по другую сторону могилы.

— Я не слышала вас. Я не знала, что вы здесь.

— В святом месте шаги неслышны. Я не хотел напугать вас.

— Нет, нет. — Разве что до полусмерти, мысленно добавила она. — Я вздрогнула от неожиданности. — Джуд откинула с лица растрепавшиеся от ветра волосы. — Вы знали Мод?

— Разумеется, я знал Старую Мод, чудесную женщину, как я уже сказал. Она жила честно и благородно. Хорошо, что вы принесли ей цветы, она их любила.

— Это ее цветы, из ее сада.

— Да. — Юноша улыбнулся еще шире. — Тем лучше. — Он положил ладонь на голову собаки, спокойно усевшейся рядом с ним. Сверкнуло кольцо, темно-синий драгоценный камень в массивной серебряной оправе. — Долго же вы шли к своим истокам.

Джуд хмуро посмотрела на него и замигала, поскольку смотреть пришлось против солнца, которое сейчас светило гораздо ярче.

— О, вы имеете в виду Ирландию. Возможно, вы правы.

— Здесь можно заглянуть в свое сердце и увидеть самое важное. — Цвет его глаз изменился, они стали яркими, как кобальт, бездонными, гипнотизирующими. — А затем уже выбирать. Выбирайте тщательно, Джуд Фрэнсис, ибо не только на вас повлияет ваш выбор.

Ароматы цветов, травы, земли клубились, опьяняя, вызывая головокружение. Солнце слепило и жгло глаза. Неожиданно поднявшийся сильный ветер принес — она готова была поклясться — чистейшие звуки флейт.

— Я вас не понимаю. — Одурманенная, Джуд закрыла глаза.

— Поймете.

— Я видела вас. В пелене дождя. — Как сильно кружится голова, господи, как же сильно кружится голова. — На холме у круглой башни.

— Да, видели. Мы ждали вас.

— Ждали? Кто? — Ветер стих так же внезапно, как поднялся, и музыка растаяла в тишине. Джуд затрясла головой. — Простите, что вы сказали?

Но когда она открыла глаза, никого не было рядом с ней, кроме большой рыжей собаки и безмолвных могил.

5

Эйдан не сказал бы, что не любит бумажную работу, — он ее просто ненавидел до глубины души.

Однако трижды в неделю, что бы ни случилось, он больше часа просиживал за письменным столом в своей квартирке над баром, мучительно заполняя чеки и платежные ведомости, подсчитывая расходы и доходы.

И неизменно испытывал глубочайшее облегчение, когда доходы превосходили расходы. Деньги мало волновали его до тех пор, пока семейное дело не перешло в его руки, и он часто задавался вопросом: не стало ли это одной из причин, почему родители передали паб ему? В своих скитаниях он жил одним днем, сводил концы с концами, и это его вполне устраивало. Он не копил деньги и не чувствовал в том нужды.

Ответственность точно не была его вторым именем.

Он рос в достатке и в детстве и в ранней юности вносил свой вклад в общее дело. Однако мыть полы, подавать пиво и петь песни — это одно, а вот решать, сколько заказывать пива или сколько битой посуды — отдельное спасибо сестрице Дарси — выдержит бизнес, вносить цифры в бухгалтерские книги и разбираться налогами — совсем другое. Все это доводило его до головной боли и причиняло не меньшие страдания, чем удаление зуба, но он научился. А научившись, понял, что из-за всех этих мучений паб стал значить для него гораздо больше. Да, его родители умные люди. И хорошо знали своего сына.

Он часами висел на телефоне, пытаясь выбить из поставщиков цены пониже, и это перестало его раздражать, поскольку у него обнаружились способности к переговорам и выгодным сделкам.

Ему нравилось, что музыканты из Дублина и Уотерфорда и даже из графств Голуэй и Клэр не только любят, но и почитают за честь выступить у Галлахеров. Он гордился тем, что за последние годы прославил паб, в том числе и исполняемой в нем музыкой.

Похоже, приближающееся лето, когда в Ардмор хлынут туристы, станет лучшим сезоном в истории семейного бизнеса, только от этого рутинная борьба с цифрами легче не станет.

Эйдан уже подумывал о приобретении компьютера, но тогда придется как-то справляться с чертовым чудом техники. Он не постыдился бы признать, что одна мысль о компьютере пугает его до смерти. А когда он предложил овладеть компьютером Дарси, она только рассмеялась и смеялась до тех пор, пока слезы не полились по ее румяным щекам.

Подступаться с этим предложением к Шону, который не подумал бы поменять лампочку, даже если бы пришлось читать в темноте, вовсе не имеет смысла. А о том, чтобы передоверить документацию постороннему человеку — учитывая, что с открытия паба Галлахеры со всеми делами справлялись самостоятельно, — даже речи не шло. Значит, ему либо и впредь придется пользоваться карандашом и калькулятором, либо собраться с духом и познакомиться с новейшими технологиями.

Наверное, Джуд прекрасно справляется с компьютером. Она могла бы научить его кой-чему, и он получил бы от этого огромное удовольствие. Эйдан расплылся в улыбке, и его мысли потекли в другом направлении.

Он хотел прикоснуться к ней. Он хотел почувствовать вкус ее кожи, ее изумительных пухлых губ. Давно уже ни одна женщина не волновала его кровь, и он наслаждался предвкушением.

Джуд напоминала ему только что родившегося жеребенка, еще не уверенно стоящего на ножках, отшатывающегося при приближении человека и в то же время надеющегося на ласку. Соблазнительное сочетание неуверенности с умом и хорошим образованием.

Дай бог, она примет его приглашение и придет в бар сегодня вечером.

Дай бог, она наденет один из своих элегантных нарядов, соберет волосы в тугой конский хвост, и он будет с удовольствием представлять, как распустит и разлохматит их.

Если бы Джуд имела хоть малейшее представление о мыслях Эйдана, она никогда бы не набралась смелости покинуть коттедж. Даже без этих осложнений она меняла решение не меньше полудюжины раз.

Ее пригласили, и не прийти было бы невежливо.

Если она придет, он подумает, что она надеется на его время и внимание.

Она просто приятно проведет вечер в дружеской атмосфере.

Она не из тех женщин, которые проводят вечера в пабах.

Собственная нерешительность вызвала такое сильное раздражение, что Джуд решила сходить в паб всего на часок. Из принципа.

Она выбрала брюки и жакет стального цвета, освежила их жилетом в тонкую бордовую полоску. В субботний вечер, решила она, вполне уместны длинные серебряные серьги, а раз там будет живая музыка, то не помешает и парочка серебряных браслетов.

Джуд питала тайную страсть к ювелирным украшениям.

Надевая на запястье серебряные браслеты, она вспомнила кольцо мужчины, которого встретила у могилы Мод. Сверкающий сапфир в серебре так странно смотрелся в тихой сельской глуши.

И сам мужчина был таким странным, так тихо появился и исчез, словно пригрезился ей. Но она ведь помнит его лицо и голос очень отчетливо, так же отчетливо, как внезапно усилившийся аромат цветов, порыв ветра и головокружение.

Просто из-за съеденных пирожных уровень сахара в крови повысился, затем резко упал, вот и результат. Джуд пожала плечами, наклонилась к зеркалу проверить, не размазалась ли тушь... Может, она увидит этого странного мужчину сегодня в пабе или когда в следующий раз принесет цветы на могилу Мод.

Веселый перезвон браслетов придал уверенности, и Джуд решительно спустилась по лестнице, на этот раз вовремя вспомнив о ключах. И ладони не вспотели, когда она осторожно вела автомобиль по темной дороге. Кажется, она делает успехи.

Довольная собой, предвкушая тихий приятный вечер, Джуд припарковалась за пабом Галлахеров, на ходу пригладила волосы, глубоко вдохнула, потянула на себя дверь и отпрянула, оглушенная громкой музыкой.

Волынки, скрипка, голоса и дикий рев толпы, подхватившей припев песни «Виски в кувшине». Музыка была такой быстрой, такой бесшабашной, что сливалась в единый вихрь, и этот вихрь подхватил Джуд, втянул внутрь, окутал со всех сторон.

Это был не тихий, темный паб, каким она его запомнила. Этот был забит битком. Люди сидели за низкими столами, теснились у барной стойки, сновали туда сюда с пустыми и полными стаканами и кружками.

Музыканты — как всего три человека смогли устроить такой оглушительный шум! — в рабочей одежде и сапогах и наяривали на своих инструментах как бешеные. Помещение пропахло табачным дымом, пивом и душистым мылом.

Джуд даже подумала, не ошиблась ли дверью, но заметила облако роскошных смоляных волос, стянутых ярко-красной лентой. Дарси! Девушка легко несла поднос, нагруженный пустыми стаканами, бутылками, переполненными пепельницами, и на ходу флиртовала с юношей, чье лицо от смущения было таким же красным, как ее лента, а глаза горели беспредельным восхищением.

Перехватив взгляд Джуд, Дарси подмигнула ей, похлопала обалдевшего юношу по щеке и протиснулась сквозь толпу.

— В пабе сегодня оживленно. Эйдан предупредил, что вы придете, и велел смотреть в оба.

— О... как любезно с его стороны... и с вашей. Я не ожидала, что здесь так много народа.

— Музыкантов у нас любят и приходят посмотреть и послушать.

— Они чудесные.

— Да, играют неплохо. — Дарси больше заинтересовали серьги Джуд, она тут же спросила, сколько Джуд за них заплатила. — А теперь не отставайте, и я доведу вас до бара в целости и сохранности.

Лавируя между столиками и посетителями, локтями, смехом и шутками пробивая себе дорогу, обращаясь к некоторым посетителям по имени, Дарси пробралась к дальнему концу стойки и поставила поднос.

— Добрый вечер, мистер Райли, — приветствовала она древнего старика, оккупировавшего самый крайний табурет.

— И тебе доброго вечера, юная Дарси, — пронзительным тонким голоском отозвался старик и улыбнулся Дарси одними глазами, явно подслеповатыми. — Дорогая, если ты выйдешь за меня замуж, я сделаю тебя королевой. — Он отхлебнул густой темный «Гиннес».

— Тогда поженимся в следующую субботу, ибо я достойна стать королевой. — Дарси чмокнула старика в пергаментную щеку. — Уилл Райли, освободи-ка янки место рядом с твоим дедушкой.

— С удовольствием. — Худой мужчина соскочил с табурета и ослепительно улыбнулся Джуд. — Так это вы янки. Садитесь сюда, рядом с дедушкой, и мы угостим вас пинтой пива.

— Дама предпочитает вино. — Перед Джуд возник Эйдан и протянул ей уже наполненный бокал.

— Да. Спасибо.

— Эйдан, запиши на Уилла Райли, и мы выпьем за всю нашу заокеанскую родню.

— Хорошо, Уилл. — Эйдан улыбнулся Джуд своей неотразимой медленной улыбкой. — Не уходите, договорились? — И вернулся к своей работе.

Она не ушла. Она пила за здоровье людей, о которых никогда не слышала, потому что не хотела показаться невежливой. Она беседовала с обоими Райли об их американских родственниках и об их поездках в Штаты, потому что это было совсем не трудно и потому, что понимала, как разочарует их, если признается, что никогда не бывала в Вайоминге и ни разу не видела настоящего ковбоя.

Она слушала музыку, потому что музыка была замечательная. Мелодии, знакомые и незнакомые, зажигательные и душераздирающие, беспрерывно сменяли друг друга. Джуд подпевала, когда узнавала песню, и улыбалась, когда мистер Райли выводил слова своим тонким голоском.

— Я был влюблен в вашу родственницу Мод, — сообщил мистер Райли. — Но она любила только Джонни Маги, царство ему небесное. — Старик глубоко вздохнул и щедро отхлебнул из своей кружки. — А однажды, когда я в очередной раз подошел к ее двери со шляпой в руке, она сказала, что еще до конца года я женюсь на белокурой сероглазой девушке. В июне мы и поженились, и прожили вместе пятьдесят лет до самой ее смерти. Мод, она многое видела. — Тусклые старческие глаза уставились прямо в глаза Джуд. — Феи и эльфы частенько нашептывали на ушко Мод.

— Правда? — переспросила Джуд, от души наслаждаясь разговором со стариком.

— О, да, а вы ее кровь, может, и вам они что нашепчут. Постарайтесь услышать.

— Непременно постараюсь.

Некоторое время они пили свои напитки в дружелюбном молчании, а когда Дарси обняла костлявые плечи старика и вместе с ним запела своим волшебным голосом о бесконечной любви и утрате, Джуд чуть не прослезилась.

Присмотревшись, она увидела за стойкой Бренну. Девушка разливала виски и пиво. Сегодня кепка отсутствовала, и роскошные рыжие кудри ничто не стесняло.

— Я не знала, что вы здесь работаете, — заметила Джуд с улыбкой.

— Помогаю иногда, когда нужны лишние руки. Что вы пьете, Джуд?

— Шардоне, но я не...

Она уже обращалась к спине Бренны, а через мгновение Бренна наполняла ее бокал.

— В субботы и воскресенья у Галлахеров не протолкнуться. И еще я помогаю летом. Сегодня чудесная музыка, правда?

— Замечательная.

— А как ваши дела, дорогой мистер Райли?

— Неплохо, красотка Бренна О'Тул. Когда же ты выйдешь за меня замуж и излечишь мое сердце?

— В веселом месяце мае. — Бренна ловко заменила его пустую кружку полной. — Берегитесь, Джуд, или этот повеса разобьет ваше сердце.

— Бренна, давай поменяемся. — Эйдан проскользнул за ее спиной и дернул за рыжую прядь. — Я хочу поработать здесь и пофлиртовать с Джуд.

— А вот и еще один повеса. Этот паб просто кишит ими.

— Она хорошенькая, — произнес мистер Райли.

Эйдан подмигнул Джуд.

— Которая из них, мистер Райли?

— Все они. — Мистер Райли хрипло рассмеялся и шлепнул костлявой ладонью по стойке. — Клянусь, я не видел ни одного женского личика, которое не захотелось бы ущипнуть за щечку, такие они все хорошенькие. Вот у этой янки колдовские глаза. Берегись, Эйдан, не то она тебя околдует.

— Может, уже околдовала. — Эйдан сунул грязные кружки в раковину под стойкой, подставил под кран чистые. — Признавайтесь, Джуд Фрэнсис, вы собирали в полночь луноцветы, нашептывая мое имя?

— Может, и собирала бы, — с изумлением услышала она свой голос, — если бы знала, как выглядят луноцветы.

Мистер Райли так расхохотался, что Джуд испугалась, как бы он не свалился с табурета. Эйдан улыбался, раздавая кружки, принимая деньги, и вдруг наклонился к Джуд, увидел, как удивленно распахнулись ее глаза, задрожали губы.

— Я покажу вам луноцветы, когда зайду в следующий раз.

— Что ж... — Джуд с сожалением простилась с едва проклюнувшимся остроумием и отпила вино.

Интересно, что ударило ей в голову: вино или проникновенный взгляд Эйдана? Пожалуй, и к тому, и к другому следует относиться осторожнее и уважительнее. Когда Эйдан снова подхватил бутылку, Джуд отрицательно покачала головой и прикрыла ладонью бокал.

— Нет, спасибо. Я бы просто выпила воды.

— Шипучку?

— Шипучку? О, да, чудесно.

Эйдан принес ей стаканчик с водой и несколькими кубиками льда и, подставив под краны два высоких стакана, начал по всем правилам наливать «Гиннес».

— Ужасно долгий процесс, — произнесла Джуд, скорее для себя, чем для него, но он оглянулся, продолжая одной рукой вертеть краны.

— Убыстрять нельзя. Как-нибудь, когда вам захочется попробовать, я налью вам стаканчик, и посмотрим, заскучаете ли вы по своему французскому вину.

Подскочила Дарси и опустила на стойку поднос.

— Пинту и полпинты «Смитвика», пинту «Гиннеса» и два стаканчика «Джеймисона». И, Эйдан, когда закончишь, разберись с Джеком Бреннаном, он на пределе.

— Разберусь. Каким временем вы еще располагаете, Джуд Фрэнсис?

— Временем? — Джуд перестала таращиться на его руки — такие быстрые и ловкие — и взглянула на свои часики. — Господи, уже двенадцатый час. Я и не думала. — Намеченный ею часок растянулся на целых три. — Мне пора домой.

Эйдан рассеянно кивнул — если честно, она ждала большего — и, пока Джуд искала деньги, чтобы заплатить за выпитое, выполнил заказ сестры.

Мистер Райли положил хрупкую руку на ее плечо.

— Платит мой внук. Он хороший парень. Уберите ваши деньги, дорогая.

— Благодарю вас. — Джуд хотела пожать старику руку и умилилась чуть ли не до слез, когда он поднес ее руку к своим губам. — Я счастлива, что познакомилась с вами. — Она соскользнула с табурета и улыбнулась младшему Райли. — С вами обоими.

Без помощи Дарси обратный путь к двери оказался более трудным. Когда Джуд наконец добралась до выхода, ее лицо раскраснелось от жары, и ей очень хотелось пуститься в пляс под стремительные и зажигательные скрипичные пассажи. Пожалуй, она провела один из самых приятных вечеров в своей жизни.

Джуд вышла в прохладную ночь и увидела Эйдана, поднырнувшего под мясистый кулак и руку толщиной со ствол крепкого дерева.

— Брось, Джек, ты же знаешь, что не хочешь меня избить, — попытался урезонить Эйдан рыжеволосого великана, неутомимо размахивающего кулаками.

— Хочу! Уж на этот раз я сломаю твой нос, Эйдан Галлахер, чтобы ты не совал его, куда не просят. Кто ты такой, чтобы запрещать мне гребаную выпивку в гребаном пабе, когда я желаю выпить, черт побери?

— Ты просто зол и раздражен, Джек, иди домой, выспись, и все пройдет.

— А у тебя прошло бы?

Великан снова бросился в атаку. Эйдан был настороже и легко увернулся бы и от этого удара, но Джуд взвизгнула. Эйдан на мгновение отвлекся, и кулак Джека врезался в его лицо.

— О, черт! — Эйдан пошевелил челюстью и охнул, когда Джек по инерции пролетел вслед за своим кулаком и хлопнулся физиономией о тротуар.

— Как вы? — Джуд в ужасе подбежала к Эйдану, обогнув распластанное тело размерами, как ей показалось, с океанский лайнер. — У вас кровь на губах. Больно? — Она судорожно искала в сумке салфетки. — Какой ужас.

Эйдан со злости уже готов был объяснить ей, что она виновата в его травме не меньше Джека, но она была такой хорошенькой и расстроенной и уже промокала его разбитую губу салфеткой. В общем, он попытался улыбнуться, от чего стало еще больнее, и поморщился.

— Какое хулиганство! Мы немедленно вызываем полицию.

— Зачем?

— Пусть его заберут. Он же на вас набросился.

Эйдан изумленно вытаращил глаза.

— Почему я должен отправлять в полицию одного из моих старых друзей, всего лишь разбившего мне губу?

— Это ваш друг?

— Ну, да. Он лечил разбитое сердце алкоголем, что глупо, но объяснимо. Его любимая девушка — во всяком случае, он так думал — две недели назад укатила с каким-то дублинцем, вот он с тех пор и заливает свое горе виски, а потом затевает драки. Он не хотел ничего плохого.

— Он разбил вам лицо. — Может, если произнести это медленно, до Эйдана дойдет смысл ее слов. — Он грозился сломать вам нос.

— Только потому, что уже не раз пытался это сделать, но так и не смог. Утром ему будет очень плохо и потому, что он меня ударил, и потому, что его несчастная голова не скатится с плеч и не оставит его в покое.

Эйдан все-таки улыбнулся, но очень осторожно.

— Вы испугались за меня, дорогая?

— Похоже, что зря, — чопорно ответила Джуд, скатывая в комочек окровавленную салфетку. — Оказывается, вы получаете удовольствие от уличных драк с друзьями.

— Когда-то я получал удовольствие от уличных драк с незнакомцами, однако, повзрослев, переключился на друзей. — Не удержавшись, Эйдан протянул руку и стал играть прядями ее затянутых в хвост волос. — Я благодарен вам за заботу.

Он шагнул вперед. Джуд сделала шаг назад.

— Когда-нибудь вам некуда будет отступать. А у моих ног не будет валяться бедный пьяный Джек, нуждающийся в помощи.

Философски вздохнув, Эйдан наклонился, к изумлению Джуд, подхватил великана, пребывающего в полубессознательном состоянии, и ловко перекинул его через плечо.

— А, это ты, Эйдан?

— Я, Джек.

— Я сломал тебе нос?

— Нет, но разбил в кровь губу.

— Гребаная удача Галлахеров.

— Здесь дама, придурок.

— О, прошу прощения.

— Вы оба смешны, — объявила Джуд и, отвернувшись, гордо зашагала к машине.

— Джуд, дорогая! — Эйдан ухмыльнулся и зашипел, поскольку губа снова лопнула. — Увидимся завтра, скажем, в половине второго.

Джуд не остановилась, не обернулась, и только садясь в машину, бросила на него разгневанный взгляд.

— Она ушла? — поинтересовался Джек.

— Ушла. Но недалеко, — пробормотал Эйдан, глядя вслед удаляющейся машине. — Далеко ей не уйти.

* * *

Мужчины — грубые, жестокие идиоты. И это не обсуждается. Джуд вела машину, раздраженно качая головой, постукивая пальцем по рулю. Пьяные уличные драки — не развлечение, и любой, кто считает это веселым времяпрепровождением, нуждается в серьезном лечении.

Господи, но почему она-то чувствует себя идиоткой? Он улыбался, пока она лепетала и стирала кровь с его губ. Если подумать, снисходительно улыбался, как большой сильный мужчина улыбается глупой встревоженной женщине.

И самое неприятное, она и вправду вела себя глупо, а когда Эйдан перебросил великана через плечо, как мешок с перьями, у нее все затрепетало внутри. Если бы она не собрала волю в кулак и не ушла в тот самый момент, то, весьма вероятно, взвизгнула бы от восхищения.

Какое унижение!

Смутился ли он, когда ему разбили физиономию в ее присутствии? Ни чуточки! Покраснел ли, представляя валяющегося на тротуаре пьяного идиота как своего старого друга? Не покраснел!

Сейчас он наверняка опять стоит за своей стойкой, развлекает посетителей, расписывая под веселый смех ее встревоженный визг и трясущиеся руки.

Ублюдок!

Джуд презрительно хмыкнула и почувствовала себя лучше.

К тому времени, как она подъехала к дому, ей удалось убедить себя, что она вела себя достойно и разумно, а вот Эйдан Галлахер вел себя как последний идиот.

Луноцветы, скажет тоже! Джуд так резко захлопнула дверцу машины, что вдаль покатилось звонкое эхо. Она раздраженно вздохнула, пригладила волосы и, подойдя к калитке, подняла голову. У окна второго этажа стояла женщина.

— О, боже!

Лунный свет мерцал на светлых распущенных волосах, на бледных щеках, в зеленых глазах. Джуд показалось, что кровь отхлынула от головы, она чувствовала каждую вытекающую капельку.

Женщина улыбалась, и улыбка ее была прекрасна, но почему-то от этой улыбки разрывалось сердце.

Джуд захлопнула калитку и побежала к дому. Дернув ручку, она поняла, что забыла запереть дверь. Кто-то вошел, пока она была в пабе, сказала она себе. Вот и все.

Она взбежала по лестнице не в силах унять дрожь в коленях.

Спальня была пуста. Джуд обежала весь дом. Никого. Только в воздухе витал незнакомый слабый аромат.

Непослушными руками Джуд заперла парадную и заднюю двери, поднялась в спальню и заперлась изнутри.

Она разделась, забралась под одеяло, оставив лампу зажженной, и долго-долго не могла заснуть. А когда заснула, ей снились драгоценности, сыплющиеся с солнца прямо в серебряный кошель мужчины, который мчался по небу на белом, как снег, крылатом коне.

Всадник летел над полями и горами, озерами и реками, болотами и торфяниками, величественными замками и домиками с соломенными крышами — над Ирландией. И хлопали на ветру белые крылья мифического коня.

Наконец конь спустился с неба на маленький холм, забил копытами перед утопающим в цветах белым домиком с зелеными ставнями.

Девушка вышла к нему. Золотистые волосы струились по ее плечам, а глаза были зелеными, как холмы вокруг. Юноша с черными, как ночь, волосами, с камнем в серебряном кольце, синим, как его глаза, соскочил с седла.

Он подошел к девушке и высыпал драгоценности к ее ногам. Бриллианты засверкали в траве.

— Это моя страсть к тебе, — сказал он. — Прими их и меня, ибо я отдам тебе все, что имею, и больше.

— Страсть ничего не изменит, как и твои камни. — Ее голос был тихим, едва слышным. Она не расцепила сложенных рук. — Я обещана другому.

— Я отдам тебе все. Я отдам тебе все навечно. Идем со мной, Гвен, и ты будешь жить в сто раз дольше.

— Не бриллианты нужны мне и не долгая жизнь. — Слеза заскользила по ее щеке, такая же сверкающая, как бриллианты в траве. — Я не могу покинуть свой дом. Не могу сменить мой мир на твой. Ни за все твои драгоценности, ни за обещанную долгую жизнь.

Он молча повернулся, вскочил на коня и устремился в небо, а она вернулась в дом, оставив на земле бриллианты, словно это были простые цветы.

Они и стали цветами, пахучими, скромными и милыми.

6

Джуд проснулась под тихую, мерную дробь дождя со смутными воспоминаниями о ночных видениях. Хорошо бы не вылезать из постели и снова заснуть, снова погрузиться в волшебный сон, но она решила не потакать своим капризам.

Пора завести четкий распорядок и придерживаться его. Дождливое воскресное утро полезно посвятить домашним делам, ведь здесь, в Ардморе, у нее нет приходящей уборщицы, как в Чикаго.

Как ни странно, она вовсе не прочь заняться уборкой и всякими мелочами, которые помогут ей почувствовать себя здесь, как дома. Неожиданно для себя Джуд обнаружила, что ей даже нравится копаться в чистящих средствах, выбирать щетки и тряпки.

Она с удовольствием провела добрую часть утра, вытирая пыль и переставляя безделушки Старой Мод, разбросанные по всему дому. Очаровательные феи, элегантные чародеи, загадочные хрусталики теснились на каждой столешнице и на каждой полке. Большинство книг было посвящено истории Ирландии и ее фольклору, но попадались и дешевые издания в потрепанных бумажных обложках.

Старая Мод, оказывается, читала любовные романы. Как трогательно!

Джуд не нашла пылесос, но отыскала старомодную, со скрипом вращающуюся щетку на длинной ручке и, напевая, прошлась с нею по полам и коврикам. Она до блеска отдраила кухню, к своему удивлению, получив огромное удовлетворение от сияния фаянса и хрома, тщательно прибралась в кабинете. Такими темпами, может, скоро дойдет очередь и до коробок во встроенном шкафу! Джуд пообещала себе разобрать вещи Мод и отправить бабушке все важное или трогательное.

Затем она сняла постельное белье, собрала все, что хотела перестирать, и тут до нее дошло: она ни разу в жизни не занималась стиркой. Ничего, научится. А, может, надо было сначала постирать, а потом заняться уборкой? Так она и поступит в следующий раз.

В тесной комнатке за кухней не оказалось сушильной машины, но зато нашлась бельевая корзина. Похоже, придется развешивать белье на веревке во дворе. Конечно, наблюдать, как это делает Молли О'Тул, было очень интересно, но вряд ли у нее получится так же ловко. Ничего, и этому она обязательно научится. Да, пожалуй, и грязное белье легче собирать в корзину. И это она учтет в следующий раз.

Джуд с сомнением хмыкнула, разглядывая стиральную машину. Допотопная. С пятнами ржавчины по облупленной белой эмали. Зато очень простая в управлении. Можно наливать холодную воду, а можно горячую. Наверное, чтобы хорошенько все отстирать, лучше налить горячей и побольше. Джуд прочитала инструкцию на коробке со стиральным порошком, скрупулезно выполнила все указания и довольно улыбнулась, когда резервуар начал заполняться водой. Не такая уж она безнадежная хозяйка.

Решив отпраздновать свои достижения, Джуд поставила на плиту чайник и достала из жестяной банки печенье.

Коттедж сияет. *Ее* коттедж сияет. Все расставлено по местам, стирается белье. И невозможно дольше тянуть, закончились все отговорки. Придется подумать о том, что она видела накануне вечером.

Женщина в окне. Красавица Гвен.

Ее личное привидение.

Сомнений нет, она дважды видела женскую фигуру, очень ясно видела. Так ясно, что даже с ее более чем скромными художественными способностями смогла бы нарисовать лицо, которое видела в окне.

Привидение. В ее детстве не было места привидениям и прочей мистике, хотя она всегда любила бабушкины сказки. И если вдруг у нее не начались галлюцинации, то придется признать: она дважды видела привидение.

Может, виновато ее постоянное нервное напряжение, угрожающее срывом, из-за чего, собственно, она и удрала из Чикаго?

Но сейчас-то она чувствует себя нормально. Ни головных болей, ни тошноты, ни липкого страха перед надвигающейся депрессией не было уже несколько дней. С того самого момента, как она в первый раз переступила порог коттеджа на Эльфийском холме.

Я чувствую себя хорошо, поняла Джуд, оценив свое состояние. Я спокойна, сосредоточенна, здорова. Пожалуй, даже счастлива.

Значит, или я видела привидение и привидения существуют, и придется расширить свои представления о...

Или я все же пережила нервный срыв, и моя нынешняя умиротворенность — его результат.

Джуд задумчиво надкусила очередное печенье и решила, что сможет смириться с любой ситуацией.

Услышав стук в парадную дверь, она торопливо стряхнула крошки с джемпера и взглянула на часы. Она так старательно отгоняла все мысли об обещанном визите Эйдана, что за домашними хлопотами не заметила, как прошло утро.

Очевидно, он уже здесь. Прекрасно. Можно поработать на кухне, решила Джуд, выходя в прихожую и закалывая волосы шпильками. Несмотря на первую бурную реакцию, ее интерес к нему чисто профессиональный. Мужчина, который дерется на улице с пьяным громилой и напропалую флиртует с едва знакомыми женщинами, ее нисколько не привлекает.

Она нормальная женщина, она верит в здравый смысл, в то, что любую проблему можно решить путем переговоров и найти компромисс. Она может только пожалеть человека, который предпочитает решать проблемы кулаками.

Даже если у него красивое лицо и накачанные мышцы.

Здравый смысл не позволит ей клюнуть на физическую красоту.

Она запишет его истории, поблагодарит за сотрудничество. И дело с концом.

Джуд открыла дверь и увидела его. Он стоял под дождем с непокрытой головой и улыбался тепло и лениво. Ее здравый смысл вмиг улетучился, и она почувствовала себя несмышленым щенком.

— Добрый день вам, Джуд.

— Привет. — Она снова поддалась его обаянию и только секунд через десять заметила рядом с ним великана с цветами в огромной руке. Широкое лицо парня было бледным, как лунный свет, могучие плечи поникли. Довершали это воплощение несчастья тонкие струйки дождя, стекающие с козырька его промокшей кепки.

Верзила вздохнул, когда Эйдан ткнул его локтем в бок.

— Ах да! Добрый день вам, мисс Мюррей. Я Джек Бреннан. Эйдан вот говорит, что я плохо вел себя прошлой ночью в вашем присутствии. Я глубоко сожалею и надеюсь, что вы меня простите.

Жалобно глядя на Джуд налитыми кровью глазами, он неловко сунул ей цветы и продолжил свою покаянную речь:

— Я выпил немного больше, чем надо бы. Это, конечно, не оправдывает грубые выражения перед дамой... но ведь я не знал, что вы там, верно? — Он с опаской покосился на суровое лицо Эйдана.

— Я понимаю, — строго сказала Джуд, хотя мокрые цветы выглядели так жалостно, что растопили ее сердце. — Вы были слишком заняты, целясь кулаками в вашего друга.

— Ну, да. Только Эйдан уж очень быстрый для меня, и нелегко попасть в него, когда я под парами, так сказать. — Его губы изогнулись в мимолетной, удивительно добродушной улыбке, и он снова опустил повинную голову. — Но хоть и было все, как я сказал, я виноват, что так вел себя перед дамой. Поэтому я прошу у вас прощения и надеюсь, что вы не думаете обо мне очень плохо.

— Достаточно. — Эйдан сильно хлопнул друга по спине. — Молодец, Джек. Мисс Мюррей слишком добросердечна, чтобы сердиться на тебя после такого искреннего покаяния. — Он заговорщически подмигнул Джуд. — Я прав, не так ли, Джуд Фрэнсис?

На Джека-то она действительно не сердилась, но Эйдан раздражал своей уверенностью, поэтому она ему не ответила и кивнула верзиле:

— Я не думаю о вас плохо, мистер Бреннан. Очень мило, что вы принесли мне цветы. Не хотите ли зайти выпить чаю?

Его лицо просветлело.

— Вы очень добры. Я с удовольствием...

— Ты занят, Джек, — оборвал его Эйдан.

Джек нахмурился.

— Нет. Ничем я не занят.

— Занят. Забыл, что ли? Бери мою машину и поезжай. Вспомни, я говорил тебе, что у нас с мисс Мюррей важное дело.

— Ах да, верно, — пробормотал Джек. — Но я не понимаю, чем помешала бы одна чертова чашка чаю. До свидания, мисс Мюррей. — Великан ссутулился и побрел под дождем к машине.

— Могли бы позволить ему зайти в дом обсохнуть, — сердито заметила Джуд.

— Что-то вы не спешите пригласить обсохнуть меня. — Эйдан бросил на нее внимательный взгляд. — Может, вы на меня злитесь?

— Вы не принесли мне цветы. — Но она отступила и пропустила его.

Эйдан вошел, отряхнулся.

— В следующий раз обязательно принесу. А вы прибрались. Здесь пахнет лимонной натиркой, настоящий домашний запах. Если дадите тряпку, я вытру эту лужу.

— Не беспокойтесь. Я потом сама вытру. А сейчас мне надо подняться наверх за диктофоном и прочим. Поработаем на кухне. Можете пройти прямо туда.

— Хорошо. — Эйдан накрыл ее ладонь своей, сделал вид, что не заметил, как она нахмурилась, и забрал цветы. — Я пока поставлю их куда-нибудь, может, они повеселеют.

— Благодарю вас. — Только холодной вежливостью могла она защититься от обаятельного промокшего мужчины в своей прихожей. — Я вернусь через минуту.

Вряд ли она отсутствовала дольше, но когда вернулась, Эйдан уже поставил цветы в одну из бутылок Мод и заваривал чай.

— Я развел огонь, чтобы прогнать сырость. Не возражаете?

— Нет, конечно. — Джуд честно старалась не злиться, но было обидно, что любое дело Эйдан делает гораздо быстрее ее. — Садитесь. Я налью вам чаю.

— Он должен еще немного настояться.

— Я знаю, — пробормотала Джуд, доставая из буфета чашки и блюдца. — Вы не поверите, но в Америке мы тоже завариваем чай. — Она поставила чашки на стол и раздраженно прошипела: — Перестаньте на меня пялиться.

— Простите, вы сейчас такая хорошенькая, волнение вам к лицу. И эти волосы...

Гневно сверкая глазами, Джуд так яростно стала втыкать наполовину выпавшие шпильки, словно хотела приколоть волосы прямо к черепу.

— Вероятно, я должна кое-что прояснить. У нас интеллектуальное сотрудничество.

— Интеллектуальное. — Ему хватило ума сдержать ухмылку и сохранить серьезное выражение лица. — Разумеется, это здо́рово — изучать интеллектуальные способности друг друга. Полагаю, у вас они неординарные. Но если я говорю, что вы хорошенькая, это же ничего не меняет, не так ли?

— Я не хорошенькая, и нечего это повторять. Итак, не могли бы мы приступить к делу?

Эйдан уселся, поскольку села Джуд, и опять внимательно на нее посмотрел.

— Интеллектуальное сотрудничество... А вы ведь в это верите. Забавно!

— Мы здесь не для того, чтобы обсуждать меня. У меня создалось впечатление, что вы искусный рассказчик и знакомы с мифами и легендами, характерными именно для этих мест.

Когда Джуд заговорила уже знакомым чопорным тоном, ему захотелось обнять ее и посмотреть, куда это их заведет. Конечно, он сдержался и непринужденно откинулся на спинку стула. Если ей требуется интеллектуальное общение, можно начать и с этого, а там видно будет.

— Я знаю кое-какие истории. Некоторые легенды, в том или другом виде, известны и вам. Мифы любой страны несколько видоизменяются от рассказчика к рассказчику, но суть остается неизменной. Например, об оборотнях коренные американцы, деревенские жители Румынии или ирландцы рассказывают по-разному, но можно проследить и нечто общее.

Поскольку Джуд продолжала хмуриться, Эйдан сам взял в руки чайник.

— Санта Клаус, Дед Мороз, Крис Крингл — один спускается через каминную трубу, другой ездит с внучкой на санях, третий набивает чулки конфетами, но сюжеты и даже детали мифов разных народов переплетаются, и напрашивается вывод, что мифы уходят корнями в реальность.

— Вы верите в Санта Клауса?

Эйдан отставил чайник. Посмотрел в глаза Джуд.

— Я верю в магию, я верю в то, что самое лучшее, самое истинное, что есть в ней, живет в сердце. Вы здесь уже несколько дней, Джуд Фрэнсис. Неужели вы не почувствовали никакой магии?

— Атмосфера. — Джуд включила диктофон. — Вне всякого сомнения, атмосфера этой страны способствует рождению и увековечиванию мифов. Языческие алтари, жертвоприношения богам. Кельтский фольклор с его предостережениями, вознаграждениями и культурными наслоениями пережил нашествия викингов, норманнов и прочих завоевателей.

— Вы не правы, Джуд Фрэнсис. Все дело в стране, а не в тех, кто пытался завоевать ее. В ее долинах, холмах и скалах. В воздухе. И в пропитавшей эту землю крови людей, сражавшихся за нее. Ирландцы поглотили викингов, норманнов и прочих, а не наоборот.

В его словах прозвучала гордость, которую Джуд понимала и ценила.

— Факт остается фактом: завоеватели пришли сюда, сожительствовали с местными женщинами, у них рождались дети. Они принесли свои суеверия и верования. Ирландия и их поглотила.

— Так все-таки с чего все начинается? С истории или с рассказчика? В этом состоит часть вашего исследования?

А он сообразительный, подумала Джуд. Схватывает на лету и четко формулирует.

— Невозможно изучать одно, не изучая другое. Кто и почему рассказывает, так же важно, как сама история.

— Хорошо. Я расскажу вам легенду, которую рассказал мне мой дедушка, а ему его отец, а его отцу его отец и так далее в глубь поколений, ибо Галлахеры живут на этом побережье дольше, чем кто-либо помнит.

— Легенда передавалась по мужской линии? — удивилась Джуд. Эйдан лишь поднял бровь. — Истории чаще передаются через матерей.

— Вы правы, но барды и арфисты Ирландии традиционно были мужчинами, и, как говорят, одним из них был и Галлахер, который пришел сюда, распевая свои повествования за монетку и кружку эля. Он собственными глазами видел здесь кое-что из того, о чем я вам расскажу, остальное услышал из уст Кэррика, принца эльфов, а потом пересказывал эту историю всем, кто хотел послушать.

Эйдан заметил неподдельный интерес в глазах Джуд и начал свой рассказ:

— Жила на свете девушка по имени Гвен. Она была незнатного рода, но благородна душой и манерами. Волосы ее были белые, как зимний солнечный свет, а глаза — зеленые, как мох. Слух о ее красоте разнесся по всей стране, однако она, хоть и знала себе цену, была очень скромной. Мать ее умерла при родах, и она, когда подросла, прилежно вела хозяйство в доме своего престарелого отца. Она делала все, что ей поручалось и что от нее ожидалось, и никто никогда не слышал ее жалоб. Правда, люди видели, как вечерами она иногда поднимается на скалы и смотрит на море, как будто хочет на крыльях улететь отсюда.

Пока Эйдан говорил, робкий солнечный луч пробился сквозь пелену дождя, заглянул в окно и лег на столешницу.

— Не знаю, что творилось в ее душе, — продолжал Эйдан. — Может, она и сама не знала. Она вела дом, заботилась об отце и в одиночестве бродила по скалам. Однажды, когда она несла цветы на могилу матери, а мать ее была похоронена у источника святого Деклана, встретился ей юноша — она думала, что юноша. Он был высок и статен, с темными волосами до плеч, а глаза его были синими, как колокольчики в ее руках. Он окликнул ее по имени, голос его показался ей чудесной музыкой, и сердце ее затрепетало. В одно мгновение у могилы ее матери они полюбили друг друга, и только ветер вздыхал в высокой траве, словно шептались феи.

— Любовь с первого взгляда, — прокомментировала Джуд. — Этот прием часто используется в сказках.

— Неужели вы не верите в то, что сердце может сразу почувствовать другое сердце?

Странная и поэтичная формулировка, подумала Джуд и порадовалась, что не выключила диктофон.

— Я верю во влечение с первого взгляда. Для любви нужно больше.

— Похоже, вы выдавили из себя все ирландское, — с сожалением покачал головой Эйдан.

— Не настолько, чтобы не оценить романтичность хорошей истории. — Джуд улыбнулась, на щеках ее появились ямочки. — Что было дальше?

— Ну, хоть сердца встретились, непросто было девушке и юноше взяться за руки и вместе пойти по жизни, ибо он был Кэррик, принц эльфов, и жил в серебряном дворце под холмом, на котором стоял ее дом. Она боялась заклятия и сомневалась и в его любви, и в своей. И чем больше стремилось к нему ее сердце, тем больше она сомневалась, ибо ее учили остерегаться эльфов и мест, где они собирались.

Джуд оперлась локтями о стол, подперла голову руками и завороженно слушала неспешный рассказ Эйдана, лившийся, словно музыка.

— И все-таки как-то ночью, когда на небе светила полная луна, Кэррик выманил Гвен из дома, посадил перед собой на крылатого коня и полетел с нею над землей и морем, показал ей чудеса, которые подарит ей, если она останется с ним. Он говорил, что его сердце принадлежит ей, и все, что он имеет, он отдаст ей.

На беду случилось так, что отцу ее не спалось от боли в костях, и он увидел, как юная Гвен мчится по небу с принцем эльфов на белом крылатом коне. Охваченный страхом и суевериями, отец думал только о том, как спасти дочь от злых чар, под которые, как он полагал, она подпала. Поэтому он запретил ей встречаться с Кэрриком и ради ее безопасности обручил ее с простым земным парнем, который жил щедротами моря. И Красавица Гвен, глубоко почитавшая отца, покорно подавила желания своего сердца, перестала гулять по скалам и начала готовиться к свадьбе, как ей было велено.

Тут солнечный луч, лежавший на столе между Джуд и Эйданом, исчез, и кухня погрузилась в полумрак, рассеиваемый лишь огнем в очаге. Эйдан смотрел в глаза Джуд, зачарованный тем, что видел в них. Грезы, печаль, желание.

— Когда Кэррик узнал об этом, он дал волю своему гневу и наслал на холмы и на море гром и молнии, и ветер, сметающий все на своем пути. Жители деревни, фермеры и рыбаки дрожали от страха, но Красавица Гвен спокойно сидела в своем доме и шила приданое.

— Он мог просто утащить ее к себе во дворец, — прервала его Джуд, — и держать там сто лет.

— А, так вы знаете, как это делается. — Эйдан с одобрением посмотрел на нее. — Он и правда мог украсть ее, но был очень горд и хотел, чтобы она пришла к нему по собственному желанию. В этих делах господа не так уж сильно отличаются от простых людей.

Эйдан наклонил голову, изучая ее лицо.

— Вы бы предпочли, чтобы вас украли, не оставив выбора? Без романтических ухаживаний?

— Поскольку вряд ли найдется эльф, который захочет меня украсть, мне не придется выбирать. Я хочу знать, что сделал Кэррик.

— Хорошо, я вам расскажу. На заре Кэррик вскочил на своего крылатого коня и полетел к солнцу. Он собрал пламя, вырывающееся из солнца, превратил его в бриллианты и сложил в серебряный кошель. Эти пламенеющие волшебные сокровища он принес к дому Гвен. Когда она вышла, он высыпал бриллианты к ее ногам и сказал ей: «Я принес тебе сокровища солнца. Это моя страсть к тебе. Прими их и меня, и я подарю тебе все, что имею, и даже больше». Но Гвен отказала ему, сказала, что обещана другому. Долг сдерживал ее, гордость сдерживала его, и они расстались, а бриллианты остались на земле среди цветов.

— И стали цветами.

Джуд передернулась, и Эйдан коснулся ее руки.

— Вы замерзли?

— Нет. — Она натянуто улыбнулась, демонстративно высвободила свою руку, взяла чашку и медленно глотнула чай, чтобы успокоиться.

Она знала эту историю. Она видела все это. Прелестную женщину, юношу, который оказался принцем эльфов, и ослепительный блеск бриллиантов на земле.

Она видела все это в своем сне.

— Нет, не замерзла. Кажется, бабушка что-то похожее мне рассказывала.

— Это еще не все.

— И что же было потом? — Джуд сделала еще глоток и попыталась расслабиться.

— В тот день, когда Гвен вышла замуж за рыбака, умер ее отец. Как будто он цеплялся за жизнь со всеми ее болями и горестями до тех пор, пока не убедился, что его дочь в безопасности, что о ней есть кому позаботиться. Ее муж перебрался к ней в дом и каждое утро, как только вставало солнце, уходил в море и забрасывал сети. Их жизнь текла мирно и спокойно.

Эйдан умолк, и Джуд снова нахмурилась.

— Не может быть, чтобы на этом все закончилось.

Эйдан улыбнулся, попробовал чай. Как всякий искусный рассказчик, он умел менять ритм, удерживая интерес слушателя.

— Разве я сказал, что это конец? Нет, ни в коем случае. Потому что Кэррик не смог ее забыть. Она была в его сердце. Пока Гвен жила своей земной жизнью, как ей и полагалось, Кэррик потерял интерес к музыке и веселью. И однажды ночью в великом отчаянии он снова вскочил на крылатого коня и полетел к луне. Он собрал свет луны, превратил его в жемчужины и сложил в серебряный кошель. Снова он пришел к ней и, хотя она носила в чреве своего первого ребенка, она выскользнула из супружеской постели и вышла к нему.

«Это слезы луны, — сказал он ей. — Они — мое томление по тебе. Прими их и меня, и я подарю тебе все, что имею, и больше». И снова, хотя слезы текли по ее щекам, она отказала ему. Ибо она принадлежала другому, носила в себе его ребенка и не могла нарушить брачный обет. Снова расстались они, ведомые долгом и гордостью, и жемчужины, лежавшие на земле, превратились в луноцветы.

Шли годы. Кэррик скорбел, а Красавица Гвен жила земной жизнью. Она рожала детей и находила в них радость. Она растила цветы и помнила свою любовь. Хотя ее муж был хорошим человеком, он так и не тронул глубины ее сердца. Она старела, старели ее лицо и тело, а сердце оставалось юным и томилось смутными девичьими желаниями.

— Как печально!

— Да, но и это еще не все. Время для эльфов течет совсем не так, как для смертных, и однажды Кэррик снова вскочил на крылатого коня, полетел над морем и дальше в океан, где нырнул глубоко-глубоко, чтобы найти его сердце. Он положил пульсирующее сердце в серебряный кошель, и сердце океана превратилось в сапфиры. Кэррик отнес их Красавице Гвен. Ее дети уже нарожали своих детей, волосы ее поседели, а глаза выцвели. Но принц эльфов видел перед собой лишь ту девушку, которую любил и желал. Он высыпал сапфиры к ее ногам. «Это сердце океана. Они — моя верность. Прими их и меня, и я отдам тебе все, что имею, и больше».

На этот раз, став мудрее с возрастом, она поняла, что наделала, отвергнув любовь из чувства долга и не доверившись своему сердцу. И поняла, что наделал он, предлагая ей драгоценности, а не то единственное, что могло бы склонить ее к нему.

Эйдан накрыл руку Джуд своей ладонью. И в этот момент солнечный лучик вернулся.

— Ей нужны были слова любви — не страсти, не томления, не верности. Но теперь, старая и согбенная, она знала то, чего не знал бессмертный принц эльфов, — слишком поздно. Она зарыдала горькими слезами старой женщины и сказала ему, что ее жизнь подошла к концу. И еще она сказала, что если бы он принес ей любовь, а не драгоценности, если бы он говорил о любви, а не о страсти, томлении и верности, может, ее сердце победило бы чувство долга. Он был слишком горд, сказала она, а она была слепа и не разглядела желание своего сердца.

Ее слова разгневали Кэррика, ведь он раз за разом приносил ей свою любовь так, как умел. На этот раз перед тем, как покинуть ее, он наложил заклятье.

Она будет скитаться и ждать, как ждал он год за годом в одиночестве, пока не встретятся искренние сердца и не примут дары, которые он предлагал ей. Трижды должны они встретиться, трижды принять дары, и только тогда спадет заклятье. Он вскочил на коня и улетел в ночь, а сапфиры у ее ног превратились в цветы. Она умерла в ту самую ночь, и на ее могиле каждую весну расцветают цветы, а дух Красавицы Гвен, прекрасный, как юная девушка, все ждет и скорбит о потерянной любви.

Джуд хотелось разрыдаться, она чувствовала странное беспокойство.

— Почему он не забрал ее тогда, не сказал, что ее возраст не имеет значения?

— В легендах так не бывает, и разве мораль не в том, Джуд Фрэнсис, чтобы доверять своему сердцу и никогда не отворачиваться от любви?

Джуд стряхнула наваждение, навеянное трогательной легендой, почувствовала, что Эйдан держит ее за руку, и высвободилась.

— Может, мораль в том, что следование долгу обеспечивает длинную, спокойную жизнь, пусть не яркую, но вполне приятную. А ему стоило бы оглянуться, и тогда он увидел бы, как его дары превращаются в цветы... цветы, которые она хранила, и он понял бы, что не драгоценности были нужны ей.

— Как я и сказал, вы очень умны. Да, она хранила его цветы. — Эйдан коснулся кончиками пальцев лепестков. — Она была простой женщиной с простыми желаниями, но смысл легенды не только в этом.

— А в чем же?

— Любовь. Над любовью не властны ни время, ни преграды. И ныне Красавица Гвен и Кэррик ждут, когда спадет заклятье и они воссоединятся в его серебряном дворце под Эльфийским холмом.

Джуд напомнила себе, что пора вернуться из мифа в реальность. К анализу.

— Легенды подолгу живут неслучайно. Они несут определенную смысловую нагрузку, подпитываются самой жизнью народа. Даже в фольклоре награда редко достается без усилий. Символы — одна из традиций устного народного творчества. Девушка, потерявшая мать и заботящаяся о своем престарелом отце, юный принц на белом коне. Привлечение стихий: солнца, луны, океана. Почти ничего не говорится о мужчине, за которого она вышла замуж, он всего лишь орудие, с помощью которого разлучили влюбленных. — Джуд пыталась скрыть смущение за наукообразной болтовней, но не удержалась и посмотрела на Эйдана. Он внимательно изучал ее. — Что такое? В чем дело?

— Я заинтригован вашими перевоплощениями.

— Что это значит?

— Пока я рассказывал, вы сидели с мечтательным видом и вдруг отстраненно и деловито раскладываете очаровавшую вас историю по кусочкам.

— Это и есть анализ. И я вовсе не сидела с мечтательным видом.

— Мне лучше знать. Я ведь смотрел на вас, не так ли? — Его голос снова потеплел и окутал ее. — У вас глаза морской богини, Джуд Фрэнсис. Большие, туманно-зеленые. Я вижу их даже, когда вас нет рядом. Что вы думаете об этом?

— Я думаю, что у вас хорошо подвешен язык. — Джуд вскочила, понятия не имея, чем себя занять, и не придумала ничего лучшего, чем отнести чайник обратно на плиту. — Вот почему вы так увлекательно рассказываете легенды. Я бы хотела услышать побольше, чтобы сравнить их с рассказами моей бабушки и других...

Джуд обернулась и дернулась, поняв, что Эйдан стоит почти вплотную к ней.

— Что вы делаете?

— В данный момент ничего. — «Вот сейчас тебе точно некуда отступать, не так ли?» — подумал он, но сохранил непринужденный тон. — Я счастлив тем, что могу рассказывать вам легенды. — Он оперся руками о плиту, не давая Джуд отступить в сторону. — А если захотите послушать других, добро пожаловать в паб в любой тихий вечер.

— Да. — Паника охватила ее. — Отличная мысль. Я могла бы...

— Вчерашний вечер вам понравился? Музыка?

— Ну... — От Эйдана пахло дождем и мужчиной. И она не знала, куда девать руки. — Да. Музыка была замечательная.

— И ничего, что незнакомая? — Ее лицо было очень близко, так близко, что он видел тонкие янтарные ободки между шелковисто-черными зрачками и туманно-зелеными радужками.

— А... я знаю некоторые. Хотите еще чаю?

— Не отказался бы. Почему же вы не пели?

— Не пела? — В горле у нее пересохло.

— Я почти все время следил за вами. Вы не подпевали и не пели со всеми вместе.

— Ну, я... да. — Пусть немедленно отодвинется, невозможно дышать. Он забирает весь воздух. — Я вообще не пою, только иногда, если нервничаю.

— Так вот в чем дело. — Следя за выражением ее лица, Эйдан приблизился вплотную и удивился, насколько естественно прижалось к нему ее тело.

Вот теперь она точно знала, что делать с руками, и уперлась ладонями в его грудь.

— Что вы делаете?

— Нервирую вас. Хочу услышать, как вы поете.

Джуд истерически хохотнула и попыталась высвободиться, но лишь теснее прижалась к нему.

— Эйдан...

— Да, вы немного нервничаете, — пробормотал он и, опустив голову, легко коснулся губами уголка ее рта. — Вы дрожите. Не надо. Я хочу расшевелить вас, а не напугать до смерти.

У него прекрасно получалось и то, и другое. Ее сердце билось о ребра, звенело в ушах. Пока его губы прокладывали дорожку по ее губам, а ее ладони упирались в его неподатливую грудь, по телу разливалась изумительная слабость.

— Эйдан, вы... Это... Я не думаю...

— Все прекрасно. Отбросим все мысли хотя бы на минуту.

Он прикусил ее нижнюю губу — пухлую, влажную. Джуд тихо застонала, глаза ее затуманились, потемнели. Его пронзило отчаянное безрассудное желание.

— Господи, ну и сладкая ты. — Он оторвал одну руку от плиты, провел пальцами по ее ключице, впился губами в ее губы. Пробуя, смакуя, наслаждаясь ее вкусом.

Джуд еще раздумывала, сдаваться или нет, когда он прикусил ее губы зубами, и она задохнулась, вцепилась в него.

Она дрожала словно вулкан, готовый к извержению. Ее руки, захваченные в плен, еще упрямо упирались в его грудь, но пальцы уже крепко вцепились в его рубашку.

Она слышала, как он что-то прошептал, но из-за звона в ушах не расслышала, что именно. Его губы были горячими и искусными, тело — крепким и сильным, а пальцы касались ее лица легко и нежно, как крылья мотылька. О сопротивлении уже не могло быть и речи, и она отвечала ему с неистовством, о котором прежде и не подозревала, оно изумляло ее и срывало все преграды.

Когда Эйдан отстранился, ей показалось, что мир накренился и отбросил ее.

Он обнимал ее лицо ладонями, пока ее глаза не распахнулись. Он хотел только попробовать ее вкус, насладиться моментом. Посмотреть, почувствовать. Но все обернулось по-другому и вышло из-под контроля.

— Я хочу тебя. — Ее глаза распахнулись еще шире, заблестели таким смущением и наслаждением, что он чуть не рухнул перед ней на колени. Непривычное ощущение, но ему было все равно. — Пойдем наверх.

Джуд с трудом оправилась от шока, качнула головой.

— Я не могу. Нет. Это совершенно безответственно.

— У тебя в Америке кто-то остался?

— Остался? — Голова не желала соображать. — О, нет. Никого у меня нет. — Глаза Эйдана сверкнули, и она отпрянула. — Это не значит, что я вот так просто... Я не сплю с мужчинами, которых почти не знаю.

— Лично мне кажется, что мы прекрасно знаем друг друга.

— Это физическая реакция.

— Чертовски верно. — Он снова поцеловал ее. Жарко, крепко.

— Я не могу дышать.

— И у меня проблемы с дыханием. — Эйдан с трудом овладел собой и отступил. — Так что нам делать, Джуд Фрэнсис? Будем анализировать на интеллектуальном уровне?

Ирландская напевность голоса не скрыла резкую насмешку, однако Джуд не съежилась, а демонстративно расправила плечи.

— Я не собираюсь просить прощения за то, что не прыгнула с тобой в постель. И если я предпочитаю общаться на интеллектуальном уровне, то это мое личное дело.

Эйдан стиснул зубы, потому что уж очень хотелось выругаться, сунул руки в карманы и зашагал взад-вперед по крохотной кухоньке.

— Это для тебя так важно?

— Да.

Эйдан остановился, прищурился и вдруг закинул голову и расхохотался. Джуд растерянно смотрела на него.

— Черт побери, Джуд, если бы ты раскричалась или запустила в меня чем-нибудь, мы в удовольствие подрались бы, и все закончилось бы сексом прямо здесь на полу. И лично я получил бы море удовольствия.

Джуд тихонько вздохнула.

— Я не кричу, не дерусь и ничем не швыряюсь.

Он приподнял брови.

— Никогда?

— Никогда.

Он ухмыльнулся. Насмешливо. Вызывающе.

— Я мог бы это изменить. — Эйдан шагнул к ней, покачал головой, когда она попятилась. Поймал выбившуюся прядь ее волос, дернул. — Спорим?

— Нет. — Джуд неуверенно улыбнулась. — Я и пари не заключаю.

— Носишь фамилию Мюррей и пытаешься уверить меня, что не любишь азартных игр? Ты позор своей семьи.

— Я гимн своему воспитанию.

— Я всегда ставлю на кровь. — Эйдан качнулся с пяток на носки и обратно, разглядывая ее. — Ну, мне, пожалуй, пора. Прогулка под дождем прочистит мои мозги.

Пока он снимал с вешалки куртку, Джуд немножко успокоилась.

— Ты не сердишься?

— А почему я должен сердиться? — Его глаза впились в нее, яркие, насмешливые. — Ты ведь имеешь право сказать «нет»?

— Да, конечно. — Джуд пожала плечами. — Но мне кажется, что большинство мужчин злилось бы.

— Я не большинство мужчин, не правда ли? И, между прочим, я тебя хочу, и я тебя добьюсь. Не обязательно сегодня.

Он снова ухмыльнулся, увидев, как она изумленно раскрыла рот, и направился к двери.

— Подумай об этом и обо мне, Джуд Фрэнсис. Пока.

Когда дверь за ним закрылась, Джуд не шевельнулась. Она думала о случившемся, вернее, о неслучившемся, и о нем, и обо всех метких, язвительных репликах, которые так и не сорвались с ее языка, и еще больше она думала о том, что чувствовала в его объятиях.

7

Я собираю мифы и нахожу проект еще более интересным, чем ожидала. Я так рада, что бабушка дала мне аудиозаписи. Я слушаю их и представляю, будто она сидит напротив меня. Или будто я снова маленькая девочка, и она зашла в мою комнату рассказать мне на ночь сказку. И тогда я не чувствую себя одинокой.

Прежде чем поведать историю Красавицы Гвен, бабушка особенно подчеркнула, что никогда прежде ее не рассказывала. Должно быть, она ошибается, потому что, когда легенду рассказывал Эйдан, кое-что показалось мне очень знакомым.

Если рассуждать логически, легенда хранилась в моем подсознании и вырвалась на свободу, когда я поселилась здесь, в доме, вот я и увидела тот сон.

Джуд перестала печатать, откинулась на спинку стула, забарабанила пальцами по столу. Да, разумеется, иначе и быть не может. И все прояснилось, когда она изложила это письменно. Именно такое задание она всегда давала своим студентам-первокурсникам. Запишите ваши мысли, ваши предположения по волнующей вас проблеме произвольно, без внутренней цензуры. А потом прочтите и все обдумайте, и вы наверняка найдете ответы.

Так почему же она не занесла в дневник свою стычку с Эйданом? Почему ни слова не написала о том, как он прижал ее к плите, как покусывал ее губы, словно она какое-то чертово лакомство? Ничего о том, что она чувствовала и что думала.

О боже! Она возбудилась от простых воспоминаний.

В конце концов, это просто некое событие, а дневник как раз и предназначен для того, чтобы фиксировать события ее новой жизни, ее мысли и чувства.

Джуд строго напомнила себе, что не собирается копаться в своих мыслях и чувствах. Но все было напрасно — чувства брали верх.

— Все! Хватит! Это совершенно не относится к делу, — решительно произнесла она вслух, шумно выдохнула, повела плечами, и ее пальцы снова запорхали над клавиатурой.

Интересно то, что бабушкина версия легенды о Красавице Гвен почти идентична версии Эйдана. Конечно, каждый рассказывает по-своему, но персонажи, подробности, настроение очень схожи.

Такая четкая интерпретация легенды указывает на то, что народ относится к своему устному творчеству, как к искусству, и хранит его чистоту. Я на-

чинаю понимать, учитывая психологию, как история становится легендой, а легенда начинает восприниматься истиной. Человек слышит снова и снова одну и ту же историю, рассказываемую в одном и том же ритме, с одними и теми же интонациями, и начинает воспринимать ее как реальность.

Они мне снились. Оба.

Джуд сняла пальцы с клавиатуры и уставилась на экран. Это она печатать не хотела. Мысль вспыхнула в мозгу, а пальцы готовы были воплотить ее в слова. Но ведь так все и было, верно? Эти двое снились ей теперь почти каждую ночь — принц на белом крылатом коне, так похожий на мужчину, которого она встретила на могиле Мод. Женщина с грустными глазами, словно зеркальное отражение той, которую она вроде бы видела... нет, определенно видела в окне дома.

Разумеется, такими лицами их наградило ее подсознание, и это вполне объяснимо. Легенда связана с этим домом, так что семена фантазии упали на плодородную почву и пышно расцвели в сновидениях его новой обитательницы.

Нечему удивляться, нечего тревожиться.

И все же у нее явно не подходящее настроение для дневника или психологических экзерсисов.

Джуд выключила ноутбук. С самого воскресенья она почти не выходила из коттеджа, оправдываясь необходимостью работы. И вовсе она никого не избегала. Работа приносила ей удовлетворение, некоторым образом ободряла, но, пожалуй, пора и проветриться.

Можно съездить в Уотерфорд за продуктами и книгами по садоводству, увидеть немного больше, чем поля и холмы около дома. И, разумеется, чем больше она будет ездить, тем быстрее освоится с непривычными правилами движения.

Одиночество, конечно, успокаивает, но иногда нагоняет уныние. И приводит к забывчивости. Чтобы выяснить, какой сегодня день — среда или четверг, — пришлось утром заглянуть в календарь.

«На воздух!» — подгоняла себя Джуд, разыскивая сумочку и ключи. Познакомиться с окрестностями, сделать покупки, посмотреть на людей. Пофотографировать! — она сунула в сумочку фотоаппарат — и к следующему электронному письму добавить фотографии. Бабушка будет в восторге.

Можно даже задержаться в городе и побаловать себя ужином в ресторане.

Однако, выйдя на крыльцо, Джуд поняла, что задержаться хочет здесь, в этом чудесном саду, откуда открывается вид на зеленые поля, далекие темные горы и прибрежные утесы.

Что плохого, если она до отъезда проведет здесь полчасика, выпалывая сорняки? Ладно, она одета не для работы в саду, ну и что? Разве она не научилась стирать?

Если не принимать во внимание скукожившийся до кукольных размеров джемпер, то эксперимент удался.

Она не может отличить сорняк от маргаритки. Ну и что? Она научится. А пока просто не будет выдергивать красивые цветочки, только зелень.

Воздух был таким теплым и прозрачным, облака такими пушистыми и белыми. Когда к калитке подскочила рыжая собака, Джуд поняла, что не в силах сопротивляться. Всего полчаса, пообещала она себе, впуская нежданную гостью.

Наклонившись, Джуд гладила и почесывала собаку, преданно растянувшуюся у ее ног.

— Цезарь и Клео никогда не позволяли мне гладить их, — пробормотала она, вспомнив высокомерных любимцев матери. — Они не снисходили до моих ласк. — Собака перевернулась, подставив беззащитный живот, и Джуд рассмеялась. — А ты не высокомерная, чем мне и нравишься.

Она сделала мысленную заметку купить угощение для собаки, и тут, подпрыгивая на ухабах, к ее калитке подкатил грузовичок Бренны.

— Я вижу, вы уже познакомились с Бетти.

— Ах, вот как ее зовут! — Когда собака ткнулась в ладонь, Джуд лишь понадеялась, что ухмыляется не так глупо, как ей кажется. — Она очень славная.

— Она всех любит, а женщин в особенности. — Положив руки на открытое окно, Бренна уткнулась в них подбородком. Интересно, почему американку так смущает, что ее застали за игрой с собакой. — Значит, вы любите собак?

— Похоже на то.

— Если у вас иссякнет терпение, просто выставьте ее за ворота, и она пойдет домой. Наша Бетти чувствует добрую душу и умеет этим пользоваться.

— Она отличная подружка, но, наверное, ваша мама скучает по ней.

— В данный момент маме есть о чем подумать, кроме Бетти. Снова сломался холодильник. Я как раз еду домой чинить его. Не видела вас в пабе на этой неделе.

— Я работала и не отлучалась из дома.

— Но сейчас вы куда-то собрались. — Бренна кивнула на сумочку Джуд.

— Я хотела съездить в Уотерфорд, поискать книги по садоводству.

— Думаю, нет смысла ехать так далеко, если только вы твердо не решили. Поехали к нам. Поговорите с мамой, пока я буду возиться с холодильником. Она будет в восторге, да и не станет меня донимать вопросами.

— Но она не ждет гостей. Я бы не хотела...

— Дверь всегда открыта. — Джуд Мюррей все больше интриговала Бренну. Произносит подряд не больше нескольких слов, если ее не подталкивать. А если кто и сможет вытянуть из нее что-нибудь интересненькое, так это точно Молли О'Тул.

— Садитесь, — предложила Бренна и свистнула, подзывая собаку.

Бетти бодро тявкнула, метнулась к грузовику и прыгнула в кузов.

Джуд попыталась найти вежливую отговорку, но все, что приходило в голову, казалось надуманным. Неуверенно улыбаясь, она заперла калитку и подошла к машине.

— Вы уверены, что я не помешаю?

— Нисколечко не помешаете. — Бренна просияла довольной улыбкой, подождала, пока Джуд вскарабкалась на сиденье, и грузовик тут же рванул с места.

— Господи!

— Что такое? — Бренна затормозила так резко, что Джуд, не успев пристегнуться, уперлась ладонями в приборную доску, чтобы не разбить лицо.

— Вы... ах! — Трясущимися руками Джуд защелкнула ремень безопасности. — Вы не боитесь столкнуться со встречной машиной?

Бренна заливисто рассмеялась и дружески хлопнула Джуд по плечу.

— Но ведь не было никакой встречной машины! Не бойтесь. Я доставлю вас в целости и сохранности. Какие красивые туфли, — похвалила Бренна, хотя лично она не представляла ничего удобнее хороших рабочих сапог или крепких ботинок. — Дарси готова биться об заклад, что вы носите только итальянские. Это правда?

Джуд нахмурилась и уставилась на свои изящные черные туфли без каблуков.

— Вообще-то, да.

— Наша Дарси разбирается в моде. Любит читать модные журналы и все такое. Грезила над ними еще девчонкой.

— Она красавица.

— О да, красавица. Галлахеры все красивые.

— Странно, что такие красивые люди до сих пор одиноки. По-моему. — Джуд сказала это как можно небрежнее и тут же мысленно обругала себя за любопытство.

— Дарси никогда не интересовалась местными парнями. Так, кокетничала и все. Эйдан... — Бренна пожала плечами. — Он, как вернулся, так, похоже, женат на своем пабе. А Шон... — Не снижая скорости, Бренна свернула на дорожку к своему дому, нахмурилась. — Этот, если хотите знать мое мнение, не видит даже то, что у него под носом.

Собака первой выпрыгнула из кузова на землю и понеслась вокруг дома на задний двор.

Лицо Бренны просветлело, видимо, она не привыкла долго хмуриться.

— Если надумаете поехать за покупками в Уотерфод-сити или Дублин, непременно захватите Дарси. Она обожает шататься по магазинам, примерять одежду и обувь, краситься пробниками. Но если закапризничает плита или протечет крыша... — Бренна подмигнула. — Звоните мне.

Она повела Джуд к двери. Палисадник перед домом и передний двор были словно покрыты роскошным цветочным ковром. Казалось, что цветы растут так, как им хочется, но двор был безупречно опрятным, а крыльцо — чистым, как операционный стол. Джуд невольно поморщилась, когда Бренна затопала сапогами, оставляя грязные следы.

— Мам! — На звонкий голос Бренны, раскатившийся по всему дому, в прихожую проскользнула большая серая кошка и закружилась вокруг ее ног. — Я привезла гостью.

В доме царили женские ароматы — это первое, что пришло в голову Джуд. Пахло не только цветами и полиролью, но именно женщинами — духами, помадой, шампунями — всем тем, что неизменно сопровождает молодых женщин и девочек. Джуд помнила эти запахи с колледжа, и, может, поэтому ей стало немного не по себе. Тогда она чувствовала себя ужасно неуклюжей и чужой среди всех тех самоуверенных юных женщин.

— Мэри Бренна О'Тул, я непременно сообщу тебе, как только оглохну, и тогда кричи, сколько хочешь. — Молли вышла в прихожую, снимая на ходу розовый фартук.

Молли О'Тул была не выше Бренны, но шире в бедрах. Волосы, не такие яркие, как у дочери, зато аккуратно причесанные, обрамляли пухлощекое, хорошенькое, очень улыбчивое лицо. Дружелюбные зеленые глаза засверкали радушием еще до того, как Молли протянула руку гостье.

— Так ты привезла к нам мисс Мюррей. Вы похожи на вашу бабушку, милейшая она женщина. — Маленькой, окрепшей от многолетней домашней работы рукой Молли пожала ладонь Джуд. — Я счастлива познакомиться с вами.

— Спасибо. Надеюсь, я вам не помешала.

— Вовсе нет. О'Тулы всегда рады гостям. Проходите, устраивайтесь в гостиной. Я угощу вас чаем.

— Я не хочу доставлять вам лишние хлопоты.

— Ну, что вы, какие хлопоты. — Молли на мгновение сжала плечо Джуд, словно она была одной из ее дочек. — Вы составите мне компанию, пока та девица будет стучать и ругаться на кухне. Бренна, говорю тебе, как скажу и твоему отцу, когда он вернется домой, давно пора вытащить этот холодильник из моего дома и притащить другой.

— Я его починю.

— Вы оба это твердите, когда что-то ломается. — Качая головой, Молли повела Джуд в парадную гостиную с уютной мягкой мебелью и свежими цветами в вазах. — Тяжкий крест, мисс Мюррей, жить в одном доме с мастерами на все руки, ибо ничто никогда не выбрасывается. Только и слышу «Я могу это починить» или «Я это куда-нибудь приспособлю». Бренна, развлеки мисс Мюррей, пока я заварю чай, а потом можешь заняться ремонтом.

— Я его обязательно починю, — пробормотала Бренна, убедившись, что мама ее не услышит. — А если не получится, он сгодится на запчасти.

— Запчасти для чего?

Бренна оглянулась на дверь, перевела взгляд на Джуд и усмехнулась.

— Ну, для чего-нибудь точно сгодится. Я слышала, в прошлое воскресенье Джек Бреннан приходил к вам с пучком цветочков.

— Да, приходил. — Джуд присела на краешек кресла и с некоторой завистью посмотрела, как Бренна удобно развалилась в своем. — Он был очень мил и смущался. Эйдан не должен был его заставлять.

— Отомстил Джеку за разбитую губу. — Бренна поерзала на стуле, закинула одну ногу на другую. — Как это вообще могло случиться? Алкоголь притупляет реакцию, замедляет движения, а Джек изрядно перебрал виски. Редкое невезение для Эйдана Галлахера.

— Думаю, это была моя вина. Я вскрикнула... — «Взвизгнула», — негодуя на себя, подумала Джуд. — И, должно быть, отвлекла его, вот он и пропустил удар в лицо. Голова откинулась, из губы брызнула кровь. Я никогда не видела ничего подобного.

— Никогда? — изумилась Бренна. Хоть она и выросла в женском окружении, ей не раз доводилось видеть, как машут кулаками. И частенько это были ее собственные кулаки. — Неужели в Чикаго никогда не бывает потасовок?

Последнее слово вызвало у Джуд улыбку и — она не смогла бы объяснить, почему — мысль о бейсболе.

— Не в моем квартале, — тихо сказала она. — А Эйдан часто дерется со своими посетителями?

— Нет, хотя в юности любил затевать драки. Теперь, если кто-то перебрал или начинает горячиться, Эйдан обычно ограничивается уговорами. В любом случае, большинство просто не хочет с ним связываться. Галлахеры известны взрывным характером.

— В отличие от О'Тулов, добродушных и жизнерадостных в любое время дня и ночи, — сухо сказала Молли, вошедшая с полным подносом.

— Что правда, то правда. — Бренна вскочила и шумно чмокнула мать в щеку. — Я займусь твоим холодильником, мам, и он будет работать, как новенький.

— Он не работал, как новенький, с самого рождения Эллис Мей, а ей летом стукнет пятнадцать. Иди, пока молоко не скисло. Она хорошая девочка, моя Бренна, — заметила Молли, когда Бренна вышла из комнаты. — Все мои девочки хорошие. Попробуйте печенье, мисс Мюррей. Я только вчера испекла.

— Спасибо. Пожалуйста, называйте меня Джуд.

— Хорошо. А вы меня Молли. Приятно, что в доме на Эльфийском холме снова кто-то живет. Старая Мод радовалась бы вашему приезду. Она не хотела, чтобы дом пустовал. Нет, для тебя, глупышка, ничего нет, — сказала она кошке, прыгнувшей на подлокотник ее кресла, и спихнула ее, но прежде почесала за ушами.

— У вас чудесный дом. Я любуюсь на него во время прогулок.

— Он довольно нелепый, но нас устраивает. — Улыбаясь, Молли налила чай в красивые фарфоровые чашки и отставила чайник. — Мой Мик время от времени достраивал комнату здесь, комнату там, а когда Бренна подросла и научилась махать молотком, они взялись за дом вместе.

— С такой большой семьей вам нужно много места. — Джуд взяла из рук Молли чашку и два золотистых сахарных печенья. — Бренна говорила, что у вас пять дочерей.

— Пять, а временами, когда все они бегают туда-сюда, кажется, что двадцать. Бренна — самая старшая и любимица отца. Моя Морин осенью собирается замуж и сводит нас всех с ума свадебными планами и пустячными ссорами со своим женихом. Пэтти только что обручилась с Кевином Райли, и я не сомневаюсь, что очень скоро мы точно так же с ней натерпимся. Мэри Кейт учится в Дублинском университете, изучает — представьте только — компьютеры. А малышка Эллис Мей все свободное время возится с животными и уговаривает меня приютить всех птичек со сломанными крыльями в графстве Уотерфорд.

Молли перевела дух и продолжила:

— Но когда они не вертятся под ногами, я ужасно по ним скучаю. Я уверена, что ваша матушка тоже сейчас скучает, ведь вы так далеко от дома.

Джуд неопределенно хмыкнула. Мама, конечно, думает о ней, но скучает ли? Учитывая ее плотное расписание, вряд ли.

— Я... — Джуд осеклась и вытаращила глаза, услышав изощренные проклятия, донесшиеся из задней части дома.

— Будь ты проклят, мерзкий, хитрый ублюдок. Вот увидишь, я собственноручно сброшу твою никчемную тушу с утеса.

— Бренна просто копия отца. — Молли безмятежно подливала чай, не обращая внимания на дочкины проклятия и угрозы в адрес холодильника, на жуткий грохот и звон. — Она чудесная умная девочка, но немного вспыльчивая. Итак, она говорила мне, что вы интересуетесь цветами.

— Ах да. — Джуд откашлялась под несмолкающие проклятия. — Да. То есть я ничего не понимаю в садоводстве, но очень хочу сберечь цветы Старой Мод. Я хотела купить какие-нибудь книги.

— Понятно. Из книг можно много чего узнать, хотя Бренну, например, легче связать и уложить лицом вниз на муравьиную кучу, чем заставить прочитать любую инструкцию. Она предпочитает разбираться самостоятельно. Правда, и я управляюсь с садом без книжек. Давайте пройдемся вокруг дома, посмотрим на цветы, и вы мне скажете, что хотите узнать.

Джуд поставила на столик чашку.

— С удовольствием.

— Отлично. Оставим Бренну в одиночестве. Пусть делает, что хочет, и даже если она поднимет крышу, мы не будем переживать, что та свалится на наши головы. — Молли встала и остановилась в нерешительности. — Простите, можно посмотреть на ваши руки?

— Мои руки? — Озадаченная, Джуд протянула руки, и Молли тут же крепко схватила их.

— Руки Старой Мод были похожи на ваши. Разумеется, они были старческими и скрючены артритом, но ладони узкие, аристократичные, и, полагаю, когда она была молода, ее пальцы были такими же длинными и тонкими. Вы справитесь, Джуд. — Молли задержала ее руки в своих, посмотрела ей в глаза. — Цветам понравятся ваши руки.

— Я очень этого хочу! — к своему изумлению, пылко воскликнула Джуд.

Глаза Молли потеплели.

— Значит, у вас все получится.

Следующий час обернулся чистейшим восторгом. Очарование цветов и бесконечное терпение Молли растопили застенчивость и сдержанность Джуд.

Вот эти пушистые листочки — дельфиниум, объясняла Молли. Скоро появятся чудесные разноцветные соцветья, а вот эти прелестные двухцветные трубочки — водосбор. А сколько еще было самых разных цветов со знакомыми и незнакомыми названиями, странными и милыми: лен и гвоздика, манжетка обыкновенная и мелисса лимонная.

Джуд понимала, что забудет или перепутает названия, но пыталась запомнить, какие растения зацветут уже весной, а какие — летом, какие выдержат любые перемены погоды, а какие очень прихотливы. И какие привлекают пчел и бабочек.

Она не чувствовала себя глупой, когда задавала вопросы, довольно детские и наивные. Молли только кивала, улыбалась и объясняла.

— Мы со Старой Мод обменивались рассадой, луковицами и семенами, так что почти все, что растет здесь, есть и у вас. Мод любила романтические цветы, а я — дерзкие, и теперь в наших садиках есть и те, и другие. Я как-нибудь загляну к вам, если вы не возражаете, и посмотрю, что нужно сделать.

— Я была бы вам очень благодарна, но я понимаю, как вы заняты.

— Я с удовольствием помогу вам с садом. Вы хорошая девушка, Джуд, — улыбнулась Молли. — И такая изысканная. Я была бы счастлива, если бы вы хоть чуточку смягчили мою Бренну. У нее добрая душа и хорошие мозги, но она грубовата.

Молли взглянула поверх плеча Джуд и вздохнула.

— Легка на помине. Ты наконец убила зверя, Мэри Бренна?

— Пришлось побороться в поту и слезах, но я победила. — Бренна самодовольно улыбнулась. На одной ее щеке красовалась масляное пятно, а на пальцах левой руки запеклась кровь. — Он еще поработает на тебя, мам.

— Черт тебя побери, девочка. Ты же знаешь, что я мечтаю о новом.

— О, этот еще годы протарахтит. — Бренна поцеловала мать в щеку. — Мне пора бежать. Я обещала Бетси Клуни починить окна. Хотите прокатиться со мной, Джуд, или останетесь с мамой?

— Я, пожалуй, вернусь домой. Я чудесно провела время, Молли. Огромное вам спасибо.

— Приходите, как только соскучитесь по компании.

— Обязательно. Да, я оставила в доме сумку. Можно зайти и забрать ее?

— Разумеется. — Молли выждала, пока за Джуд захлопнулась дверь. — Ее томит жажда.

— Жажда?

— Она жаждет работать. Жаждет жить. Только боится пить слишком быстро. Разумно пить маленькими глоточками, но иногда...

— Дарси думает, что Эйдан положил на нее глаз.

— Ах, вот как? А что? Получилось бы вкусное и полезное питье, не так ли?

— Дарси говорила, что как-то подглядывала, когда он целовал девчонку Даффи. Так, когда он отпустил ее, она шаталась, как пьяная.

— Дарси не должна подглядывать за братьями, — чопорно сказала Молли. — Которая из девчонок Даффи? Ладно, расскажешь мне позже, — быстро добавила она, увидев, что Джуд возвращается.

— Вам у нас понравилось? — спросила Бренна, когда они с Джуд уже сидели в кабине грузовика.

— У вас такая чудесная мама. — Джуд повернулась к окну и помахала Молли, даже не заметив, что грузовичок уже мчится с обычной для Бренны скоростью. — Я, конечно, не вспомню и половины того, что она мне рассказала о цветах, но начало положено, и хорошее.

— Она всегда с удовольствием поболтает с вами. Пэтти обычно помогает ей в саду, но сейчас она витает в облаках, грезит о своем Кевине Райли.

— Молли очень гордится вами и вашими сестрами.

— Это часть материнского труда.

— Да, но она вся светится, когда говорит о вас. Может, вы привыкли и не замечаете, а это такое чудесное зрелище.

— Ну, вы больше обращаете внимание на такие вещи. Вы этому научились или это у вас врожденное?

— Думаю, и то, и другое. Молли гордится тем, что вы починили холодильник, хотя и думала, что у вас ничего не получится.

Бренна рассмеялась.

— Сегодня могло и не получиться, уж слишком норовиста эта старая куча железа. Дело в том, что папа заказал новый, очень красивый холодильник, но его привезут только через неделю или даже две. Поэтому, чтобы мама насладилась сюрпризом, наша развалюха должна еще немного поскрипеть.

— Здо́рово! — искренне восхитилась Джуд и попыталась вообразить, как бы отреагировала ее мама, если бы они с папой преподнесли ей новый холодильник. Пожалуй, расстроилась бы и даже обиделась. Представив эту картинку, Джуд хмыкнула. — Если бы я подарила маме бытовую технику, даже такую дорогую, она бы решила, что я сошла с ума.

— Но ваша мама — деловая женщина, насколько я помню.

— Да, и очень успешная. Однако ваша мама тоже деловая женщина. Ее профессия — материнство.

Бренна удивленно замигала, затем ее глаза засияли.

— О, ей бы это понравилось. Я приберегу ваши слова до следующего раза, когда она начнет бранить меня за что-нибудь. Ух, вы только взгляните, кто идет к вашему коттеджу, красивый, как два дьявола, и такой же опасный.

Эйфория Джуд мгновенно уступила желанию свернуться в незаметный комочек, а Бренна уже тормозила у узкой подъездной дорожки ее коттеджа и окликала Эйдана.

— Привет, сумасбродный скиталец!

— Все это в далеком прошлом. — Эйдан подмигнул, ухватил руку Бренны и осмотрел ее. — Что ты сотворила с собой на этот раз?

— Чертов холодильник меня укусил.

Эйдан поцокал языком, поднес оцарапанные пальцы к своим губам, покосился на Джуд.

— И куда же направляются две прелестные девушки?

— Джуд была в гостях у моей мамы. Я привезла ее домой, а теперь поеду к Бетси Клуни разбираться с ее окнами.

— Если у тебя или у твоего папы завтра найдется время, хорошо бы посмотреть плиту в пабе. Шон ею недоволен.

— Кто-нибудь из нас обязательно заглянет.

— Спасибо. — Эйдан направился к пассажирской дверце. — А я, пожалуй, заберу твою пассажирку.

— Не обижай ее, она мне нравится.

— Мне тоже. — Эйдан открыл дверцу, протянул руку. — Только она меня побаивается. Не так ли, Джуд Фрэнсис?

— Ничего подобного. — Джуд попробовала изящно покинуть грузовик, но разрушила все впечатление, поскольку забыла отстегнуть ремень безопасности, и неуклюже дернулась назад.

Пока она пыталась освободиться, Эйдан сам отстегнул ремень, подхватил ее за талию и аккуратно поставил на землю. Потеряв от неожиданности дар речи, Джуд даже не успела поблагодарить Бренну. Та, ухмыляясь, помахала рукой и укатила.

— Эта девчонка гоняет, как дьявол. — Покачав головой, Эйдан отпустил Джуд, но тут же взял ее обе руки в свои и заглянул в глаза. — Ты не была в пабе всю неделю.

— Я была занята.

— Теперь уже не так занята.

— Да, но я должна...

— Пригласи меня в дом и угости сэндвичем. — Джуд молча таращилась на него, и он рассмеялся. — Или погуляй со мной. Чудесный день для прогулки. Я не буду целовать тебя, если сама не захочешь. Тебя это тревожит?

— Нет.

— Хорошо. — Эйдан опустил голову и почти коснулся ее губ, но в последний момент Джуд отшатнулась.

— Я не это имела в виду.

— Именно этого я и боялся. — Но он отодвинулся. — Тогда просто погуляем. Ты уже поднималась на Тауэр Хилл к собору?

— Нет, пока еще нет.

— Странно при твоей любознательности. Идем, и я расскажу тебе историю для твоего исследования.

— Я не захватила диктофон.

Эйдан, так и не отпустивший ее рук, медленно поднял их и легко провел губами по косточкам.

— Тогда я расскажу простенькую, ты ее запомнишь.

8

День и впрямь выдался чудесный. Жемчужный свет заливал холмы и поля, расстилающиеся до самых гор, чуть прикрытых тонкой пеленой дождя, и казалось, что там, вдали, жидкое золото солнечных лучей струится сквозь жидкое серебро. Ветерок играл с молодой листвой и наполнял воздух свежими, почти летними ароматами.

В такой день только и ждешь, когда на небе появится радуга.

Эйдан держал Джуд за руку запросто, как давнюю знакомую, и говорил, говорил, увлекая, завораживая. И она, позабыв о своих тревогах, чувствовала себя легко и свободно.

— Говорят, что когда-то в этих местах жила девушка, прекрасная, как мечта. Кожа ее была белой, как молоко, волосы черными, как ночь, а глаза синими, как озера. Девушка была не только красивой, но милой и доброй. А самым удивительным в ней был ее голос. Когда она пела, птицы умолкали и улыбались ангелы. Почти каждое утро лились над холмами ее волшебные песни.

Эйдан и Джуд поднимались все выше, и все сильнее шумел прибой, словно аккомпанируя его рассказу, а ветер усиливался, весело резвясь над морем и утесом.

— Но однажды ее песня, приносившая радость всем, кто ее слышал, долетела до ушей завистливой ведьмы.

— Непременное осложнение, — заметила Джуд, и Эйдан улыбнулся.

— Если история хорошая, в ней обязательно должно быть осложнение. У той ведьмы было черное сердце, и чарами своими она пользовалась во зло. Из-за ее заклятий скисало молоко, а рыбацкие сети вытаскивали из моря пустыми. С помощью своих чар она превращала свое мерзкое лицо в красивое, но когда она пыталась петь, лягушачье кваканье казалось музыкой по сравнению с ее пением. Ведьма ненавидела девушку за ее певческий дар, а потому наложила на нее заклятье немоты.

— Надеюсь, подразумевается исцеление — прекрасный принц?

— О, лекарство, конечно же, было, ибо добро всегда должно побеждать зло.

Джуд улыбнулась, потому что тоже верила в это. Вопреки логике она всегда верила в счастливый исход. В этом мире утесов и зеленеющих холмов, синего моря со скользящими по нему рыбацкими суденышками и тепла, льющегося в ее тело от крепкой руки Эйдана, счастье навеки казалось не только возможным, но неотвратимым.

— Обреченная на молчание девушка теперь не могла выразить в песнях всю радость своего сердца. Ведьма спрятала ее голос в серебряную шкатулку и заперла ее на серебряный ключ. И там плененный голос звучал сквозь рыдания.

— Почему все ирландские легенды такие печальные?

— Неужели? — искренне удивился Эйдан. — Они не столько печальные, сколько трогательные. Поэзия обычно рождается не в радости, а в грусти.

— Наверное, ты прав. — Джуд рассеянно поправила разметавшиеся на ветру волосы. — А что было дальше?

— Пять лет девушка бродила по холмам и полям, и по утесам, как мы с тобой сейчас. Она слушала пенье птиц, музыку ветра в траве, мерный шум прибоя и все это хранила в себе, пока ведьма наслаждалась страстью и чистотой ее голоса, который только она одна и могла слышать.

Когда они поднялись на утес с возвышающимся над ним древним собором и круглой башней, Эйдан повернулся к Джуд, откинул с ее лица волосы, с которыми все играл и не мог наиграться ветер, и спросил:

— А что было дальше?

— Ты меня спрашиваешь?

— Расскажи, что было дальше.

— Но это твоя история.

Эйдан наклонился, сорвал маленький белый цветок, пробившийся сквозь трещины в камнях, и осторожно воткнул в ее волосы.

— Расскажи мне, Джуд Фрэнсис, чего бы хотела ты.

Джуд подняла руку, чтобы коснуться цветка в волосах. Эйдан сжал ее запястье и вопросительно поднял брови, ожидая ответа. Она подумала, пожала плечами.

— Ну, может быть, так. Однажды в тех краях появился прекрасный юноша на белом коне. Его конь был изможден, доспехи тусклы и искорежены. И сам юноша был изранен в сражении, он сбился с дороги, а до его дома путь был неблизкий.

Закрыв глаза, Джуд ясно видела то, о чем рассказывала. Зеленые холмы и тенистые леса, и израненного воина, тоскующего по дому.

— Когда он въехал в лес, его окутал такой туман, что он ничего не видел и ничего не слышал, кроме биения своего сердца. И с каждым ударом сердца он все яснее понимал, что смерть его близка. Вдруг он увидел ее. Девушка шла к нему сквозь туман, словно переходила вброд серебристую реку. Она пожалела юношу, отвела к себе, лечила его раны и ухаживала за ним в полном молчании. И хотя она не могла утешать его словами, ее нежность исцеляла его. Так они полюбили друг друга без слов, но ее сердце разрывалось от желания рассказать, спеть ему о своем счастье и своей любви. Без колебаний и сожалений согласилась она поехать с ним в его родные края, согласилась покинуть семью и друзей и навсегда оставить тот волшебный дар, что был заперт в серебряной шкатулке.

Джуд так отчетливо видела и чувствовала то, о чем говорила, что тряхнула головой, пытаясь избавиться от наваждения. Она прошла между покосившимися надгробиями к круглой башне, оперлась о нее спиной. Внизу сверкала синими искрами бухта, покачивались красные рыбацкие лодки, но она не видела их, увлеченная своей историей.

— Что было дальше? — спросила она Эйдана.

— Девушка села с ним на его коня, — продолжил Эйдан, подхватывая нити повествования, которые оставила ему Джуд, так легко, будто они были его собственными. — Она взяла с собой только верность и любовь и взамен не просила от него ничего, кроме его верности и любви. И вдруг в это самое мгновение серебряная шкатулка, которую сжимали алчные руки ведьмы, раскрылась сама собой. Плененный голос вырвался на свободу и золотым потоком хлынул прямо в сердце девушки. Она мчалась на коне со своим возлюбленным и пела, и ее голос звучал еще прекраснее, чем прежде. И снова умолкали птицы и улыбались ангелы.

— Да. Идеальная история, — вздохнула Джуд.

— У тебя дар рассказчика.

Его слова обрадовали ее, воодушевили, но вдруг она снова почувствовала неловкость.

— Нет, ничего подобного. Просто легко было продолжать за тобой.

— Ты оживила эту историю своим рассказом, пожалуй, в тебе все-таки осталось что-то ирландское. Ну, вот, — прошептал он удовлетворенно. — У тебя смешинки в глазах и цветок в волосах. Теперь ты разрешишь мне поцеловать тебя, Джуд Фрэнсис?

Осторожность иногда требует быстрой реакции. Джуд нырнула под его руку.

— Ты отвлек меня, и я забыла, зачем мы пришли сюда. Я читала о круглых башнях, но никогда ни одной не видела так близко.

«Терпение, Галлахер, терпение», — сказал себе Эйдан, засунув руки в карманы джинсов.

— Всегда находились охотники завоевать Ирландию, но мы все еще здесь, не так ли?

— Да, вы все еще здесь. — Джуд медленно обошла башню, пристально глядя на утес, на море. — Чудесное место. Оно дышит древностью. — Она остановилась, покачала головой. — Звучит смешно.

— Вовсе нет. Здесь и впрямь ощущаешь дыхание веков и святость. Если хорошенько прислушаться, можно услышать, как камни поют песнь битв и славы.

— Вряд ли я смогу услышать, как поют камни. — Джуд побрела к разрушенному собору, огибая старые надгробья и заросшие цветами могилы. — Бабушка рассказывала, что любила приходить сюда и сидеть здесь. Вот она точно их слышала.

— Почему она не приехала с тобой?

— Я звала ее. — Джуд повернулась к Эйдану. Он был словно вписан в этот пейзаж — так естественно смотрелся и утес, и красивый молодой мужчина на фоне руин. Он точно нашел свое место, он — свой на этой земле и потому так остро чувствует ее святость, слышит песни ее битв и славы.

«А где мое место?» — спросила себя Джуд.

Она вошла внутрь башни с голубым небом вместо крыши.

— Мне кажется, бабушка учит меня тому, как обрести себя за шесть месяцев или еще быстрее.

— И у тебя получается?

— Может быть. — Она провела пальцами по огамической резьбе на древних камнях и на мгновение, на одно лишь короткое мгновение почувствовала трепещущее тепло.

— И какой же хочет быть Джуд?

— На этот вопрос можно дать много простых ответов. Счастливой, здоровой, успешной.

— Разве ты не счастлива?

— Я... — Джуд снова провела пальцами по камням, опустила руку. — Я не была счастлива, когда преподавала, во всяком случае, в последнее время. Я была неважным преподавателем. Неприятно сознавать, что ты не годишься для избранной профессии.

— У тебя впереди долгая жизнь и есть время, чтобы выбрать другую. Держу пари, ты делала свою работу гораздо лучше, чем тебе кажется.

— С чего ты взял?

— Потому что все время, что я провел с тобой, я слушал тебя, узнавал тебя.

— Эйдан, почему ты тратишь на меня время?

— Ты мне нравишься.

Она покачала головой.

— Ты меня совсем не знаешь. Если я сама себя не знаю до конца, как можешь знать ты?

— Мне нравится то, что я вижу.

— Это скорее всего просто физическое влечение.

— Так в этом твоя проблема?

— Да, пожалуй. — Джуд заставила себя повернуться к Эйдану. — Но я пытаюсь ее решить.

— Надеюсь, ты решишь ее быстро, потому что я хочу насладиться тобой.

У нее перехватило дыхание, и она с трудом сделала вдох.

— Я не знаю, что сказать на это. Я никогда в своей жизни не вела подобных разговоров, так что могу ляпнуть глупость.

Нахмурившись, Эйдан шагнул к ней.

— Как может быть глупым то, что ты думаешь?

— Когда я нервничаю, я часто говорю глупости.

Он поднял руку и воткнул поглубже в ее волосы цветок, который ветер так и норовил унести прочь.

— Ты говорила, что поешь, когда нервничаешь.

— И то, и другое, — пробормотала она, пятясь, как она надеялась, на безопасное расстояние.

— Сейчас ты нервничаешь?

— Да! Господи, да! — Боясь сорваться на беспомощный лепет, Джуд подняла руки, пытаясь остановить его. — Прекрати. Я никогда не испытывала ничего подобного. Мгновенное влечение. Я говорила, что верю в него, и это правда, но я никогда не чувствовала ничего подобного. Я должна это проанализировать.

— Зачем? — Эйдан схватил ее за руки и притянул к себе. — Почему просто не уступить желанию, если ты знаешь, что тебе будет хорошо? У тебя скачет пульс. — Он погладил ее запястья. — Мне нравится чувствовать его, смотреть, как туманятся и темнеют твои глаза. Поцелуй меня сама, и посмотрим, что из этого выйдет.

— Я не умею так хорошо целоваться, как ты.

Эйдан рассмеялся.

— Господи, женщина, ты сводишь меня с ума. Позволь мне самому решить, умеешь ты или нет. Ну же,

Джуд, поцелуй меня. А потом все будет так, как ты захочешь.

Она хотела поцеловать его. Хотела снова почувствовать вкус его губ, сейчас изгибающихся в улыбке. Смешинки в его глазах словно говорили ей: ну, давай же, повеселись! Почему бы и нет? Почему бы не повеселиться?

Она подалась к нему, привстала на цыпочки. Он не шевелился, просто смотрел в ее глаза. Слегка повернув голову, она легко коснулась губами его губ.

— Повтори. Сделай так снова.

Она повторила, загипнотизированная его взглядом. На этот раз медленнее. Пробуя, легко прихватила зубами его нижнюю губу и будто издалека услышала собственный тихий стон удовольствия.

Глаза Эйдана были такой яркой, невероятной синевы, как само море, раскинувшееся до горизонта. Как будто весь ее мир окрасился в этот изумительный цвет. Ее сердце забилось сильнее, перед глазами все поплыло, как в тот раз на могиле Мод.

Она выдохнула его имя и обвила руками его шею.

Его словно пронзила молния, жаркая волна накрыла с головой. Его руки заметались по ее бедрам, спине, впились в ее волосы. Нежность осторожного поцелуя превратилась в битву губ, зубов, языков. Ее напряженное тело прижималось к его телу, ее сердце бешено билось в унисон с его сердцем.

Она потерялась, заблудилась в обрушившихся на нее ощущениях. Или, может, нашла ту Джуд, что была запрятана в ней глубоко-глубоко, как сказочный голос девушки, плененный серебряной шкатулкой.

Когда Джуд опомнилась, то готова была поклясться, что слышала, как поют камни.

Она уткнулась лицом в его шею, жадно впитывая в себя его запах, как изможденный путник — воду.

— Слишком все это стремительно, — сказала она и лишь сильнее сцепила пальцы на его шее. — Я не могу дышать, не могу думать. Я поверить не могу, что это происходит со мной.

Эйдан усмехнулся.

— Если это хоть немного похоже на то, что творится со мной, то мы вот-вот взорвемся. Милая, до коттеджа можно добежать за несколько минут, и, не успеешь оглянуться, мы уже будем в постели. Обещаю, что нам обоим станет гораздо лучше.

— Не сомневаюсь, что ты прав, но я...

— Не можешь так быстро. Иначе ты не была бы Джуд.

Огромным усилием воли он отстранился, всмотрелся в ее лицо. Не просто хорошенькая, а красавица, уверенная красавица. Интересно. Похоже, она понятия не имеет, насколько красива и уверенна, и потому так осторожна. Он не должен ее торопить.

— А мне очень нравится Джуд, как я уже говорил. Тебе нужны ухаживания.

Она и сама не поняла, удивлена ли, довольна или оскорблена.

— Ничего подобного!

— Еще как нужны. Тебе нужны цветы и слова, и поцелуи украдкой, и прогулки под луной. Джуд Фрэнсис нужна романтика, и я подарю ее тебе. Ты бы видела свое лицо. — Эйдан взял ее за подбородок, как взрослый обиженного ребенка, и она решила, что все-таки оскорблена. — Ты дуешься.

— Ничего я не дуюсь. — Она бы высвободилась, но он лишь крепче сжал ее подбородок и поцеловал в губы.

— Ведь это я смотрю на тебя, дорогая, и если ты не надулась, причем очень мило, то я шотландец. Думаешь, я смеюсь над тобой? Ничего подобного. Или почти ничего подобного. И что плохого в романтике? Я сам люблю романтику.

Его голос согревал ее, как стаканчик виски у разожженного камина.

— Ты будешь подолгу смотреть на меня издали и улыбаться мне, а проходя мимо, слегка касаться рукой моей руки? Подаришь жаркий отчаянный поцелуй? Прикосновение... — Он провел кончиками пальцем по ее груди, и ее сердце чуть не остановилось. — Тайком?

— Я приехала сюда не за романтикой.

Да неужели? Со всеми ее мифами, легендами и сказками?

— Но ты ее получишь. И когда мы в первый раз займемся любовью, это будет неспешно и сладко. Обещаю. Пойдем назад. Ты так смотришь на меня, что я могу нарушить обещание так же быстро, как дал его.

— Ты просто хочешь быть главным. Хочешь командовать.

Как и по дороге сюда, он по-дружески взял ее за руку, но сейчас Джуд испытала досаду.

— Наверное, я привык командовать, но если, милая Джуд, ты захочешь взять бразды правления в свои руки и соблазнить меня, обещаю, я не окажу сопротивления.

Он рассмешил ее, черт его подери, рассмешил так, что она не могла остановиться.

— Нам обоим придется поработать над собой, — отсмеявшись, произнесла она.

— Но ты ведь будешь навещать меня? Ты будешь сидеть в моем пабе, пить вино, а я буду смотреть на тебя и страдать.

— Боже, ты ирландец до мозга костей, — прошептала она.

— До мозга костей, — согласился он, поднес ее руку к губам и задержал, покусывая суставы пальцев. — И, между прочим, Джуд, ты классно целуешься.

— Хммм, — буркнула она. Это был самый безопасный ответ и, в общем-то, единственный, пришедший ей в голову.

Через несколько дней, когда весна уверенно воцарилась в Ардморе, Джуд часто можно было видеть в пабе. Она приходила на час или два вечером или днем. Она слушала, записывала истории на диктофон, делала пометки. Слухи о ней разлетелись по всем окрестностям, и все больше людей приходило рассказать ей легенды или послушать их.

У нее накопилось много аудиозаписей и горы заметок. Она тщательно расшифровывала их и анализировала, переносила в компьютер, попивая ставший привычным чай.

И если иногда она представляла себя героиней романтических легенд, то не видела в том вреда. Если подумать, это было даже полезно. В конце концов, когда истории становились более личными, она лучше чувствовала их глубинный смысл.

В самом начале она вовсе не думала тратить время на художественный вымысел. В академическом труде нет места грезам и фантазиям. Она собиралась провести серьезное исследование, выявить сходные сюжетные ходы, систематизировать персонажей, а потом все упорядочить.

«А что дальше, Джуд? — спросила она себя. — Как ты распорядишься этим, черт побери, даже если отредактируешь и обобщишь написанное, пока оно не станет сухим, как пыль? Попытаешься опубликовать в каком-нибудь научном журнале, который мало кому интересен? Или попробуешь читать лекции, используя собранный материал?»

Такая перспектива, пусть даже отдаленная, вызывала у нее приступ тоски.

Она обхватила лицо ладонями и дала волю отчаянию. Ничего никогда не получится из этой работы, из этого проекта! Вся затея обречена на провал, и хватит заниматься самообманом. Никто никогда не подойдет к ней на заседание кафедры и не станет обсуждать исследование и открытия Джуд Ф. Мюррей. Хуже того, ей самой это не нужно.

Это просто психотерапия, лечение, способ вытащить себя из ямы, в которую она, черт его знает как, попала.

Что толку во всех годах учебы и работы, если она не может подобрать правильные термины для собственного кризиса?

Низкая самооценка, уязвленное самолюбие, неверие в собственную женскую состоятельность, профессиональная неудовлетворенность.

Но что кроется за всем этим? Размытая идентичность? Может, отчасти проблема в этом? Где-то на жизненном пути она потеряла себя, а то, что осталось, оказалось таким бледным и непривлекательным, что она сбежала.

Куда?

Сюда, подумала Джуд и с удивлением заметила, что ее пальцы стучат по клавиатуре, а мысли изливаются на экран.

Я сбежала сюда, и здесь я чувствую себя настоящей. Здесь мне уютнее, чем в доме, который купили мы с Уильямом, или в квартире, куда я переехала, когда он устал от меня. И гораздо уютнее, чем в университетской аудитории.

О, Господи, как же я ненавидела аудитории! Почему я никогда не могла признаться в этом, просто ска-

зать это вслух? Я не хотела работать там, не хотела преподавать. Я хотела чего-то другого. И сгодилось бы что угодно, только другое.

Как я стала такой трусихой, более того, такой жалкой занудой? Почему даже сейчас, когда не перед кем держать ответ, кроме как перед самой собой, я подвергаю сомнению проект, который приносит мне такое удовлетворение? Неужели я не могу хотя бы ненадолго побаловать себя тем, что не имеет практического значения?

Если это лечение, я имею право потратить на него время. Это никому не может навредить. Напротив, я думаю, я надеюсь, что это принесет мне пользу. Как ни странно, меня влечет литературное творчество. Я чувствую какую-то тайну в том, как складываются слова, создавая образ или сюжет, я слышу их звучание.

Я испытываю трепет, видя на странице собственные мысли, облеченные в слова. Мне приятно читать их, зная, что они мои. Это меня волнует настолько, что становится страшновато. Я многое отвергла в своей жизни, я долго сторонилась всего, что хоть немного пугало меня, даже если понимала, что это мое.

Я хочу снова почувствовать себя значимой, уверенной в себе. Я наслаждаюсь игрой воображения. Кто и как подавлял меня, не имеет значения, особенно сейчас, когда я поняла, что во мне еще теплится какая-то искра. Ее хватит, чтобы признаться, пусть втайне, что я хочу верить в легенды, в мифы, в фей и эльфов, и в привидения. Какой в этом вред? И уж точно в этом не может быть никакого вреда для меня.

Джуд откинулась на спинку стула, сложила руки на коленях. Конечно, это мне не повредит. Это безобидно и увлекательно. Как давно я по-настоящему ничем не увлекалась, ничему не удивлялась.

Протяжно вздохнув, Джуд закрыла глаза, не чувствуя ничего, кроме невыразимого облегчения.

— Я так счастлива, что приехала сюда, — произнесла она вслух, вставая и подходя к окну.

Творчество помогает бороться с отчаянием. Дни и ночи, что она провела здесь, успокаивают ее смутные тревоги. Как бесценны эти счастливые моменты!

Джуд отвернулась от окна. Ей нестерпимо захотелось на свежий воздух. Она отнесет цветы на могилу Старой Мод и поразмышляет над новым поворотом в своей жизни.

Эйдан Галлахер, ослепительно-красивый и почему-то заинтересовавшийся скучной, благоразумной Джуд Ф. Мюррей. Разве это не фантастика?

Конечно, время, проведенное с Эйданом, далеко не умиротворяющее, хотя из осторожности она принимает все возможные меры, чтобы не оставаться с ним наедине. Однако даже присутствие посторонних не мешает ему заигрывать с ней, бросать на нее выразительные взгляды, улыбаться или лениво касаться ее руки, волос, лица.

«А что в этом плохого?» — спросила она себя. Любая женщина имеет право флиртовать. Может, в отличие от цветов в ее руках, она расцвела слишком поздно, но лучше поздно, чем никогда.

И это ей нравится. Сама мысль об этом волнует и пугает так же, как занятие литературой.

Разве не чудесно вдруг осознать, что ей нравится мужское внимание, нравится быть желанной. Господи, если она проведет в Ирландии полных шесть месяцев, ей исполнится тридцать лет до того, как она снова увидит Чикаго. Так разве не пора почувствовать себя привлекательной?

Ее собственный муж никогда за ней не ухаживал. И, если память ей не изменяет, он не раз говорил, что она выглядит недурно.

— Женщина не хочет слышать, что выглядит недурно, — пробормотала Джуд, опускаясь на колени у могилы Мод. — Женщина хочет слышать, что она красива, сексуальна, что она выглядит потрясающе. И неважно, если это неправда. — Вздохнув, она положила цветы у могильного камня. — Важно только то, что, когда слова произнесены и услышаны, они становятся правдой.

— Тогда позвольте сказать, Джуд Фрэнсис, что вы так же прелестны, как цветы, которые принесли в этот чудесный день.

Она вскинула голову и уставилась в ярко-синие глаза мужчины, которого уже встречала на этом самом месте. Глаза, с тревогой подумала она, которые она так часто видела в своих снах.

— Я не слышала, как вы подошли.

— Это место требует тишины. — Он присел на мягкую траву по другую сторону могилы Мод, усыпанной яркими цветами. Древний источник тихо нашептывал свой языческий напев. — Как вам живется в доме на Эльфийском холме?

— Очень хорошо. У вас здесь семья?

Его яркие глаза затуманились. Он скользнул взглядом по камням и высокой траве.

— Здесь те, кого я помню и кто помнит меня. Когда-то я любил девушку и предлагал ей все, что имел. Но я не предложил ей свое сердце. Не подарил ей слова.

Он снова посмотрел на Джуд, и в его глазах уже не было уверенности.

— Женщине важны слова, не так ли?

— Слова важны всем. Когда их не произносят, остаются дыры. — «Глубокие, темные дыры, — мысленно добавила Джуд, — в которых зреют сомнения и неудачи. Непроизнесенные слова доставляют такую же боль, как пощечины».

— Значит, если бы мужчина, за которым вы были замужем, говорил их вам, вас бы здесь не было? Или вы все равно были бы здесь? — Джуд изумленно замигала, и он усмехнулся. — Он говорил бы неискренне, и его слова были бы всего лишь удобной ложью. Вы ведь уже знаете, что он не был вашим единственным?

Джуд почувствовала, как по спине пробежали мурашки. Но не от страха, а от волнения.

— Откуда вы знаете об Уильяме?

— Я многое знаю. — Мужчина улыбнулся. — Почему вы взваливаете на себя вину даже за то, в чем не были виноваты? Хотя сознаюсь, женщины всегда оставались для меня милой загадкой.

Наверное, бабушка рассказывала о ней Мод, а Мод этому мужчине, а впрочем, Джуд не волновало то, что незнакомые люди за чашкой чая обсуждают ее личную жизнь и ее неудачи.

— Не думаю, что мой неудачный брак представляет для вас какой-то интерес.

Если его и задел ее холодный тон, то внешне он этого не выдал.

— Ну, я всегда был несколько эгоистичен, а теперь все, что вы сделали и делаете, может повлиять на то, чего я хочу более всего. Однако прошу прощения, если я вас каким-то образом задел. Как я и сказал, женщины всегда были для меня загадкой.

— Полагаю, я не имею к вам никакого отношения.

— Имеете ровно настолько, насколько позволите себе. Не ответите ли вы мне на один вопрос?

— Зависит от вопроса.

— Мне он кажется простым, но я хотел бы услышать мнение женщины. Скажите мне, Джуд, не хотели бы вы обладать горстью драгоценностей, вот таких, как эти...

Он раскрыл ладонь, и Джуд ослепил блеск бриллиантов и сапфиров, мерцание молочных жемчужин.

— Боже мой, как...

— Вы приняли бы их в дар от мужчины, который пленил ваше сердце, или предпочли бы услышать его слова?

Пораженная происходящим, ослепленная блеском драгоценностей, Джуд все же заметила, как потемнели его глаза, каким напряженным стал его пристальный взгляд. Наконец она сказала первое, что пришло в голову:

— Какие слова?

Он глубоко вздохнул. Его гордые плечи поникли, взгляд стал мягким и печальным.

— Так это правда. Слова так много значат. А это... — Он разжал пальцы, и разноцветные струйки хлынули ручейками на могилу. — А это всего лишь гордыня.

Затаив дыхание, Джуд завороженно смотрела, как драгоценные камни плавятся и растекаются цветными лужицами, а лужицы превращаются в неброские цветы.

— Я вижу сон, — тихо сказала она. — Я заснула.

— Перестаньте, вы не спите, — неожиданно резко сказал мужчина. — Решитесь наконец посмотреть чуть дальше своего носа, женщина. Магия существует. Но ее власть не сравнится с любовью. Я выучил этот урок, хотя он мне дорого стоил, и долго пришлось его учить. Не повторяйте мою ошибку. Сейчас под ударом не только ваше сердце.

Он поднялся с земли, а она так и стояла, как статуя. На его ладони остался единственный сверкающий камень.

— О, Финн, мудрый провидец, почему я должен полагаться на смертную женщину и при том янки! Магия существует! Откройте глаза и смиритесь с этим.

Он бросил на Джуд последний раздраженный взгляд, театрально воздел руки к небу... и растаял без следа.

«Сновидение, — решила Джуд и, пошатываясь от головокружения, поднялась на ноги. — Галлюцинация. Все из-за того, что я часами слушаю и изучаю сказки. Они вовсе не так безобидны, как мне казалось».

Джуд пристально смотрела на бутоны, распустившиеся на могильном холмике, и вдруг среди цветов что-то вспыхнуло. Она наклонилась, осторожно развела лепестки и увидела бриллиант размером с монету в четверть пенса. Джуд взяла его в руки.

«Настоящий», — подумала она, пытаясь восстановить сбившееся дыхание. Она смотрела на него и видела мерцание, заключенное внутри камня.

Или она свихнулась, или только что второй раз разговаривала с Кэрриком, принцем эльфов. Джуд провела по лицу дрожащей рукой. Похоже, она чокнулась. Тогда почему ей так хорошо?

Джуд побрела домой, гладя пальцами бесценное сокровище, как ребенок гладит найденный им красивый камушек. Она должна все это немедленно записать. Тщательно, во всех подробностях, как Кэррик выглядел, что говорил, что делал.

А потом она попытается увидеть случившееся в реальном свете. Она же образованный человек, она сумеет найти всему этому здравое объяснение.

Когда Джуд спустилась с холма, на подъездной дорожке у дома стоял маленький синий автомобильчик, а около него — Дарси Галлахер, яркая, уверенная, в джинсах и красном свитере, с разметавшимися на ветру черными, блестящими, как шелк, волосами.

Джуд завистливо вздохнула и сунула бриллиант в карман брюк. Она рассеянно погладила камешек и подумала, что без сожалений отдала бы его за то, чтобы выглядеть такой роскошной и уверенной.

Дарси увидела ее, одной рукой прикрыла глаза от солнца, а другой помахала Джуд.

— А вот и вы. Прогулялись? Чудесный день, правда, вечером обещают дождь.

— Я была на могиле Мод. — И разговаривала с принцем эльфов, а перед тем, как раствориться в воздухе, он подарил мне бриллиант, за который можно купить небольшую страну третьего мира. Джуд слабо улыбнулась. Но это она пока никому не расскажет.

— А я только что провела пару раундов с Шоном и решила проветриться. — Дарси бросила небрежный, как она надеялась, взгляд на туфли Джуд, прикинула, не подойдут ли они ей по размеру, и подумала, что у их хозяйки потрясающий вкус. — Вы что-то бледная сегодня, — заметила она, когда Джуд подошла поближе. — У вас все в порядке?

— Да, все прекрасно. — Джуд машинально поправила волосы, выбившиеся из-под ленты. Она, конечно, выглядит неопрятной, а не такой восхитительно взъерошенной, как Дарси. — Заходите, выпьем чаю.

— О, я бы с удовольствием, но мне надо возвращаться. Эйдан наверняка уже клянет меня на чем свет стоит. — Дарси ослепительно улыбнулась. — Не хотите прокатиться со мной? Тогда он сразу забудет, что хотел надрать мне задницу за побег.

— Ну, я... — Нет, подумала Джуд. Вряд ли она справится сейчас с Эйданом Галлахером. Голова и так идет кругом. — Мне нужно поработать. Записать кое-что важное.

Дарси поджала губы.

— Вам это действительно нравится? Ваша работа.

— Да. — О чудо! Ей наконец и вправду нравится работать. — Я просто наслаждаюсь тем, что делаю сейчас.

— А я бы ухватилась за любой предлог, лишь бы увильнуть от своей. — Дарси обвела глазами коттедж, сады, холм за ними. — И умерла бы от тоски, если бы жила здесь совсем одна.

— Ну, что вы, здесь чудесно. Тихо, прекрасный вид. Все здесь замечательно.

Дарси выразила свое недоумение, пожав плечами.

— Ну, вы-то всегда можете вернуться в Чикаго.

Улыбка Джуд померкла.

— Да, я всегда могу вернуться в Чикаго.

Дарси облокотилась о машину.

— Когда-нибудь и я увижу Чикаго. И все большие города Америки. Все большие города мира. И путешествовать я буду только первым классом, не сомневайтесь. — Она расхохоталась и покачала головой. — А сейчас мне лучше вернуться. Пока Эйдан не придумал мне страшную кару.

— Надеюсь, вы еще заглянете ко мне, когда у вас будет больше времени.

Садясь за руль, Дарси бросила на нее веселый взгляд.

— Вечером, слава богу, у меня выходной. Я приеду попозже вместе с Бренной, и посмотрим, в какую авантюру мы сумеем вас завлечь. Мне кажется, вам не помешает встряхнуться.

Джуд открыла рот, хотя и не представляла, что на это сказать, но Дарси избавила ее от затруднений, вырулив на дорогу почти так же стремительно, как это делала Бренна.

9

В ирландском фольклоре фигурируют три женских типажа, — выстукивала Джуд, подкрепляясь песочным печеньем, — *и каждый представляет одну из граней традиционного взгляда на женственность. В некоторых мифах две девушки злые, а одна добрая, как в сказке о Золушке. В других — три кровных сестры или верные подруги непременно бедны и обязательно сиротки или заботятся об единственном больном родителе.*

В некоторых легендах один или более женских персонажей обладают мистическим даром, и почти во всех девушки невыразимо прекрасны. Важнейшее значение целомудрия, то есть девственности, говорит о том, что отсутствие сексуальности — неотъемлемое условие для сотворения легенды.

Невинность, жертвенность, бедность, физическая красота — эти характеристики повторяются в подавляющем большинстве сохранившихся сказок, с веками превратившихся в легенды. Вмешательство, доброе или злое, существ из другого, так сказать, мира — еще один повторяющийся элемент, а смертный или смертные получают урок нравственности или вознаграждение за свое бескорыстие и доброту.

Почти с такой же частотой вознаграждаются красота и невинность.

Джуд сняла пальцы с клавиатуры, закрыла глаза. Вот и ответ, не так ли? Поскольку она не красавица, не девственница и не обладает никакими особыми талантами, вряд ли ее занесло бы в сказку со счастливым концом.

Впрочем, она и не стремится в эту сказку. Одна мысль о встрече с обитателями Эльфийского холма или небесного замка, или с колдуньей, злой ли, доброй ли, уносит ее из реальности, и в воображении возникают драгоценные камни, превращающиеся в цветы. Джуд с опаской сунула руку в карман и, вытащив сверкающий камень, стала его разглядывать.

Просто стекло, попыталась она убедить себя, да, прекрасно ограненное, сверкающее, как солнце, но стекло.

Она смирилась с тем, что живет в одном доме с привидением. Это для нее огромное достижение, правда, подкрепленное исследованиями и письменными свидетельствами. Далеко не все считают парапсихологию наукой, однако некоторые очень уважаемые ученые и незаурядные умы верят в энергетические сущности, которые обыватели называют привидениями. Поэтому она и справилась. Она вполне способна дать разумное объяснение тому, что видела своими глазами.

Но феи и эльфы... Нет, это невозможно! Говорить, что ты хочешь верить, и в самом деле верить — далеко не одно и то же. Здесь потворство своим желаниям перестает быть безобидным и превращается в психоз.

Не существует красавцев-эльфов, которые блуждают по холмам, посещают кладбища, вступают в философские дискуссии со смертными, а потом злятся на них.

И эти несуществующие эльфы не швыряются драгоценными камнями.

Здравые рассуждения не помогали, и Джуд предположила, что бурное воображение — ее вечная проблема — просто вышло из-под контроля. Необходимо обуздать свои фантазии и спокойно работать. Может, у нее случился сосудистый криз или временное помутнение сознания, вызванное погружением в ее исследования. Но как быть с тем, что она прекрасно себя чувствует? Скорее всего, это стресс последних лет, не повлияв на ее физическое состояние, вызвал легкое душевное расстройство.

Наверное, ей стоит обратиться к невропатологу и на всякий случай пройти полное обследование.

И хорошо бы показать бриллиант, ну, эту стекляшку ювелиру.

Первый вариант пугал, а второй — огорчал, поэтому Джуд решила не мучиться предположениями и пока не думать об этом. Всего несколько дней, пообещала она себе. Она поступит, как подсказывает здравый смысл, но не сейчас.

Сейчас только работа, погружение в мир легенд. И, как ни тянет ее в паб, она не пойдет туда, не будет сидеть там целый вечер и притворяться, будто не обращает внимания на Эйдана Галлахера. Она останется дома, через несколько дней съездит в Дублин, найдет ювелира и врача. Походит по магазинам, купит книги, посмотрит достопримечательности.

Но этот вечер она посвятит исключительно работе. А потом поездит по окрестностям, познакомится с ближайшими городками и деревушками. Перед поездкой в Дублин она отстранится от легенд и повернется лицом к реальности.

От неожиданного стука в парадную дверь ее сердце чуть не выскочило из груди, а пальцы, лежавшие на клавиатуре, дернулись. Эйдан, раздраженно подумала Джуд, бросаясь к зеркалу, чтобы проверить прическу. Нет, какой там Эйдан! Уже почти девять часов вечера, самое бойкое время в пабе.

И все же, когда она бежала вниз по лестнице, ее сердце гулко билось. Она открыла дверь и изумленно заморгала.

— Мы принесли еду. — Бренна протиснулась в прихожую, прижимая к себе коричневый бумажный пакет приличных размеров. — Печенье, чипсы, шоколад.

— И вино не забыли. — Дарси звякнула тремя бутылками и закрыла ногой дверь.

— Ах. Я... — Днем Джуд не приняла всерьез слова Дарси. С чего бы вдруг девушкам захотелось прийти к ней? Но они, весело болтая, уже двинулась к кухне.

— Эйдан хотел задержать меня еще на одну смену за дневной прогул, а я послала его куда подальше. — Дарси поставила бутылки на стол. — Если бы я не сбежала, он приковал бы меня к пивным кранам. Нам нужен штопор.

— Кажется, он где-то был...

— Вот он! — Дарси вынула из ящика штопор и улыбнулась Джуд. — Видела бы ты, с какой злобой смотрел нам вслед Эйдан. А до этого все ворчал, почему мы не можем притащить тебя в паб, а тащимся к тебе сами. — Дарси передала штопор Бренне, достала бокалы. — А когда он увидел, что я прихватила три бутылки, то стал говорить, что ты много не пьешь и тебе станет плохо. Как будто ты неразумный щенок, который глотает все без разбора, а потом мается животом. Мужики такие придурки.

— Золотые твои слова! Подойдут для первого тоста. — Бренна наполнила бокалы и подняла свой. — За крохотные мозги особей мужского пола!

— Храни их Бог, — добавила Дарси, глотнула вина и озорно взглянула на Джуд, которая все еще не пришла в себя окончательно. — Выпей, милашка, и, чтобы лучше познакомиться, обсудим взлеты и падения нашей сексуальной жизни.

Джуд сделала глоток и перевела дыхание.

— Вряд ли я смогу внести большой вклад в эту дискуссию.

Дарси весело расхохоталась.

— Вот поэтому Эйдан и настроен это изменить!

Джуд открыла было рот, но подумала, что пока лучше только пить и помалкивать.

— Не дразни ее, Дарси. — Бренна разорвала пакетик картофельных чипсов, запустила в него руку и подмигнула. — Сначала мы ее напоим, а потом все выведаем.

— Когда Джуд напьется, я постараюсь уговорить ее дать мне померить ее вещи.

Гостьи перебрасывались репликами, как мячиком, и Джуд за ними не поспевала.

— Мои вещи?

— У тебя классные шмотки! — Дарси плюхнулась на стул. — У нас с тобой цвет кожи одинаковый, да и волосы почти одного цвета, и по размеру твои вещи мне, думаю, подойдут. А какой у тебя размер обуви?

— Обуви? — Джуд опустила взгляд на свои полусапожки. — Хм, семь с половиной, средняя полнота.

— Американский размер. Минуточку... — Дарси пожала плечами, отпила немного вина. — Ну, довольно близко. Снимай. Проверим, как они смотрятся на мне.

— Снять мои сапоги?

— Твои, Джуд, твои. — Дарси быстро разулась. — Еще пара бокальчиков, и мы поменяемся брюками.

— Вполне возможно. — Бренна забросила в рот целую горсть чипсов. — Наша Дарси помешана на тряпках и не отстанет от тебя, пока все не перемеряет.

Чувствуя себя почти так же странно, как днем на могиле Мод, Джуд села на стул и сняла сапожки.

— О боже! — Дарси погладила их с благоговением, с каким любящая мать гладит щечку своего ребенка. — Какие мягкие! — Ее лицо осветилось восторгом. — Вот повеселимся-то!

— Ну, в общем, он вбил себе в голову, что если я пару раз сходила с ним в ресторан и позволила сунуть язык в свой рот — между нами, это было вовсе не так возбуждающе, как он воображал, — я почту за честь оголиться перед ним и потрахаться в его удовольствие. Секс — прекрасное развлечение. — Дарси слизнула шоколад с пальцев. — Но в половине или даже больше случаев гораздо приятнее потратить это время на маникюр или посмотреть телевизор.

— Может, все дело в мужчинах, которым ты уступаешь. — Бренна выразительно взмахнула бокалом. — Они так ослеплены тобой, что от неожиданно свалившегося счастья в самый ответственный момент становятся мямлями. Что тебе нужно, детка, так это мужчина, такой же циничный и самовлюбленный, как ты.

Джуд чуть не подавилась. Она была уверена, что сейчас разразится нешуточный скандал. Однако Дарси лишь усмехнулась.

— И когда я его найду, не сомневайтесь, он будет богат, как Мидас. Уж я сумею обвести его вокруг этого пальчика. — Дарси продемонстрировала указательный палец на правой руке. — И позволю ему обращаться со мной, как с королевой.

Бренна фыркнула, потянулась за очередной горстью чипсов.

— И к тому времени, как ты добьешься своего, он надоест тебе до чертиков. Видишь ли, Джуд, наша Дарси существо извращенное. За что мы ее и любим. А вот мне нужен мужчина, который только взглянет на меня и увидит, кто я и что я... — Бренна пьяно ухмыльнулась. — Он упадет на колени и пообещает мне весь мир.

— Они никогда не видят саму женщину. — Джуд на секунду умолкла, пытаясь понять, кто это сказал. Оказалось, что это была она сама.

— Неужели? — Бренна удивленно выгнула брови и подлила Джуд вина.

— Они видят лишь свои собственные представления о женщине. Шлюху или ангела, мать или дочь. И в зависимости от своего восприятия они защищают, завоевывают или используют. Или ты просто нужна им на какое-то время, потом тебя легко отбрасывают. — Последние слова она проговорила едва слышно.

— А кто-то назвал циничной меня. — Дарси самодовольно улыбнулась Бренне. — Значит, тебя отбросили, Джуд?

В голове приятно шумело. Разум подсказывал, что от вина, но сердце, истосковавшееся сердце уверяло, что из-за приятной компании. Девчачьей компании. Ни разу в своей жизни она не проводила вечер в легкомысленной девчачьей компании.

Джуд взяла ломтик сушеного картофеля, внимательно осмотрела его, надкусила и вздохнула:

— В июне исполнится три года с того дня, как я вышла замуж.

— Ты замужем? — в один голос воскликнули Бренна и Дарси и придвинулись к ней поближе.

— Семь месяцев спустя мой муж пришел домой и сказал, что ему очень жаль, но он полюбил другую, и всем заинтересованным лицам будет лучше, если он сейчас же съедет и мы немедленно подадим на развод.

— Какая скотина! — Сочувственно кивая, Бренна подлила всем вина. — Ублюдок!

— Он поступил честно.

— К черту честность! Надеюсь, ты содрала с него шкуру. — В глазах Дарси вспыхнул мстительный огонь. — Чуть больше полугода в браке, и он влюбился в другую? И что ты сделала?

— Что сделала? — переспросила Джуд. — На следующий день подала на развод.

— И ободрала его, как липку?

— Нет, конечно. — Джуд изумленно взглянула на Дарси. — Каждый остался при своем. Все прошло очень цивилизованно.

Поскольку Дарси явно потеряла дар речи, эстафету подхватила Бренна:

— А, по-моему, если бы не было цивилизованных разводов, многие браки вообще не распадались бы. Я бы, например, хорошенько помахала кулаками, повизжала, перебила посуду. Если бы я любила мужчину так сильно, что поклялась вечно принадлежать ему, я бы заставила его кровью расплатиться за то, что он меня бросил.

— Я его не любила. — Не успела Джуд произнести это вслух, как тут же попыталась оправдаться: — То есть... я не знаю, любила ли я его. Господи, это просто ужасно. Чудовищно! Я только сейчас осознала: оказывается, я понятия не имею, любила ли Уильяма.

— Ну, любила ты его или нет, он ублюдок, и ты должна была надрать ему задницу, а потом выбросить на съедение уличным псам. — Дарси взяла шоколадное печенье Молли О'Тул и, вонзив в него зубы, закатила глаза от восторга. — Обещаю вам... нет, я клянусь вам здесь и сейчас: с каким бы мужчиной я ни связалась, я и только я закончу наши отношения. А если он попытается свалить раньше, ему придется дорого расплачиваться за это до конца его жалких дней.

— Мужчины не бросают таких женщин, как ты, — прервала эту пылкую речь Джуд. — Ты из тех, ради кого бросают таких, как я. Ой, я не хотела... я только хотела...

— Не извиняйся. Я приму это как комплимент. — И в подтверждение того, что Дарси скорее польщена, чем обижена, она дружески похлопала Джуд по плечу. — А еще я думаю, раз уж твой язык так развязался, ты достаточно выпила, чтобы позволить мне поиграть с твоими шмотками. Давайте прихватим все угощение наверх.

Джуд не знала, как отнестись к дальнейшим событиям. Наверное, потому, что у нее никогда не было сестер, и никто не совершал набегов на ее гардероб. У нее и подруг таких не было, кто интересовался бы ее одеждой. Разве что иногда кто-нибудь вскользь хвалил ее новый жакет или костюм.

Она никогда не считала себя модницей, просто придерживалась классических линий и добротных тканей, однако стоны, доносившиеся из-под вороха одежды, наводили на мысль о том, что Дарси попала в волшебную пещеру Аладдина.

— Ох, вы только взгляните на этот джемпер! Чистый кашемир! — Дарси выдернула из кучи темно-зеленую водолазку и, закатив глаза, потерлась о нее щекой.

— Ее очень удобно одевать под пуловеры, — начала Джуд и с открытым ртом уставилась на Дарси, уже срывавшую с себя собственный свитер.

Бренна плюхнулась на кровать, закинула ногу на ногу и поднесла к губам бокал.

— Расслабься, Джуд. Это надолго.

— Мягкий, как детская попка, — заворковала Дарси, вертясь перед зеркалом. — Потрясающий, но мне нужен чуть менее насыщенный тон. Бренна, думаю, этот больше подойдет тебе. — Она сорвала с себя свитер и швырнула его на кровать. — Примерь-ка.

Бренна рассеянно провела пальцем по рукаву.

— Очень приятный на ощупь.

Дарси уже примеряла кремовую шелковую блузку. Джуд опустилась на кровать и произнесла:

— Во второй спальне есть еще.

Дарси вскинула голову, как волк, почувствовавший овечий дух.

— Еще?

— Да, хм, летние вещи, и я захватила пару коктейльных платьев на тот случай... — договорить она не успела.

— Я мигом.

— Ну, сама виновата, — сердито проговорила Бренна, когда Дарси вылетела из комнаты. — Теперь ты от нее не избавишься. — Под восхищенный визг из второй спальни Бренна отставила свой бокал, расстегнула блузку, сняла ее и, закатив глаза, натянула водолазку. — Ой, и вправду прелесть! — Изумленная ласковым прикосновением тонкой шерсти к коже, Бренна поднялась и подошла к зеркалу. — А как сидит! Даже кажется, будто у меня есть грудь.

— У тебя чудесная фигурка.

Бренну нельзя было обвинить в самовлюбленности, но сейчас и она завертелась перед зеркалом.

— Все равно лучше, когда есть груди. Похоже, все, что предназначалось мне, досталось моей сестре Морин. А ведь я старшая, и они были моими по праву первенства.

— Тебе просто нужен хороший лифчик, — объявила Дарси, вернувшаяся в черном коктейльном платье с охапкой вещей в руках. — Нечего ныть, пользуйся тем, чем наделил тебя Господь. Джуд, потрясающее платье, но ты должна укоротить его на один-два дюйма.

— Я выше тебя.

— Не настолько. Ну-ка, надень. Я взгляну.

— Ну, я... — Дарси, извиваясь, уже высвободилась из платья, и Джуд, оказавшись лицом к лицу с женщиной в одном бюстгальтере и трусиках, покорно взяла платье, с глубоким вздохом запихнула подальше скромность и разделась.

— Я знала, что у тебя красивые ноги, — одобрительно кивнула Дарси. — Почему ты их скрываешь таким длинным платьем? Один дюйм прямо просится долой, правда, Бренна? — Как была, полуголая, Дарси опустилась на колени, подогнула подол и, поджав губы, посмотрела в зеркало. — Полтора, и наденешь его с теми черными шпильками с открытыми носами. Никто не устоит! — Дарси поднялась и начала натягивать серые брюки-дудочки. — Повесь платье на вешалку, я сама его подкорочу.

— Нет, зачем же, ты вовсе не должна...

— В знак благодарности. — Дарси хитро подмигнула. — За то, что ты позволишь мне поносить твою одежду.

— Не беспокойся, Дарси отлично шьет, — уверила Бренна и, войдя во вкус, выкопала из груды одежды темно-серый пиджак и примерила его.

— Можно освежить этим жилетом, — предложила Джуд, протягивая жилет в мелкую клеточку, зеленую и вишневую.

— Ты знаешь толк в одежде. — Дарси одобрительно улыбнулась и одной рукой обняла Джуд за плечи. — А ты, Бренна, дополни образ этой пародией на юбчонку, и мужики просто будут падать перед тобой.

— А мне это не нужно. Придется все время распихивать их сапогами, чтобы пройти.

— Необязательно. Можно просто перешагивать через распростертые тела. — Дарси выловила серый костюм в тонкую синюю полоску и, виляя бедрами, натянула юбку. — Джуд, хочешь сразить Эйдана наповал?

— Наповал?

— Эту юбку тоже надо укоротить. Ты с ним еще не спала, так ведь?

— Я... — Джуд попятилась, схватила бокал. — Нет. Нет, не спала.

— Так я и думала. — Дарси надела жакет и выгнулась, стараясь рассмотреть себя со спины. — Если бы ты с ним переспала, то в твоих глазах было бы больше блеска. — Она собрала волосы на макушке, повертелась, представляя, как прекрасно подошли бы сюда серебряные висюльки, которые она видела в ушах Джуд. — Но ведь ты собираешься с ним спать, правда?

«Не краснеть, — приказала себе Джуд. — Ни в коем случае не краснеть!»

— Вовсе нет.

— Думаю, Эйдан чертовски хорош и в этом деле. — Дарси расхохоталась, увидев, как Джуд нервно прильнула к бокалу. — А когда ты с ним разберешься, мы с Бренной с удовольствием послушаем подробности, поскольку в данный момент у нас нет парней, и приходится кувыркаться друг с другом. Хаха, последнее — шутка.

— Трепаться о сексе почти так же здорово, как им заниматься. — Бренна заметила в шкафу полосатую рубашку и выдернула ее. — Из нас троих только тебе он светит в обозримом будущем. У меня за последние двенадцать месяцев нечто, отдаленно похожее на секс, случилось под Новый год, когда пришлось отколотить Джека Бреннана за то, что он попытался меня облапать, и я до сих пор пытаюсь решить, не тянулся ли он за полной кружкой, как и говорил поначалу.

Отбросив рубашку, Бренна, как была в нижнем белье, снова плюхнулась на кровать и подлила себе вина.

— Лично я всегда знаю, когда мужик тянется ко мне, а когда за пивом. — Дарси с удовольствием рассматривала себя в зеркале. Она видела там элегантную, искушенную, повидавшую мир молодую женщину. — Джуд, а куда ты ходишь в таком костюме?

— О, на собрания, лекции, официальные обеды.

— Официальные обеды. — Дарси вздохнула и медленно отвернулась от зеркала. — В каком-нибудь модном ресторане или бальном зале, с официантами в белых курточках.

— И с дежурным куриным рагу, — улыбнулась Джуд. — А в нагрузку с самым занудным оратором, какого только смог раскопать комитет.

— Это потому, что ты к ним привыкла.

— Да, привыкла и жила бы счастливо, зная, что никогда больше не придется это испытать. Я была неважным преподавателем.

— Была? — Прежде чем надеть свой свитер, Бренна подлила Джуд вина.

— Я терпеть не могла планировать занятия, с ужасом думала о том, что должна знать ответ на любой вопрос, что должна оценивать чужие работы. Добавьте сюда правила поведения и факультетские интриги.

— Тогда зачем ты этим занималась?

Джуд в смятении взглянула на Дарси. Такая уверенная, даже в хлопчатобумажном бюстгальтере и чужой юбке. Разве такой уверенный в себе человек, знающий, кто он и что он, поймет, как можно не знать ответа на этот вопрос?

— От меня этого ждали, — выдавила наконец Джуд.

— И ты всегда делала то, что от тебя ждали?

Джуд испустила долгий вздох и взяла бокал.

— Боюсь, что да.

— Ну, и ладно. — Поддавшись порыву, Дарси обхватила ладонями лицо Джуд и поцеловала. — Мы это исправим.

К тому времени, когда опустела вторая бутылка, спальня выглядела так, будто по ней пронесся ураган. Бренне хватило ума развести огонь в камине и сбегать на кухню, а главное, найти там сыр и крекеры, и теперь она сидела на полу, огорченная тем, что туфли Джуд ей великоваты. Не то чтобы ей было куда ходить в такой стильной обувке, но даже просто примерить было бы чертовски приятно.

Джуд лежала на животе на кровати, подперев голову руками, и смотрела, как Дарси с фантазией комбинирует ее вещи, создавая все новые сочетания. Она чувствовала, как по ее лицу блуждает идиотская улыбка, только не знала, виновато вино или в ней начали происходить необратимые изменения.

Иногда она тихонько икала.

— Моим первым, — сообщала меж тем Дарси, — был Деклан О'Малли. Мы поклялись, что будем любить друг друга вечно. Нам было по шестнадцать, и мы были дико неуклюжими. Как-то ночью мы улизнули из дома и сделали это на берегу, подстелив одеяло. И поверьте, нет ничегошеньки романтичного в том, чтобы кататься по песку, даже если тебе шестнадцать и ты глупа, как пробка.

— А по-моему, мило, — мечтательно произнесла Джуд, представляя накатывающие на пляж волны и сияющие в лунном свете тела двух подростков, охваченных любовью и изумлением. — И где теперь Деклан О'Малли?

— Ну, наша вечность закончилась месяца через три, и мы оба двинулись дальше. Два года назад он обрюхатил Дженни Даффи, они поженились и в придачу к первой уже родили вторую дочку. И, похоже, вполне счастливы.

— Мне хотелось бы иметь детей. — Джуд перекатилась на спину, приподнялась и потянулась за своим бокалом. Вино уже казалось ей напитком богов. — Когда мы с Уильямом обсуждали это...

— Обсуждали? — вклинилась Бренна и, как хранитель бутылки, наполнила бокал Джуд.

— О, да. Очень разумно, практично и цивилизованно. Уильям всегда вел себя цивилизованно.

— Мне кажется, что Уильяму не хватало хорошего пинка под зад. — Бренна протянула Джуд бокал и — поскольку Джуд расхохоталась — отпрянула, чтобы вино не выплеснулось на нее.

— Студенты прозвали его Зануда Пауэрз. Фамилия Уильяма Пауэрз. Разумеется, я, как современная деловая женщина, сохранила свою фамилию, и с разводом не пришлось ничего менять. Ладно... так о чем я говорила?

— Какой цивилизованный у нас Зануда Пауэрз.

— О, да. Уильям решил, что мы должны подождать лет этак пять-семь. И тогда, если позволят обстоятельства, мы вернемся к этому вопросу. Если мы решим завести ребенка, то проведем тщательное расследование, выберем подходящие ясли, детский сад, а когда узнаем пол ребенка, составим образовательный план вплоть до колледжа.

Дарси обернулась.

— Колледж? До рождения ребенка?

— Уильям был очень предусмотрительным.

— С задницей вместо головы.

— Наверное, он был не так плох, как я рассказываю. — Джуд уставилась в свой бокал и нахмурилась. — Наверное. С Аллисон он гораздо счастливее. — Она сама поразилась, когда слезы хлынули из ее глаз. — Просто он не был счастлив со мной.

— Ублюдок! — В приливе сочувствия Дарси отошла от шкафа, села рядом с Джуд, обняла ее за плечи. — Он тебя не заслуживал.

— Ни на одну минуту, — согласилась Бренна, похлопав Джуд по колену. — Напыщенный ублюдок. Ты в сто раз лучше любой Аллисон.

— Она блондинка, — всхлипнула Джуд. — И у нее ноги от ушей.

— Держу пари, она крашеная, — уверенно произнесла Дарси. — А у тебя роскошные ноги. Потрясающие ноги. Я не могу оторвать от них глаз.

— Правда? — Джуд вытерла нос рукой.

— Обалденные. — Бренна погладила ногу Джуд. — Он каждую ночь ложится в постель, сожалея о том, что потерял тебя.

— К черту! — взорвалась Джуд. — Он занудный сукин сын. Так что, Аллисон, добро пожаловать!

— Наверное, он даже завести ее не может, — задумчиво произнесла Дарси, и Джуд расхохоталась.

— Ну, я-то точно никогда не слышала, как поют ангелы. — Она вытерла слезы. — Как чудесно! У меня никогда не было таких подруг, которые пришли бы, напоили бы меня, разбросали мою одежду...

Дарси сжала ее плечо.

— Мы всегда к твоим услугам.

Где-то в процессе опустошения третьей бутылки Джуд рассказала им о том, что видела или думала, что видела — на старом кладбище.

— Это передается через кровь, — понимающе кивнула Дарси. — У Старой Мод был дар, и она часто разговаривала с эльфами и феями.

— Да брось ты!

— И это я слышу от женщины, которая только что в подробностях расписала две встречи с принцем эльфов.

— Я не говорила ничего подобного. Я сказала, что дважды встречала странного мужчину. Или думала, что встречала. Боюсь, у меня что-то с головой.

Бренна скорчила гримасу.

— Чепуха. Ты здорова, как бык.

— Ну, тогда, если нет никаких физических причин, значит, я просто свихнулась. Я же психолог, —

напомнила Джуд. — Ну, была психологом, средненьким, но все же. Мне хватает образования, чтобы узнать симптомы душевного расстройства.

— С чего вдруг? — спросила Бренна. — По мне, так ты разумнейшая из женщин. Моя мама тоже так думает, и ей очень нравятся твои манеры. Она надеется, что ты окажешь на меня хорошее влияние. — Бренна ущипнула Джуд за плечо. — Но ты мне все равно нравишься.

— Правда? Ты говоришь правду?

— Не сойти мне с этого места. И Дарси тоже, и не только из-за твоих красивых тряпок.

— Разумеется, не только из-за тряпок, — с наигранным возмущением воскликнула Дарси. — Мне еще безумно нравятся твои побрякушки. — И она заливисто рассмеялась. — Да шучу я, шучу. Конечно, ты нам нравишься, Джуд. Тебя так забавно слушать и очень познавательно.

— Как мило! — Ее глаза снова наполнились слезами. — Так чудесно иметь подруг, особенно, когда сходишь с ума и ведешь себя, как помешанная.

— Забудь об этом! Ты взаправду видела Кэррика, принца эльфов, — заявила Бренна. — Он будет бродить по холмам над своим дворцом, пока не соединится с Красавицей Гвен.

— Вы в самом деле в это верите? — Сейчас и ей самой это казалось настолько же возможным, каким невозможным виделось всего несколько часов назад. — Верите в дворцы эльфов и в привидения, и в заклятия, которые длятся веками? Вы говорите это не для того, чтобы успокоить меня?

— Я точно нет. — Закутавшись в пушистый халат Джуд, Бренна принялась уничтожать остатки шоколада. — Я верю почти во все, пока не доказано обратное. А пока еще никто не доказал, что под окрестными холмами нет дворцов эльфов. Наоборот, люди говорят, что дворец есть почти под каждым холмом.

— Вот именно! — Джуд с энтузиазмом хлопнула Бренну по плечу и, несмотря на туман в глазах от выпитого, не промахнулась. — Я тоже так думаю. Легенды сохраняются веками и часто из-за повторения становятся похожими на правду. Исторический король Артур превращается в легендарного короля Артура с волшебным мечом и магом Мерлином, Дракула превращается в вампира, деревенские провидицы и знахарки становятся ведьмами и так далее. Человеческая склонность предполагать, толковать, фантазировать, чтобы сделать сказку более занимательной, в свою очередь, превращает сказку в легенду, которую люди затем привносят в свою культуру, как реальный факт.

— Нет, ты только послушай ее! Как затейливо и красиво она говорит. — Дарси, восхищенно разглядывавшая себя в очередном новом облачении, задумчиво поджала губы. — Джуд, дорогая, я ни секундочки не сомневаюсь, что это отличная речь для того, кто считает себя средним психологом. Но для моих ушей это просто бред собачий. Так ты видела сегодня Кэррика, принца эльфов, или не видела?

— Я видела кого-то. Он не назвал свое имя.

— И этот кто-то растворился без следа на твоих глазах?

Джуд нахмурилась.

— Вроде бы растворился, но...

— Никаких «но», только факты! Включаем логику, если он с тобой заговорил, значит, ему от тебя что-то нужно. За всю свою жизнь я не слышала, чтобы он разговаривал с кем-то, кроме Старой Мод. А ты, Бренна?

— Не-а, пожалуй, не слышала. Джуд, тебе было страшно?

— Нет, ни капельки.

— Хорошо. Я думаю, угрозу ты бы почувствовала. По-моему, он просто одинок. Он тоскует по своей возлюбленной уже три сотни лет. Легче жить, когда знаешь, что любовь может длиться так долго.

— Ты так романтична, Бренна. — Дарси зевнула и свернулась калачиком в кресле. — Любовь длится столько, сколько длятся страсть и желание. Сведи вместе эту парочку, и они разругаются вдрызг через полгода.

— Просто еще ни один мужчина не тронул твое сердце. Да и боятся они тебя.

Дарси пожала плечами.

— Я и не собираюсь никому давать шанс. Если я держу их сердца в кулаке, я главная. Отдай кому-то свое сердце, и тебе конец.

— А я думаю, мне понравилось бы любить. — Глаза Джуд закрылись сами собой. — Даже если бы это причинило мне боль. Если ты любишь, ты уже необыкновенная, правда?

— Возможно. Но глупая, точно.

Джуд услышала эти слова Бренны сквозь дремоту, тихонько засмеялась и провалилась в глубокий сон.

10

Когда Джуд проснулась, невидимые танцоры в деревянных башмаках бодро отплясывали джигу в ее голове. И каждый их прыжок, каждый перестук и шажок отдавался болью в ее висках. В том же ритме подергивались и веки. Это было неприятно, но еще больше озадачивало. Джуд приоткрыла глаза, зашипела, зажмурившись от резкого света, и снова попыталась взглянуть на мир сквозь узенькие щелочки.

Одежда валялась повсюду. Сначала Джуд подумала, что проспала торнадо, закружившее ее вещи, как девочку Дороти из страны Оз, и разбросавшее их по всей комнате. Это могло бы объяснить и то, почему она, полуголая, лежит на животе поперек кровати.

Когда рядом с кроватью кто-то шевельнулся, Джуд сначала затаила дыхание, а потом стала судорожно ловить ртом воздух. Что или кто это может быть? В лучшем случае, нашествие грызунов, в худшем, одна из тех кукол-маньячек, которые по ночам оживают и втыкают ножи в свисающие с кроватей руки и ноги забывших об осторожности людей.

Кошмары с этими ужасными куклами снились ей с самого детства, а потому она даже во сне следила за тем, чтобы ни рука, ни нога не свешивались с кровати. На всякий случай.

Уф. Но что бы это ни было, она не сдастся без боя, она сумеет себя защитить. К счастью, на подушке обнаружилась темно-синяя замшевая туфля с высоким тонким каблуком. Не мучаясь вопросом, как она туда попала, Джуд схватила туфельку и, скрипя зубами, подползла к краю кровати, чтобы сделать то, что должна... На полу, замотанная в ее теплый халат, положив голову на кучу свитеров, с пустой винной бутылкой в ногах лежала Бренна, смахивающая на мумию.

Джуд вытаращила глаза и попыталась проморгаться.

Улики, неопровержимые улики совершенного преступления. Винные бутылки, бокалы, тарелки, разбросанная одежда.

Никакого нашествия грызунов или кукол-убийц. Она устроила у себя дома пьяную вечеринку.

Джуд захотелось рассмеяться, и, чтобы не объяснять разбуженной Бренне, почему она хохочет, как чокнутая, Джуд уткнулась лицом в подушку.

Вот поразились бы друзья, родственники и коллеги, если бы увидели это дивное зрелище — полотно под названием «Утро после попойки». Прижимая ладонь к урчащеему животу, Джуд опрокинулась на спину и уставилась в потолок. В Чикаго она развлекала свое ближайшее окружение тщательно спланированными ужинами или вечеринками с музыкальным сопровождением и изысканными винами.

И если кому-то случалось перебрать, простите, выпить лишнего, ему помогали, не привлекая всеобщего внимания. Хозяйка никогда не «вырубалась», свалившись на кровать, а любезно провожала каждого гостя до двери, затем, как ответственный человек, наводила в доме порядок. Никогда ни один из ее гостей не засыпал на полу, а она сама никогда не мучилась похмельем на следующее утро.

Но то, что произошло с ней здесь, пожалуй, ей даже нравится.

Так нравится, что она сгорает от желания изложить свои чувства в дневнике. Немедленно! Джуд сползла с постели, поморщилась, когда в голове завертелось и загрохотало с новой силой, и тут же ухмыльнулась. Ну и дела!

На цыпочках, дрожа от предвкушения, она начала продвигаться к двери. Сейчас она все запишет, потом примет душ и сварит кофе. И приготовит завтрак для своих гостей. Гостей? А где же, черт возьми, Дарси?

Ответ на этот вопрос нашелся в ее импровизированном кабинете. Холмик под покрывалом на узкой кровати мог быть только Дарси и никем другим, а значит, дневнику придется немного подождать.

Ничего страшного! Ее новые подруги чувствуют себя здесь настолько свободно, что даже остались на ночь. Разве не чудесно? И, хотя голова у нее раскалывалась, Джуд довольно резво устремилась в ванную комнату.

Несмотря ни на что, это был лучший вечер в ее жизни, думала Джуд, подставляя несчастную голову под горячий душ. Все было замечательно: разговоры и смех, и дурацкое поведение. Две славные девушки пришли к ней, веселились в ее обществе, приняли ее в свою компанию.

Как легко все получилось. И какая разница, где она училась, чем зарабатывала на жизнь, где росла? Важна только она сама, важно то, что она говорит, что чувствует.

И эта спонтанная дружба не имеет никакого отношения к ее гардеробу. Ее одежда — выражение ее сути или, по крайне мере, выражение того, как она сама себя видит. И восхищение такой красивой женщины, как Дарси Галлахер, ей определенно льстит. А почему бы и нет?!

Улыбаясь, Джуд выключила воду, вытерлась, достала из аптечки таблетки аспирина. Затем она обмоталась полотенцем, решив, что поищет, что бы такое надеть, в ворохе вещей на полу по своей спальни, и с рассыпавшимися по плечам мокрыми волосами вышла из ванной комнаты.

От ее визга вполне могли треснуть оконные стекла, во всяком случае, горло засаднило, а ее голова закружилась. После нескольких визгов, которые теперь больше походили на скулеж, она вцепилась в полотенце и полными ужаса глазами уставилась на Эйдана.

— Прости, что напугал тебя, дорогая, но я честно стучался и в переднюю дверь, и в заднюю, а потом уж впустил себя сам.

— Я... я была в душе.

— Я вижу. — И то, что он видел, ему очень нравилось. Кожа Джуд была розовая и влажная, с прядей волос, закрутившихся в локоны, капала вода. Контраст темного шоколада волос и нежно-розовой карамели кожи был потрясающим.

Эйдану понадобилась вся его воля, чтобы не шагнуть к Джуд и не попробовать ее на вкус.

— Ты... ты... Нельзя же вот так запросто входить, когда тебе вздумается.

— Ну, задняя дверь была не заперта, задние двери в наших местах вообще редко запирают. — Не переставая улыбаться, Эйдан смотрел прямо в ее глаза, хотя его так и подмывало окинуть взглядом всю ее с головы до ног. — На твоей дорожке стоит грузовик Бренны, я и решил, что она и Дарси у тебя. Верно?

— Да, но...

— Я приехал за Дарси. Она сегодня работает днем, о чем часто предпочитает забывать.

— Мы не одеты.

— Дорогая, я вижу и еле удерживаюсь от комментариев. Но поскольку ты сама об этом упомянула, я хотел бы сказать, что сегодня утром ты прелестна. Свежа, как роза, и... — Он сделал маленький шажок к ней и втянул носом воздух. — И еще ароматнее.

— Бросьте трепаться, да еще так громко. Не даете человеку спать! — раздался раздраженный голос Бренны, и Джуд вздрогнула. — Эйдан, хватит заговаривать ей зубы. Поцелуй ее наконец, тогда хоть заткнетесь оба.

— Ну, я как раз над этим подумываю.

— Нет! — в ужасе взвизгнула Джуд, понимая, что выглядит по-идиотски со своими страхами. Она была готова провалиться сквозь землю, но предпочла метнуться к груде одежды и выхватила свитер. Отворачиваться Эйдан не собирался.

— Матерь божья, какой же тайный женский ритуал закончился *этим?*

Эйдан присел на корточки перед гривой всклокоченных рыжих волос Бренны.

— Детка, ты же знаешь, что от вина у тебя болит голова.

— Пива не было, — пробормотала Бренна.

— Понимаю. Я принес с собой эликсир Галлахеров.

— Не врешь? — Бренна подняла голову, обратив к Эйдану бледное лицо с затуманенными глазами, и вцепилась в его руку. — Правда? Да хранит тебя Бог, Эйдан. Джуд, этот парень святой. Святой, говорю тебе! Ему надо поставить памятник на площади Ардмора.

— Когда очухаешься, ползи на кухню. Баночка там. — Он чмокнул Бренну в лоб. — А где моя сестрица?

— В моем кабинете, то есть во второй спальне, — сообщила Джуд, как ей показалось, с невозмутимым достоинством. Правда, прижатая к груди охапка одежды наверняка подпортила впечатление.

— Там много бьющегося?

— Прости, не поняла.

Эйдан выпрямился.

— Не обращай внимания на крики и грохот. Я постараюсь свести ущерб твоей собственности к минимуму.

— Бренна, что он этим хотел сказать? — прошептала Джуд, когда Эйдан вышел из комнаты, и стала быстро натягивать брюки.

— А-аа, — Бренна зевнула во весь рот. — Только то, что наша Дарси не просыпается в хорошем настроении.

При первых же воплях Бренна обхватила голову руками и застонала. Джуд натянула через голову свитер и бросилась на грохот и проклятия.

— Убери от меня свои грязные лапы, злобный павиан. Я так наподдам тебе, что отправишься прямо в ад.

Джуд до глубины души потрясли и слова, и тон, но то, что она увидела, не шло с услышанным ни в какое сравнение. Когда она влетела в кабинет, Эйдан, мрачный и решительный, стаскивал облаченную в лифчик и трусики Дарси с кровати на пол.

— Что ты делаешь, дикарь? Прекрати немедленно! — Джуд бросилась вперед, готовая любой ценой защитить новую подругу. Ее крик и бросок отвлекли Эйдана всего лишь на мгновение, но Дарси успела сжать кулак и ударить брата в пах.

Вопль, который издал Эйдан, вряд ли можно было назвать человеческим. Несмотря на шок, наблюдая за упавшим на колени Эйданом и волчицей бросившейся на него Дарси, Джуд чисто по-женски ликовала, хотя и понимала, что это не делает ей чести.

— Боже! Чертова девка! — Эйдан, как мог, пытался защититься, но сестра лупила его точно так, как он сам ее научил, а он еще не отдышался от первого пропущенного удара. Правда, в конце концов он прижал Дарси к полу.

— Придет день, Дарси Эллис Мэри Галлахер, когда я забуду, что ты женщина, и ударю тебя.

— Валяй, задира! — Она вскинула голову, сдула упавшие на глаза волосы. — Хоть сейчас.

— Боюсь сломать руку. Твое милое личико натянуто на очень крепкий череп.

Они ухмыльнулись друг другу. Эйдан провел ладонью по ее лицу, не столько с раздражением, сколько с любовью. Затем оба поднялись на ноги. А Джуд все стояла в оцепенении, таращась на них.

— Надень что-нибудь, бесстыдница, и принимайся за работу.

Дарси спокойно взбила волосы, как будто и не было только что никакой потасовки.

— Джуд, не одолжишь мне голубой кашемировый джемпер?

— М-да, пожалуйста.

— Ой, какая ты милая! — Дарси подскочила к Джуд и чмокнула ее в щеку. — Не переживай, я до ухода приберу, что смогу.

— Не надо. Я сама. Я сварю кофе.

— Это было бы чудесно. А если у тебя есть чай, то еще лучше.

— Кофе? — спросил Эйдан, когда Дарси выплыла из комнаты. — Думаю, и мне ты должна хотя бы чашечку.

— Должна? Тебе?

Эйдан приблизился к ней.

— Уже второй раз ты отвлекла меня в драке, и я пропустил удар, от которого вполне мог увернуться. И можешь сколько угодно закусывать губу, я по твоим глазам вижу, что тебя разбирает смех.

— Ты ошибаешься. — Джуд старательно косилась в сторону. — Но кофе я сварю.

— А как поживает твоя голова? — спросил он, спускаясь вслед за ней по лестнице.

— Прекрасно.

Эйдан недоверчиво выгнул брови.

— И никаких побочных осложнений?

— Ну, побаливает чуть-чуть. — Гордость не позволила ей сказать правду. — Я приняла аспирин.

— У меня есть лекарство получше. — Он потер ее шею сзади, чудесным образом нащупав самое болезненное место, и Джуд чуть не замурлыкала от удовольствия, но, как только они вошли в кухню, метнулась к столу. В баночке, которую он принес, плескалась какая-то темно-красная, весьма непривлекательная на вид жидкость.

— Эликсир Галлахеров. Выпьешь и будешь, как новенькая.

— Гадость какая!

— Вовсе нет, вполне терпимо. Хотя некоторые говорят, что поначалу нужно попривыкнуть. — Эйдан достал из шкафчика стакан. — Если мужчина зарабатывает на жизнь продажей алкоголя, он просто обязан иметь лекарство от похмелья.

— Всего лишь легкая головная боль. — Джуд с сомнением смотрела, как он наливает в стакан жидкость.

— Тогда и выпей чуточку, а я приготовлю тебе завтрак.

— Ты?

— Соберу что-нибудь на скорую руку. Держи. — Он сунул ей стакан. Джуд была бледна, под глазами залегли тени. Он хотел бы обнять ее и укачивать, пока ей не станет лучше. — Ты сразу придешь в себя и забудешь о вчерашней разнузданной оргии.

— Никакая это не оргия! Мужчин же не было.

Эйдан усмехнулся.

— В следующий раз пригласи меня. Ну, не бойся, отпей немного и приступай к кофе... и чаю. А я позабочусь об остальном.

Теперь это утро казалось ей естественным продолжением вчерашнего вечера. Красивый мужчина в ее кухне. Такого прежде никогда не случалось. Просто поразительно, как быстро и кардинально может измениться жизнь.

Джуд осторожно попробовала жидкость, оказавшуюся не такой уж противной, выпила все, что налил Эйдан, и поставила на плиту чайник.

— Джуд, у тебя нет ни колбасы, ни бекона.

Его изумление развеселило ее.

— Я это не ем.

— Не может быть! А что же ты ешь на завтрак?

Теперь он был шокирован, и Джуд, не удержавшись, кокетливо захлопала ресницами. Надо же, она флиртует с ним!

— Обычно кладу в тостер ломтик цельнозернового хлеба и нажимаю на такой маленький рычажок.

— Один ломтик хлеба?

— И половинка грейпфрута или чашка любых свежих фруктов, какие найдутся. Но иногда, признаю, я пускаюсь во все тяжкие и съедаю целый рогалик с обезжиренным сливочным сыром.

— И это разумный человек называет завтраком?

— Да, здоровым завтраком.

— Янки, одно слово. — Качая головой, Эйдан достал из холодильника коробку яиц. — Хотел бы я знать, почему вы думаете, что будете жить вечно, и зачем вам вечная жизнь, если вы отказываете себе в главных жизненных удовольствиях?

— Пока мне удается выживать без жирной свинины.

— Какие мы ершистые по утрам! Уверяю тебя, ты была бы гораздо спокойнее, если бы нормально завтракала. Что ж, постараюсь тебе помочь.

Джуд хотела было огрызнуться, но свободной рукой Эйдан обхватил ее за шею и прижал к себе. Не успела Джуд опомниться, как он уже нежно целовал ее, и те немногие мысли, что еще оставались, вылетели из ее головы.

— Обязательно миловаться до завтрака? — недовольно поинтересовалась Бренна.

— Обязательно. — Эйдан провел ладонью по спине Джуд вниз, затем вверх. — И после, если мне удастся настоять на своем.

— С самого утра никакой жизни. Ты топал тут, как слон, и всех перебудил. — Завернувшись в халат поглубже, Бренна нацелилась на баночку с эликсиром Галлахеров. Глотая целительную жидкость, она, прищурившись, смотрела на Эйдана. — Так ты будешь готовить завтрак или нет?

— Собираюсь. Ты тоже сегодня на взводе, Мэри Бренна. И тебя поцеловать?

Она презрительно фыркнула, но тут же улыбнулась ему.

— Не возражала бы.

Эйдан покорно освободил руки, подошел к ней и, ухватив за локти, оторвал ее от пола. Бренна завопила, и он смачно поцеловал ее в губы.

— Пожалуйста, вот и твои щечки порозовели.

— Благодаря паре глотков эликсира Галлахеров.

Эйдан рассмеялся.

— Всегда рад помочь. Моя сестрица, надеюсь, не плюхнулась обратно в кровать?

— Она в ванной и все еще ругает тебя последними словами. Я бы тоже ругала, но твои щедрые поцелуи такие сладкие!

— Если бы Господь не хотел, чтобы женщину целовали в губы, он бы упрятал их подальше. Джуд, у тебя есть картошка?

— Наверное. Да.

Щедрые поцелуи? Джуд с удовольствием наблюдала предыдущую сцену, но после этих слов, пока Эйдан чистил и резал картошку, она мучительно размышляла, что же Бренна имела в виду. Что Эйдан целует всех подряд? Ну, обаяния красавчику не занимать. И мастерства тоже.

И черт с ним! Между ними нет ничего такого, что можно было бы назвать отношениями. И не нужны ей никакие отношения.

Просто ей необходимо знать, она — одна из общей массы или — впервые в жизни — особенная. Как же ей хотелось хоть однажды стать для кого-то особенной.

— О чем грезишь, детка? — услышала она голос Эйдана и вздрогнула, постаралась не покраснеть.

— Ни о чем.

Она поспешно занялась кофе, смиряясь с тем, что Бренна рыщет по шкафчикам, достает тарелки и столовые приборы.

Никогда в ее доме чужие люди не чувствовали себя так свободно. И, как ни странно, ей это даже нравилось. В этом было что-то естественное и надежное.

И не имеет значения, что Бренна снует по кухне, словно запрограммированный робот. И совершенно не важно, что рядом с красавицей Дарси любая женщина чувствует себя серой мышкой. И пусть Эйдан каждый день перед завтраком целует по сотне женщин.

Каким-то образом за несколько коротких недель они стали ее друзьями. И она им нравится такой, какая она есть. Ничего другого они от нее не ждут.

Это маленькое, но бесценное чудо.

— Почему я не чувствую аромата бекона? — хмуро спросила Дарси, входя в кухню.

— Потому что у Джуд нет бекона, — откликнулся Эйдан.

Ослепительно улыбнувшись Джуд, Дарси налила себе кофе.

— Я привезу. В следующий раз.

* * *

Ощущение счастья, согревающее, успокаивающее, не покидало Джуд весь день. За завтраком она договорилась с Дарси съездить в Дублин и вместе пошататься по магазинам, получила от Бренны приглашение на воскресный обед у О'Тулов, а Эйдан назначил время, когда сможет прийти и рассказать еще не известные ей местные легенды.

Ее не приглашали вечером в паб, ведь всем и так было ясно, что она придет. Джуд это вполне устраивало. Когда ты своя, думала она, не нужны никакие приглашения.

В кухне пахло жареной картошкой и кофе. Позвякивали на ветру колокольчики над парадным крыльцом. Встав из-за стола, чтобы сварить еще кофе, Джуд заметила Бетти. Собака весело гналась за кроликом по усыпанным полевыми цветами холмам.

Джуд пообещала себе, что обязательно вспомнит все это, когда почувствует себя несчастной или одинокой.

Позже, оставшись одна, она поднялась в кабинет и села за компьютер, полная энергии и непривычного ощущения счастья.

Странно, но я только сейчас поняла, что нашла то, чего хочу. Дом, место, куда люди, которые нравятся мне и которым нравлюсь я, приходят, когда им вздумается, и которым здесь легко и уютно. Может, сорвавшись в Ирландию, я стремилась вовсе не к уединению. Может, я искала то, что чувствую в последние часы. Дружбу, веселье, безрассудство и... романтику.

Наверное, я не понимала это, потому что не давала воли своим желаниям. И вот все получилось само собой.

Это ведь чудо! Такое же чудо, как эльфы и заклятья, и крылатые кони. Меня приняли здесь не за то, что я делаю или откуда приехала, или где училась. Меня приняли такой, какая я есть. Вернее, такой, какой я наконец разрешила себе быть.

Когда я приду на обед к О'Тулам, я не буду стесняться, не буду чувствовать себя неуклюжей. Я просто повеселюсь. Когда я поеду в Дублин с Дарси, я обязательно куплю себе что-нибудь нелепое и оригинальное. Потому что это будет весело.

И когда в следующий раз Эйдан подойдет к моей калитке, я впущу его, как своего любовника. Потому что я этого хочу. Потому что с ним я чувствую себя такой, какой никогда не чувствовала прежде. Очень и очень женственной.

И потому что, черт возьми, это будет весело.

Удовлетворенно кивнув, Джуд закрыла файл с дневником и решила просмотреть кое-что из рабочих материалов. Вглядываясь в экран, пролистывая записи, она окунулась в свой привычный мир. Когда зазвонил телефон, она, все еще погруженная в свои мысли, подняла трубку.

— Да! Алло!

— Джуд. Надеюсь, я не отрываю тебя от работы.

Джуд тряхнула головой, переключаясь на разговор. Звонила ее мать.

— Нет, ничего важного. Привет, мам. Как поживаешь?

— Прекрасно. — Голос Линды Мюррей прозвучал, как всегда, сдержанно. — Мы с твоим отцом решили воспользоваться окончанием семестра. Хотим съездить на несколько дней в Нью-Йорк, посетить выставку в Музее Уитни, сходить в театр.

— Чудесно. — Джуд улыбнулась. И впрямь чудесно, что ее родители до сих пор наслаждаются обществом друг друга. Идеальное единство взглядов. — Надеюсь, вы будете довольны поездкой.

— Разумеется. Мы были бы рады, если бы ты присоединилась к нам, если, конечно, хочешь и если тебе надоела сельская жизнь.

Идеальное единство взглядов, снова подумала Джуд. А она никогда не могла влиться в этот прекрасный союз.

— Большое спасибо за предложение, но у меня все хорошо. Мне здесь очень нравится.

— Правда? — В голосе матери послышалось легкое удивление. — Ты вся в бабушку. Кстати, она шлет тебе привет.

— Передай ей привет от меня.

— Тебе не кажется, что этот дом слишком деревенский?

Джуд вспомнила свои первые впечатления — ни микроволновки, ни электрического консервного ножа — и усмехнулась.

— У меня есть все, что нужно. Прямо под окнами растут цветы. И я начинаю узнавать птиц.

— Я рада за тебя. Надеюсь, ты планируешь провести некоторое время в Дублине. Говорят, там изумительные художественные галереи. И непременно посети Тринити-Колледж.

— На следующей неделе я как раз собираюсь на денек в Дублин.

— Хорошо-хорошо. Недолгий отдых в деревне может принести пользу, но ты же не хочешь, чтобы у тебя заплесневели мозги.

Джуд глубоко вздохнула, сдерживая резкий ответ.

— Между прочим, я работаю. Здесь неисчерпаемое количество материала. И я изучаю садоводство.

— Садоводство? Прелестное хобби. У тебя счастливый голос, Джуд. Я рада этому. Ты уже давно не казалась мне счастливой.

Джуд закрыла глаза, подавив нарастающее раздражение.

— Мама, я понимаю, что ты обо мне беспокоишься, но уверяю тебя, я правда счастлива. Наверное, мне просто нужно было на время уехать.

— Разумеется, мы с твоим отцом беспокоимся. В последнее время ты выглядела такой отстраненной и безразличной. Ты ушла в себя.

— Да, было и то, и другое.

— Ты тяжело переживала развод. Я понимаю тебя лучше, чем ты думаешь. Все случилось так неожиданно, мы все были захвачены врасплох.

— Я уж точно не ожидала ничего подобного, — сухо произнесла Джуд. — А должна была. И, будь я повнимательнее, то почувствовала бы.

— Может быть, — сказала Линда, и Джуд поморщилась. Уж слишком быстро мать с ней согласилась. — Но в любом случае Уильям оказался совсем не таким, как мы думали. И это одна из причин, почему я тебе позвонила, Джуд. Я считаю, что лучше ты услышишь это от меня, чем от чужих людей.

— В чем дело? — У нее внутри все сжалось. — Уильям? Он заболел?

— Нет, совсем наоборот. Похоже, он очень счастлив.

Джуд с удивлением почувствовала в голосе матери неподдельное негодование.

— Ну и отлично!

— Ты великодушнее меня, — резко сказала Линда. — Я бы пожелала ему заразиться какой-нибудь редкой болезнью или хотя бы облысеть, или заполучить нервный тик.

Ошеломленная таким напором и еще больше не характерной для матери мстительностью, Джуд расхохоталась.

— Какой ужас! Я и понятия не имела, что он так тебе противен.

— Мы с твоим отцом изо всех сил старались не нарушать правил приличий, чтобы облегчить твою жизнь. Представляю, как тяжело тебе было встречаться с вашими общими друзьями и коллегами. Ты сохранила достоинство, мы гордимся тобой.

Достоинство?! Да, они всегда гордились ее чувством собственного достоинства. Поэтому она никогда не смела разочаровывать их проявлениями возмущения или недовольства.

— Спасибо, мама.

— Ты высоко держала голову, а для этого требовалась огромная сила воли. Могу только представить, чего это тебе стоило. Полагаю, перерыв в работе и отъезд были необходимы, чтобы восстановиться.

— Я не думала, что вы понимаете.

— Разумеется, понимаем, Джуд. Он обидел тебя.

Вот оказывается, как. Она почувствовала, как к глазам подступают слезы. Почему же она не верила, что родные поддерживают ее?

— Мне казалось, вы вините меня.

— За что мы могли тебя винить? Честно говоря, твой отец даже грозился избить Уильяма. В нем так редко вскипает ирландская кровь. Мне еле-еле удалось его успокоить.

Джуд попыталась представить, как ее степенный отец избивает степенного Уильяма, но не получилось.

— Мама, не могу выразить словами, насколько мне стало легче.

— Я помалкивала, потому что ты изо всех сил старалась остаться в рамках приличий. И надеюсь, ты не огорчишься, но не хочу, чтобы ты услышала слухи или сплетни.

Джуд опять насторожилась.

— В чем дело?

— Уильям и его новая жена тоже решили воспользоваться окончанием семестра. Они собираются на пару недель в Вест-Индию. Кто бы мог подумать! Уильям взахлеб рассказывает всем, кто готов его слушать, что они спланировали это экзотическое путешествие перед тем, как начать новую жизнь. Джуд, в октябре они ждут ребенка.

Ей показалось, что она падает в пропасть.

— Понимаю.

— Он ведет себя, как идиот. Тычет всем под нос снимок УЗИ, как семейное фото. Купил своей новой безвкусное кольцо с огромным изумрудом. Ведет себя так, будто она первая на свете женщина, зачавшая ребенка.

— Я уверена, он просто очень счастлив.

— Твое спокойствие меня поражает. Лично я в ярости. У нас в конце концов есть общие друзья, и эти его восторги отвратительны. Уильяму следовало бы проявить больше такта.

Линда умолкла, очевидно пытаясь успокоиться, а потом заговорила уже мягче:

— Он не стоит ни одной минуты твоего времени, Джуд. Жаль, что я не поняла это до того, как вы поженились.

— Мне тоже жаль, — прошептала Джуд. — Пожалуйста, не волнуйся, мама. Все в прошлом. Я только переживаю, что ты попала в неловкое положение.

— Ерунда, я справлюсь. И, как я сказала, я не хотела, чтобы ты услышала это от чужих людей. Теперь уж я прослежу, чтобы никто больше не огорчил и не обидел тебя. Если честно, я сомневалась, что ты перевернула эту страницу твоей жизни. Теперь мне легче. Ты благоразумна, как всегда.

— Да, я все та же благоразумная Джуд, — произнесла она, пытаясь не замечать комок, застрявший в горле. — Все в порядке. Если увидишь его, передай мои наилучшие пожелания.

— Непременно. Я очень рада, что с тобой все в порядке, Джуд. Мы позвоним, когда вернемся из Нью-Йорка.

— Хорошо. Желаю вам хорошо отдохнуть. Передай привет папе.

— Обязательно.

Джуд повесила трубку и замерла. Оцепенела. Заледенела. Кожа покрылась мурашками. Кровь как будто застыла. Все тепло и удовольствие, все приподнятое утреннее настроение растаяли в охватившем ее отчаянии.

Уильям летит на чудесный остров в Вест-Индии с новой любимой женой. Они будут плавать в прозрачной голубой воде, гулять по сахарно-белым песчаным пляжам под луной, держась за руки и мечтательно глядя друг на друга.

Уильям взволнован предстоящим отцовством, хвастается своей беременной красавицей женой, изучает с Аллисон книжки об уходе за детьми, выбирает имя для ребенка. Балует будущую мать драгоценностями, цветами и свежевыжатым апельсиновым соком и круассанами, которые приносит ей в постель ленивыми воскресными утрами.

Джуд очень явственно — ее проклятие — слишком яркое воображение — видела все это. С рождения застегнутый на все пуговицы Уильям с восхищением ухаживает за своей прелестной мадонной. Обычно сдержанный Уильям рассказывает совершенно посторонним людям о предстоящем счастливом событии.

Известный своей бережливостью Уильям не жалеет денег на изумрудное кольцо. Безвкусное. Огромное.

Ублюдок!

Джуд переломила пополам карандаш, который держала в руке, и швырнула обломки в стену, но вскочив и с грохотом отбросив стул, осознала, что чувствует не отчаяние, а ярость. Жгучую, ослепляющую ярость.

Судорожно дыша, Джуд сжала кулаки. Но обрушить их было не на кого, некого было отколотить до бесчувствия. Она лихорадочно огляделась, пытаясь найти, на что излить неожиданно вспыхнувшую ярость, пока этот черный комок не взорвался прямо в груди. Надо уйти из дома, пройтись, проветриться, пока она не разразилась дикими воплями и криками.

Джуд бросилась к двери, сбежала по лестнице и вылетела во двор, и неслась по холмам, пока не задрожали ноги, пока не закололо в боку.

Пошел дождь, мелкий-мелкий. Он словно просеивался сквозь солнечные лучи и рассыпался по траве.

В порывах ветра ей послышались женские рыдания. Где-то далеко зашептались флейты.

Джуд огляделась, поняла, что оказалась на тропе, ведущей к Ардмору, но не остановилась, а лишь сбавила шаг.

11

В пабе было немноголюдно и уютно. Дождливый вечер располагал не только к разговорам, но и к размышлениям. Юный Коннор Демпси наигрывал на концертино грустные мелодии. Его отец прихлебывал «Смитвик» и обсуждал мировые проблемы со своим добрым другом Джеком Бреннаном.

Поскольку душевные раны Джека постепенно затягивались, он относился к беседе так же серьезно, как и к своему пиву, но Эйдан все равно приглядывал за ним со своего поста за барной стойкой. Джек и Коннор Демпси Старший часто расходились во мнениях относительно текущих мировых проблем и иногда даже доказывали свою правоту кулаками.

Эйдан понимал их склонность к дружеской потасовке, но в своих владениях не допускал ничего подобного. Время от времени он поглядывал на экран телевизора, где шла трансляция футбольного матча между графствами. Клэр побеждал Мейо, и Эйдан мысленно подбадривал их, поскольку сделал небольшую ставку.

Он предвкушал тихий вечер и подумывал, не вызвать ли Бренну, чтобы она его подменила. Он хотел встретиться с Джуд, пригласить ее на ужин, на этот раз в ресторан. С цветами и свечами на столике и хорошим белым вином в красивых бокалах. Наверняка такие ужины для нее более привычны, чем омлет и жареная картошка, приготовленные на ее собственной кухне.

При всей своей милой застенчивости она искушенная женщина, городская, образованная. Мужчины водили ее в театры и шикарные рестораны. Вечерние костюмы, галстуки, заумные разговоры о литературе и кино.

Впрочем, в беседе он не уступит любому чикагскому пижону. Он не назвал бы себя невежей. Он читает книги, любит смотреть хорошие фильмы. Он путешествовал поболее многих, своими глазами видел великие произведения искусства и памятники архитектуры.

Эйдан почувствовал, что хмурится, потряс головой. Господи, до чего он докатился! Вступил в заочное соревнование с каким-то вымышленным парнем?! Можно только пожалеть себя, особенно если вспомнить, что в присутствии Джуд Мюррей он не в состоянии удержать в голове и трех мыслей, разве что одна из них о ней, Джуд Мюррей.

Пожалуй, во всем виновата сексуальная неудовлетворенность. Слишком давно он не касался женского тела. А теперь воображение рисует ему исключительно Джуд, и после утренних событий гораздо более отчетливо.

Белая атласная кожа, так легко розовеющая от смущения. Длинные стройные ноги и крохотная сексапильная родинка над левой грудью. И красивые плечи, по которым хочется пробежаться губами.

Она так пугливо отпрянула, но когда он коснулся ее, словно растаяла. Немудрено, что он зациклился на ней. Только мертвец остался бы равнодушным.

Он был бы счастлив — и он этим особо не гордился — просто заманить ее в постель и покончить с наваждением. Они оба сбросили бы напряжение, получили бы удовольствие... и в то же время с некоторым беспокойством он признавал, что очарован не только красивым личиком и соблазнительной фигуркой.

Ему нравится ее слушать, нравится смотреть, как она держится, как ведет себя.

Тихая и застенчивая, аккуратная и вежливая. Так и тянет расшевелить ее и выяснить, что скрывается под броней ее самообладания.

Дверь открылась. Эйдан машинально скользнул по ней беглым взглядом, а потом взглянул снова и удивленно округлил глаза.

Вошла Джуд. Даже не вошла, ворвалась. Она промокла, с разметавшихся по плечам волос капала вода. Глаза были темными и — хотя он попытался уверить себя, что виновата игра света — опасными. Он поклялся бы, что они метали молнии.

— Я бы выпила.

— Ты насквозь промокла.

— Идет дождь. Я гуляла, — отчеканила Джуд, проводя ладонью по мокрым, потяжелевшим волосам. Ободок потерялся где-то по дороге. — Ничего удивительного. Так я получу выпивку или нет?

— Разумеется, получишь. Твое любимое вино. Присядь у камина, погрейся. Я принесу полотенце. Подсушишь волосы.

— Я не хочу сидеть у камина. Не хочу полотенце. Я хочу виски, — с вызовом заявила Джуд и хлопнула кулаком по стойке бара. — Здесь!

Ее глаза все еще навевали ему мысли о морской богине, охваченной сейчас жаждой мщения. Он медленно кивнул:

— Как скажешь.

Эйдан достал невысокий широкий стакан, плеснул на два пальца «Джеймисона». Джуд схватила стакан и опрокинула в себя виски, как воду. Дыхание перехватило от неожиданного пламени, обжегшего грудь. Глаза увлажнились, но все так же горели огнем.

Как мужчина, умудренный жизненным опытом, Эйдан даже не моргнул.

— Если хочешь одолжить у меня сухую рубашку, можешь подняться ко мне в комнату.

— И так сойдет. — В горло Джуд будто воткнули раскаленные иголки, а в животе разливалось приятное тепло. Она поставила стакан на стойку, кивнула: — Еще.

Эйдан спокойно наклонился, оперся руками о стойку. Опыт-опыт! Кому-то можно налить и бутылку, зная, что ничего плохого не случится, кого-то потихоньку надо выпроводить, пока алкоголь не ударил в голову. А бывает, что человеку излить свои печали гораздо важнее, чем вливать в себя виски.

Он прекрасно понимал, с чем имеет дело сейчас. К тому же, если Джуд пьянеет от полутора бокалов вина, две порции виски просто собьют ее с ног.

— Дорогая, может, расскажешь мне, что случилось?

— Я не говорила, что что-то случилось. Я сказала, что хочу еще порцию виски.

— Ну, здесь ты ее не получишь. Однако я могу посадить тебя у камина и заварить чай.

Джуд шумно втянула воздух, выдохнула, пожала плечами.

— Прекрасно. Забудь про виски.

— Вот и умница. — Эйдан погладил ее все еще сжатый кулак. — Иди, присядь, а я принесу тебе чай. И ты расскажешь мне, что случилось.

— Не хочу я сидеть. — Она смахнула с лица мокрые волосы и подалась к нему. И приказала: — Наклонись поближе. — Когда Эйдан подчинился и их лица почти соприкоснулись, она ухватила его за рубашку. И заговорила. Четко, размеренно. Правда, ей хватило ума не повысить голос. — Ты еще хочешь переспать со мной?

— Прости, не понял.

— Ты меня слышал. Ты хочешь со мной переспать или нет? — с мрачной решительностью повторила она.

Его нервы напряглись до предела, но он не отступил, хотя самообладание далось ему нелегко.

— Прямо сейчас?

— А почему бы и нет? Неужели все надо планировать, раскладывать по полочкам, перевязывать чертовым бантиком?

Она забыла, что нельзя повышать голос, и несколько голов повернулось в их сторону, несколько лиц удивленно вытянулось. Эйдан накрыл ладонью пальцы, впившиеся в его рубашку, и погладил их.

— Джуд, хочешь, я найду тебе укромное местечко?

— И где же это?

— Вон там. — Он снова погладил ее пальцы, затем отцепил их от своей рубашки, показал на дверь в конце бара и крикнул: — Шон, ты не мог бы подменить меня здесь ненадолго?

Эйдан поднял откидную доску, пропустил Джуд и подтолкнул ее к кухне.

Укромное местечко оказалось маленькой комнаткой без окон, в которой стояли два стула с плетеными сиденьями, принадлежавшие еще его бабушке, и расшатавшийся, но дорогой его сердцу стол, который собственноручно сколотил отец. Эта комнатка предназначалась для приватных бесед и деловых переговоров. Вряд ли можно было найти более уединенное местечко для общения с женщиной, которой пришло в голову спросить, хочет ли он переспать с ней. Эйдан включил старинную лампу с плафоном-шаром, оставив без внимания графин с виски.

— Почему мы не...

«Сядь», — намеревался сказать он, но его губы уже жадно впились в ее рот. Она прижала его к двери, запустила пальцы в его волосы и ответила на его поцелуй с не меньшей жадностью.

Он сдавленно застонал и забыл обо всем, ошеломленный ее неожиданной атакой. Она прижалась к нему. Господи, она прилипла к нему разгоряченным телом. Он лишь слабо удивился тому, как еще не испарилась ее одежда.

Он чувствовал нервное, гулкое биение ее сердца. А может, это билось его сердце? Она пахла дождем и виски, и он желал ее с отчаянием, граничащим с болью. Лихорадочное желание пронзало его, вонзало в него когти, кружилось в его голове, обжигало его горло.

Где-то вдали он услышал голос брата, ответный смех, тихую мелодию. И вспомнил. Смутно, но вспомнил. Где они. Кто они.

— Джуд, подожди. — Плохо соображая, Эйдан попытался отстранить ее. — Здесь не место.

— Почему? — Неужели он ее отталкивает? А он так нужен ей сейчас! — Ты хочешь меня, я хочу тебя, так что же ты медлишь?

Он был возбужден так, что мог бы взять ее прямо здесь и сейчас, но не этого она заслуживала.

— Подожди. Дай перевести дух. — Он погладил ее волосы, заметил, что рука дрожит. — И скажи, наконец, что случилось.

— Ничего не случилось. — Голос сорвался и выдал ее ложь. — Почему что-то должно было случиться? Просто займись со мной любовью. — Трясущимися от нетерпения пальцами она попыталась расстегнуть его рубашку. — Просто коснись меня.

Теперь он прижал ее спиной к двери, крепко обхватил ладонями ее лицо. Чего бы ни требовало его тело, сердце и разум отдавали другие приказы. Он предпочитал слушать сердце.

— Я могу коснуться тебя, но не смогу добраться до тебя, если ты не скажешь, что тебя тревожит.

— Ничего меня не тревожит, — выдавила она. И разрыдалась.

— Не плачь, милая. — Гораздо легче утешать женщину, чем сопротивляться ей. Эйдан осторожно прижал ее к себе, убаюкивая. — Кто обидел тебя, любимая?

— Никто. Ничего. Просто глупость. Извини!

— Я же знаю, что-то случилось. И вовсе не глупость. Скажи, что тебя опечалило?

Джуд горестно, судорожно всхлипывала, вжимаясь лицом в его плечо, крепкое, как скала, уютное, как подушка.

— Мой муж и его жена едут в Вест-Индию, и у них будет ребенок.

— Что? — вскрикнул он, резко отстраняя ее. — У тебя есть муж?

— Был. — Джуд шмыгнула носом. — Он меня бросил.

Эйдан пару раз глубоко вдохнул и выдохнул, но голова все равно кружилась так, будто он влил в себя бутылку «Джеймисона». Или получил ею по башке.

— Ты была замужем?

— Была. — Она взмахнула рукой. — У тебя есть носовой платок?

Эйдан выудил из кармана платок и протянул ей.

— Думаю, надо начать с начала, но прежде подыскать тебе сухую одежду и напоить горячим чаем, а то еще простудишься.

— Нет, мне ничего не нужно. Я, пожалуй...

— Успокойся. Идем наверх.

— Я такая страшная. — Джуд шумно высморкалась. — Я не хочу, чтобы меня видели такой.

— Там нет никого, кто бы в свое время не пролил парочку собственных слез и прямо в этом пабе, но мы поднимемся через кухню.

Не оставив Джуд времени на споры, Эйдан взял ее за руку и потащил к двери. Она упиралась, вдруг осознав, как отвратительно вела себя, но он уже тащил ее через кухню. Дарси оглянулась на шум и охнула.

— Боже, Джуд, что с тобой?

Эйдан качнул головой, и Дарси умолкла, а он подтолкнул Джуд к узкой лестнице.

Когда они поднялись наверх, Эйдан открыл дверь в маленькую захламленную гостиную.

— Спальня за гостиной. Надевай, что тебе подойдет, а я поставлю чайник.

Джуд хотела поблагодарить его, извиниться, но не успела, он уже исчез в дверном проеме.

Джуд вошла в спальню. В отличие от гостиной здесь царил абсолютный порядок, а из мебели было лишь самое необходимое: узкая кровать под темно-синим покрывалом, высокий комод, старый, ободранный по углам, выцветший ковер на потемневшем от времени деревянном полу. Жаль, что нет времени да и права удовлетворить любопытство. Она быстро прошла к маленькому шкафу, нашла рубашку, серую, как ее настроение, и, переодеваясь, рассматривала стены. Вот здесь Эйдан дал волю своей романтической натуре.

Постеры и фотографии. Улицы Парижа и Лондона, Нью-Йорка и Флоренции, бушующий океан и цветущие острова. Высокие горы, тихие долины, таинственные пустыни. И, разумеется, крутые утесы и волнистые холмы родной страны. Все это было прикноплено вплотную и сливалось в роскошные экзотические обои.

Какие из этих мест Эйдан видел своими глазами? Может, все? Или в какие-то только собирается? Джуд глубоко вздохнула, словно жалуясь на судьбу, подняла с пола свой мокрый свитер и вернулась в гостиную.

Метавшийся по комнате Эйдан остановился, увидев ее. Она совсем утонула в его рубашке и казалась маленькой и несчастной, и вряд ли сейчас могла справиться с бушующими в нем чувствами. Поэтому он молча забрал у нее свитер, отнес в ванную комнату, чтобы развесить и подсушить. Вернулся.

— Садись, Джуд.

— Ты имеешь полное право сердиться на меня. Я так нагло ворвалась в паб, так безобразно себя вела. Я не знаю, как объяснить...

— Пожалуйста, помолчи минутку, — резко оборвал он.

Джуд поморщилась, и он, мысленно оправдываясь тем, что не каменный, развернулся и отправился обратно на кухню.

Она была замужем! Ни о чем другом он думать не мог. И не удосужилась об этом даже упомянуть!

Он-то считал ее неопытной, а она, оказывается, была замужем, развелась и, похоже, до сих пор тоскует по своему бывшему.

Тоскует по какому-то чикагскому пижону, который не пожелал сдержать свои клятвы и сберечь то, чего так жаждет он, Эйдан Галлахер.

Разве этого мало, чтобы сойти с ума?

Он разлил крепкий черный чай по кружкам, в свою щедро плеснул виски и вернулся в гостиную.

Джуд так и не села, стояла там, где он ее оставил. Руки сцеплены, влажные волосы скрутились в упругие кудри, глаза потухли.

— Я спущусь в зал и извинюсь перед твоими посетителями.

— За что?

— За то, что устроила сцену.

Эйдан поставил кружки на столик и удивленно посмотрел на нее.

— Не о чем переживать. Если раз в неделю у Галлахеров никто не устроил сцену, мы начинаем гадать, почему. Присядь уже наконец, черт побери, и перестань смотреть на меня так, будто я собираюсь тебя выпороть.

Джуд подчинилась, взяла свой чай, чуть-чуть отпила, обожгла язык и отставила кружку. Эйдан сел напротив нее, взял в руки свою кружку.

— Почему ты не говорила мне, что была замужем?

— Как-то не подумала, что об этом надо рассказывать. Да и случая не было.

— Не подумала? — Он с размаху стукнул кружкой о столешницу. — Это так мало для тебя значило?

— Это очень много для меня значило, — сказала она с таким достоинством, что он напрягся. — Гораздо меньше это значило для мужчины, за которым я была замужем. Я пыталась научиться жить с этим.

Поскольку Эйдан молчал, она снова схватилась за кружку, чтобы хоть чем-то занять руки.

— Мы были знакомы несколько лет. Он преподавал в университете, где я училась. Казалось, что у нас много общего. Он очень нравился моим родителям. Он сделал мне предложение, и я сказала «да».

— Ты любила его?

— Я думала, что любила, так что получается одно и то же.

«Нет, далеко не одно и то же», — мысленно возразил ей Эйдан, но вслух это не сказал.

— И что было дальше?

— Мы... нет, он все распланировал. Уильям любит планировать, учитывать все мелочи, возможные осложнения и их последствия. Мы купили дом, поскольку в доме удобнее устраивать званые вечера, а Уильям честолюбив и нацелен на блестящую карьеру. У нас была скромная, но изысканная и достойная свадьба. Тщательно подбиралось все: поставщики еды, флористы, фотографы, гости.

Джуд со вздохом подумала, что язык все равно горит, и отпила еще чаю.

— Через семь месяцев после свадьбы он пришел домой и сказал, что не удовлетворен. Именно так.

Джуд, я не удовлетворен нашим браком. Кажется, я сказала: «О, прости».

Она закрыла глаза, выжидая, пока унижение уляжется внутри ее, соединившись с виски.

— Противно сознавать, что я сразу же попросила прощения. Уильям принял мои слова снисходительно, как будто ждал их. Нет, — поправила она себя, взглянув на Эйдана. — *Потому что* ждал их.

И ей до сих пор горько вспоминать об этом, понял Эйдан.

— Так сделай выводы и не извиняйся так часто.

— Может, ты прав. Потом он сказал, что поскольку уважает меня и хочет быть абсолютно честным, то должен признаться, что полюбил другую.

«Помоложе, — мысленно добавила она. — Покрасивее. Поумнее».

— Он, мол, не хочет втягивать ее в грязную любовную интрижку, поэтому просит меня немедленно подать на развод. Затем мы продадим дом, поделим общее имущество. И, так как он инициатор развода, я могу первой выбрать, что оставить себе.

Эйдан не сводил глаз с ее лица. Она уже полностью владела собой. Глаза спокойные, руки расслаблены. Пожалуй, слишком невозмутимая. Ему она больше нравилась страстной... настоящей.

— И что ты предприняла?

— Ничего. Он получил развод, снова женился, и мы пошли каждый своей дорогой.

— Он обидел тебя.

— Уильям назвал бы это нежелательным, но неизбежным следствием случившегося.

— Твой Уильям ослиная задница.

Джуд усмехнулась.

— Возможно. Но в его поступке было больше здравого смысла, чем в унылом браке.

— Ты была несчастлива в браке?

— Нет. Но, наверное, и счастлива не была. — Голова болела, навалилась усталость. Джуд хотелось свернуться в комочек и уснуть. — Не думаю, что я способна на сильные чувства.

Эйдан тоже был опустошен. И не верил, что перед ним та самая женщина, что несколько минут назад с вожделением набросилась на него, а потом горько рыдала на его плече.

— Значит, ты спокойная и невозмутимая, Джуд Фрэнсис?

— Да, — прошептала она. — Благоразумная Джуд.

— И что же привело к сегодняшнему взрыву?

— Глупость.

— Разве что-то важное может быть глупостью?

— Потому что не должно быть важным. Не должно что-то значить. — Джуд вскинула голову, и блеск в ее глазах воодушевил его. — Мы в разводе, так? Мы в разводе больше двух лет. Так почему мне небезразлична его поездка в Вест-Индию?

— И почему же?

— Потому что это я хотела туда поехать! — с жаром воскликнула она. — В наш медовый месяц я хотела поехать в какую-нибудь экзотическую, прекрасную страну. Я взяла в турагентстве брошюры. Париж, Флоренция, Римини. И другие замечательные места. Мы могли поехать куда угодно, и я была бы счастлива. Но он... он... только и говорил... о... — Джуд взмахнула рукой, не в силах подобрать слова. — О... языковых трудностях, культурном шоке, местных инфекциях. Надо же такое придумать!

Джуд в ярости вскочила со стула.

— Поэтому мы поехали в Вашингтон и часами — сутками — веками ходили по Смитсоновскому музею и посещали лекции.

Эйдан и до этого пребывал в изумлении, но от последних слов просто обалдел.

— В медовый месяц вы посещали лекции?

— Общность интересов, — презрительно сказала Джуд. — Так он это называл. — Она всплеснула руками и зашагала по комнате. — По утверждению Уильяма, большинство пар возлагает неоправданно большие надежды на медовый месяц.

— Интересно, с чего бы это, — пробормотал Эйдан.

— Вот именно! — Джуд резко развернулась, ее лицо пылало от праведного гнева. — Духовное единение лучше? Остаться в знакомой среде лучше? К черту! Мы должны были трахаться до одури на каком-нибудь экзотическом пляже.

Эйдан только возликовал, что это не случилось.

— Джуд, мне кажется, ты должна радоваться, что избавилась от него.

— Да не в этом дело. — Ей хотелось рвать на себе волосы, и она чуть не вцепилась в них. Ее ирландское нутро кипело так, что бабушка гордилась бы ею. — Дело в том, что он меня бросил, и это меня сокрушило. Это разбило пусть не мое сердце, но мою гордость, мое самолюбие, а ведь это тоже я!

— Никакой разницы, — тихо произнес Эйдан. — Ты права. Никакой разницы.

То, что он согласился без малейших колебаний, только подлило масла в огонь.

— Теперь этот зануда едет туда, куда хотела поехать я. У них будет ребенок. И он в восторге. Когда я заговорила о детях, он выдвинул кучу возражений: карьера, образ жизни, народонаселение, расходы на образование. И он составил план.

— Что?

— План. Гребаный план, компьютерную схему. Он проанализировал состояние наших финансов, его и мое физическое здоровье, время и усилия, которые мы должны потратить на карьеру в следующие пять-семь лет. Он учел все. После этого, если поставленные цели будут достигнуты, мы обсудим — только обсудим — зачатие единственного ребенка. Но в ближайшие несколько лет Уильям должен сосредоточиться на своей карьере, своих запланированных достижениях и своем идиотском пакете акций.

Ее ярость превратилась в живое существо, рвущее когтями ее грудь.

— *Он* решал, когда мы заведем ребенка и вообще будем ли его заводить. *Он* решал, что если все же заведем ребенка, то только одного. И если *он* согласится на ребенка, то *он* решит, какого пола должен быть этот ребенок. Я хотела семью, а он пичкал меня схемами и расчетами.

Джуд дышала часто и прерывисто, ее глаза снова наполнились слезами, но, когда Эйдан встал и направился к ней, она отчаянно затрясла головой.

— Я думала, что ему вообще не нужны путешествия и дети. Я думала, что ж, так уж он устроен. Он практичный и бережливый, и честолюбивый. Но я ошибалась. Жестоко ошибалась. Он не хотел лететь в Вест-Индию *со мной*. Он не хотел детей *от меня*. Что со мной не так, Эйдан?!

— С тобой все в порядке. Абсолютно все в порядке.

— Да нет же! — вскрикнула Джуд, и ее голос опять сорвался. — Если бы я была нормальная, он от меня не ушел бы. Я скучная, ему было скучно со мной с самого начала. Всем со мной скучно: моим студентам, коллегам. Моим собственным родителям со мной скучно.

— Глупости! — Эйдан все-таки подошел к ней, взял за плечи, легонько встряхнул. — Ничего скучного в тебе нет.

— Ты меня пока плохо знаешь. Я скучная и точка. — Джуд шмыгнула носом, решительно кивнула. — Я никогда не делала ничего интересного, никогда не говорила ничего остроумного. Все во мне средненькое. Даже мне самой с собой скучно.

— Кто вбил эти мысли в твою голову? — Он бы встряхнул ее посильнее, но у нее был такой жалкий вид. — Неужели ты ни разу не подумала, что твой Уильям с его идиотскими схемами и культурными закидонами зануда из зануд? И если студенты не рвались на твои занятия, то просто потому, что преподавание — не твое предназначение?

Джуд обреченно вздохнула:

— Я неудачница.

— Джуд Фрэнсис, а не ты ли приехала в Ирландию одна-одинешенька, чтобы жить в совершенно незнакомом месте с совершенно незнакомыми людьми и делать то, что никогда прежде не делала?

— Это совсем другое.

— Почему?

— Потому что я сбежала.

Эйдан испытывал и раздражение, и жалость.

— Ты не скучная, а упрямая. Ты могла бы давать уроки по упрямству. Что плохого в бегстве, если твоя жизнь тебя не устраивала? Может, лучше взглянуть на это с другой стороны? Может, ты бежала не от чего-то, а к чему-то новому? К тому, что тебе подойдет?

— Я не знаю. — Она так устала. У нее не было ни сил, ни желания думать.

— Я сам когда-то сбежал. Отсюда. Куда-то. В конце концов я приземлился там, где мне было предназначено. — Эйдан наклонился, поцеловал ее в лоб. — И у тебя все получится. — Он чуть отстранил ее, смахнул большим пальцем слезинку с ее щеки. — Посиди здесь. Мне нужно кое-что доделать в пабе, а потом я провожу тебя домой.

— Нет, нет, спасибо. Я сама дойду.

— Я не отпущу тебя в дождь, в темноте и в таких расстроенных чувствах. Посиди, попей чаю. Я скоро вернусь.

Эйдан вышел прежде, чем она успела возразить, постоял пару минут на лестничной площадке, собираясь с мыслями.

Он честно пытался не сердиться на нее за то, что она не рассказала ему о своем браке. Он серьезно относился к таким обязательствам и потому, что был католиком, и из-за своей сентиментальности. Брак — не игрушка, брак держит отношения.

Ее брак развалился не по ее вине, но она должна была ему сказать. А он должен преодолеть свою обиду, бережно отнестись к ее чувствам и ни в коем случае не растравлять ее незажившую рану.

Господи, думал он, потирая шею, с этой женщиной не соскучишься.

— Что случилось с Джуд? — спросила Дарси, не успев он войти в кухню.

— Ничего особенного. Ее расстроили кое-какие новости из дома. — Эйдан снял трубку висевшего на стене телефона, чтобы позвонить Бренне.

— Надеюсь, с ее бабушкой ничего не случилось? — Дарси опустила поднос на рабочий стол и с тревогой взглянула на брата.

— Нет, ничего такого. Я позвоню Бренне, может, она подменит меня на пару часов. Я хочу отвезти Джуд домой.

— Если она не сможет, мы с Шоном справимся.

Эйдан замер с трубкой в руке. Улыбнулся.

— Дарси, когда хочешь, ты можешь быть такой милой.

— Джуд мне нравится, и я думаю, ее нужно немного развеселить. Похоже, до сих пор в ее жизни было мало радости. И муж, который бросил ее ради другой женщины, когда еще не завяли цветы в ее свадебном букете.

— Постой-ка... минуточку. Ты знала, что она была замужем?

Дарси приподняла брови.

— Конечно. — Она подхватила поднос и пошла к двери. — Это не секрет.

— Не секрет, — пробормотал он и, скрежеща зубами, набрал номер Бренны. — Похоже, знают все в деревне. Все, кроме меня.

12

Эйдан вернулся, и они спустились к его машине. К этому времени Джуд успела остыть и обдумать свое поведение, но не сумела подобрать слова, чтобы объясниться.

Итак, она ворвалась в паб, напала на мужчину на его же рабочем месте, потребовала от него секса. Может, со временем, лет так через двадцать-тридцать, она найдет в этом воспоминании что-нибудь захватывающее, даже веселенькое, но сейчас ей хочется провалиться сквозь землю от стыда и унижения.

После нападения она бушевала, рыдала, лепетала. В общем, вряд ли она могла бы больше смутить их обоих, разве что голышом сплясала бы джигу на его барной стойке.

Мама поздравила ее с тем, что она сохраняла достоинство, даже испытывая ужасный стресс. Видела бы она свою дочь сейчас!

Ладно! Все проходит, пройдет и это. Эйдан везет ее домой только потому, что темно, дождливо. Ну и по доброте душевной. Наверняка ему не терпится поскорее избавиться от непредсказуемой истерички.

Когда машина запрыгала на подъездной дорожке, в голове Джуд пронеслась дюжина разных способов сгладить неловкость, но все они показались ей надуманными или глупыми. И все-таки должна же она что-то сказать. Было бы трусливо и невежливо удрать, не выдавив ни слова.

Джуд сделала глубокий вдох и...

— Ты ее видишь?

— Кого?

— В окне. — Джуд вцепилась в Эйдана, не сводя глаз с фигуры в окне своего коттеджа.

Эйдан поднял глаза и улыбнулся.

— Да. Она ждет. Интересно, время течет для нее так же, как для нас, или год пролетает за день? — Эйдан выключил двигатель, и под мерную дробь дождя они молча сидели, пока фигура в окне не растаяла. — Конечно, я видел ее раньше и еще не раз увижу. — Он повернул голову, взглянул на застывший профиль Джуд. — Тебя ведь не беспокоит ее соседство?

— Нет. — Ответ так легко сорвался с ее губ, что она рассмеялась. — Совсем не беспокоит. А ведь, наверное, должно бы, но мне хорошо здесь. С ней. Иногда...

— Что иногда?

Джуд снова охватили сомнения. Не слишком ли она его задерживает? Однако в теплом салоне, куда не могли забраться ни дождь, ни туман, было так уютно. — Ну, иногда я ее чувствую. Что-то такое в воздухе. Что-то — я не знаю, как объяснить — дрожь, трепет. Меня огорчает ее печаль. Его я тоже видела.

— Его?

— Принца эльфов. Я дважды встречалась с ним, когда носила цветы на могилу Мод. Ты думаешь, что я чокнутая, я понимаю, что надо бы показаться врачу, пройти обследование, но...

— Я сказал, что ты чокнутая?

— Нет. — Джуд тихонько выдохнула. — Наверное, я и призналась тебе, так как знала, что ты это не скажешь. И не подумаешь.

Сама она уже не считала себя чокнутой.

— Я видела его, Эйдан. — Джуд повернулась к нему. Теперь ее глаза блестели от возбуждения. — Я разговаривала с ним. В первый раз я приняла его за одного из местных жителей. Но во второй... я как будто задремала или впала в транс... У меня кое-что есть, — воскликнула она, вдруг отбросив все сомнения. — Я хочу тебе показать. Я понимаю, ты спешишь, но если у тебя есть свободная минутка...

— Ты приглашаешь меня в дом?

— Да. Я...

— Тогда у меня куча времени.

Они под дождем прошли к крыльцу, вошли в прихожую. Джуд нервно тряхнула мокрыми волосами.

— Это наверху. Я сейчас принесу. Хочешь чаю?

— Нет, спасибо.

— Хорошо. Подожди. — Она поспешно поднялась в свою спальню, где в комоде среди носков хранился прозрачный камушек.

Когда Джуд спустилась вниз, держа руку за спиной, Эйдан разжигал в камине огонь. Отблески пламени мерцали на его лице, играли золотыми искорками в глазах и волосах. Ее сердце сладко замерло.

Он красив, как принц эльфов, подумала она. Ничего странного, что она влюбилась в него.

О, боже! Влюбилась? Джуд чуть не застонала. Сколько идиотских ошибок можно совершить за один-единственный день?

Опасно влюбляться в красивого ирландца. Она поставит себя в глупое положение и останется с разбитым сердцем. Эйдан и не скрывает, что ему нужно совсем другое. Он хочет секса и удовольствия, он хочет весело провести время. Может, в его планы входит приятное дружеское общение, но ему совершенно не нужна по уши влюбленная женщина, и уж точно не нужна неудачница, потерпевшая сокрушительное поражение в своих единственных серьезных отношениях.

Он не прочь завести любовную интрижку, но это так далеко от любви. И если она не хочет новых неудач, то должна научиться разделять эти два понятия.

Она не станет ничего осложнять. Она не станет ничего анализировать. Она ни в коем случае не разрушит то хрупкое чувство, что возникло между ними.

Эйдан выпрямился, повернулся к ней, и она улыбнулась.

— Как уютно в дождливый вечер сидеть у разожженного камина. Спасибо!

Он протянул ей руку.

— Так подойди поближе.

Джуд приблизилась, глядя в его глаза, словно вошла прямо в огонь, но почему-то совсем не боялась обжечься. Она медленно протянула руку, разжала кулак, и бриллиант, лежавший на ее ладони, вспыхнул ослепительным светом.

— Боже милостивый! — Эйдан изумленно вытаращил глаза, моргнул. — Это то, что я подумал?

— Он сыпал бриллианты из серебряного кошелька, как леденцы. Я чуть не ослепла. И я видела, как они превращались в цветы на могиле Мод. Все, кроме этого. Я поверить не могла, — прошептала она, думая не столько о бриллианте, сколько о любви. — Но вот он.

Эйдан взял бриллиант, поднес его к пламени, и тот будто затрепетал, а затем притих.

— Переливается всеми цветами радуги. Он волшебный. — Эйдан поднял глаза на Джуд. — Что ты будешь с ним делать?

— Не знаю. Я хотела показать его ювелиру, проверить, настоящий ли, а еще сходить к врачу, чтобы понять, что со мной происходит. Но я передумала. Я больше не хочу исследовать, доказывать, оценивать. Мне достаточно того, что он у меня есть, достаточно знать, что он есть. Я немногое в своей жизни принимала на веру. Я хочу это изменить.

— Мудрое решение. И смелое. Может, ради этого бриллиант и был передан тебе. — Эйдан взял Джуд за руку, повернул ладонью вверх, вложил камень в ее руку и сжал пальцы. — Подарен тебе вместе со всей магией, которая таится в нем. Я рад, что ты мне его показала.

— Я должна была поделиться. — Джуд крепко держала камень и, хоть и понимала, что это глупо, казалось, черпала в нем отвагу. — Ты такой внимательный и терпеливый. Я вела себя непростительно. Выплеснула на тебя все свои неприятности. Просто не знаю, как тебя благодарить.

— Я не подсчитываю, кто кому должен.

— Я знаю. Ты не из таких. Ты самый добрый человек из всех, кого я знаю.

Он бы поморщился, если бы не боялся спугнуть ее.

— Добрый?

— Да, очень.

— Всепонимающий и терпеливый? Внимательный?

— Да, — чуть улыбнувшись, подтвердила Джуд.

— Может, как брат?

Джуд с трудом удержала на губах улыбку.

— Ну, я... хмм.

— И ты вот так бросаешься в объятия мужчины, которого считаешь братом?

— Я должна извиниться за то, что поставила тебя в неловкое положение.

— Разве я не говорил тебе, что ты слишком часто извиняешься? Просто ответь на мой вопрос.

— Я... вообще-то... я никогда не бросалась ни в чьи объятия, кроме твоих.

— Правда? Я польщен, хоть ты и была в тот момент очень сильно расстроена.

— Да, да, была. — Бриллиант в ее руке, казалось, налился свинцом. Радуясь, что нашла предлог, Джуд отвернулась, положила камень на каминную полку.

— А сейчас ты расстроена?

— Нет. Нет. Спасибо тебе. Я в порядке.

— Тогда давай попробуем снова. — Эйдан развернул ее лицом к себе и прижался губами к ее приоткрывшемуся рту. Джуд вздрогнула от неожиданности. — Ты и сейчас думаешь, что я добрый и терпеливый? — шепнул он.

— Сейчас я вообще не могу думать.

— Хорошо. — Если и есть на свете что-то более возбуждающее, чем женщина, ослепленная своей страстью, то он с этим еще не сталкивался. — Такой ты мне больше нравишься.

— Я думала, ты сердишься или...

— Ты снова думаешь. — Его губы подобрались к ее виску. — Пожалуйста, перестань думать.

— Ладно. Хорошо.

Ее согласие, произнесенное срывающимся голосом, переполнило чашу его терпения.

— Милая моя, позволь мне остаться с тобой сегодня! — Его губы вернулись к ее губам, и у нее закружилась голова. — Пусть это случится сегодня. Я больше не могу только грезить о тебе.

— Ты еще хочешь меня? — В ее голосе прозвучало такое ошеломленное удовлетворение, что он чуть не упал смиренно на колени. Похоже, она совершенно не сознавала своей привлекательности.

— Я безумно хочу тебя! Не прогоняй меня.

Сердце привело ее сюда, к нему. Оставалось и дальше следовать за сердцем.

— Не уходи. — Джуд погрузила пальцы в его волосы, ответила на его поцелуй с несвойственной ей страстью. — Не уходи!

Он мог опустить ее на пол и овладеть ею прямо перед камином. Они не были наивными, их влекло друг к другу, но он помнил свое обещание, а потому подхватил ее на руки. И, когда увидел счастливое изумление в ее глазах, понял, что не ошибся.

— Я говорил тебе, что в первый раз не буду спешить. Я человек слова.

Никто никогда не носил ее на руках. Это было волшебно! Воплощение потаенных фантазий. Она ничего не слышала, кроме биения своего сердца, ничего не видела и была благодарна сгустившейся тьме. В темноте было легче преодолеть смущение.

Эйдан внес ее в спальню, опустил на кровать, и что-то случилось с темнотой. Джуд распахнула глаза и зажмурилась. Оказывается, он включил лампу на тумбочке.

— Красавица Джуд, — прошептал он с улыбкой. — Посиди минутку, я разожгу камин.

Камин... Она сцепила сложенные на коленях руки и попыталась успокоиться, обуздать разгоревшиеся желания. Он разожжет огонь, и в комнате станет тепло и уютно. И романтично. Он хочет романтики. О боже, почему она молчит, как тупица? Как жаль, что у нее нет красивого пеньюара или роскошного белья. Она бы переоделась и поразила его.

Джуд молча смотрела на разгорающийся огонь, смотрела, как Эйдан зажигает свечи.

— Я собирался зайти к тебе сегодня и пригласить на ужин.

Наконец-то у нее прорезался голос:

— Правда?

— Ужин придется отложить. — Эйдан не сводил с нее глаз, видел, как она нервничает, и это доставляло ему удовольствие. Он погасил лампу, комната наполнилась колеблющимся светом и тенями.

— Я не очень голодна.

— Я постараюсь это исправить. — Он рассмеялся и совершенно обезоружил ее, опустившись на колени и принявшись развязывать шнурки на ее ботиночках. — Я голодаю по тебе с того момента, как ты вошла в паб.

Джуд с трудом сглотнула застрявший в горле комок. На большее у нее не было сил. Эйдан легко провел пальцем по ее босой стопе, и она чуть не задохнулась.

— У тебя такие красивые ноги. — Он губами коснулся каждого ее пальца. Она судорожно вздохнула и вцепилась в простыню. — Но признаюсь, что, увидев утром твои плечи, влажные и розовые, ни о чем другом я думать не мог.

— Мои... о... — Эйдан переключился на ее вторую ногу, и туман в ее голове немного рассеялся. — Что?

— Твои плечи. Я с ума по ним схожу. Такие изящные и сильные. — Он расстегнул пуговицы на взятой у него рубашке, но не снял ее, продлевая их общую пытку, только чуть спустил с плеч, провел по ним языком, как мечтал. — О боже! — Он неторопливо целовал ее плечи, шею, как будто хотел распробовать и насладиться ее вкусом, и сладкие ощущения пронизывали ее, распускаясь в ее теле цветами.

Эйдан провел губами по ее губам, услышал ее тихий стон и снова стал целовать ее плечи и шею.

Джуд прижималась к нему, ее руки скользили по его спине, голова безвольно упала на его плечо. Он обещал неторопливые ласки, он сдержал свое слово. В колеблющемся свете свечей, под тихую дробь дождя легкие поцелуи становились все более страстными. Ее тело словно оживало под его прикосновениями. Она наслаждалась его пьянящим мужским запахом, его вкусом. Когда Эйдан сдернул свою рубашку, она едва не застонала от удовольствия.

Ее сердце билось у самого его сердца. Ее руки медленно гладили его спину, завораживая и сводя с ума. Ее губы были такими мягкими, такими податливыми. Когда он расстегнул и сдернул ее брюки, она задрожала от волнения и предвкушения, и его кровь забурлила в жилах с новой силой. Гэльские ласковые слова кружились в его голове, срывались с языка, он целовал ее лицо, ее шею и снова ее волшебные плечи, пока ее дрожь не переросла в содрогания.

Он обещал ей не торопиться, но тогда он и не подозревал ни о чем подобном. Никогда в его душе не взрывалось такое неукротимое желание, какое он испытывал в этот момент. Он приказал себе поумерить пыл, чтобы не напугать ее, прижался губами к изгибу ее шеи и застыл, выжидая, когда страсть перестанет скалить зубы и раздирать его своими когтями.

Джуд не заметила изменения ритма. Она словно плыла на облаке, увлеченная сменяющими друг друга ощущениями. Как во сне, она повернула голову, нашла его губы своими губами и забылась в глубоком поцелуе. Ей казалось, что ее тело плавится. Везде, где Эйдан касался ее, словно разгорался маленький костер.

Единственная мысль застряла в затуманенном мозгу: вот что значит заниматься любовью. Наконец-то. Как же она заблуждалась раньше!

Эйдан наконец стянул с нее рубашку. Провел кончиком пальца по верхнему краю ее простого белоснежного лифчика, обвел маленькую родинку.

Джуд вздрогнула.

— Эйдан!

— Когда я утром увидел эту точечку, — прошептал он, следя за выражением ее лица, — мне захотелось укусить тебя. — Джуд замигала. Он усмехнулся и расстегнул застежку лифчика. — И еще сильнее захотелось узнать, какие же маленькие сексуальные тайны ты скрываешь под своей аккуратной одеждой.

— У меня нет никаких сексуальных тайн.

Эйдан опустил глаза, и под его взглядом ее кожа чуть порозовела. Греховно и эротично.

— Ты ошибаешься, — тихо сказал он, обхватывая ладонями ее груди.

И опять эта милая дрожь изумления и удивленный блеск в глазах. Он погладил ее груди большими пальцами, и ее глаза затуманились.

— Нет, не закрывай глаза, — попросил он, опуская ее на кровать, — пожалуйста. Я хочу видеть, как ты таешь от моих ласк.

Он следил за ее лицом, следил с наслаждением и потихоньку раскрывал тайны, которых, по ее уверениям, у нее не было. Она дрожала, ее шелковистая кожа и спутанные волосы пахли дождем, и каждый разгаданный секрет приносил наслаждение им обоим.

Когда он целовал ее, в ее мире не оставалось ничего, кроме его горячих губ и жестких ладоней.

Она выгибалась под ним, металась, стонала и судорожно дышала. Неутоленное желание становилось невыносимым, и он стремился дать ей все больше и больше, зачарованно глядя в ее почти ослепшие глаза, лаская ее сияющее влажное тело. И его мир растворился где-то вдали, и осталась только она.

Он выдохнул ее имя и скользнул в нее. Желание схлестнулось с желанием, и она словно обвилась вокруг него. Двигаясь вместе с ним в едином ритме, она улыбалась, пока он не накрыл горячими губами ее улыбающиеся губы.

Настоящая магия. Слияние не только тел, но и душ, успела подумать она и, цепляясь за него, сорвалась вместе с ним с края мира.

Мерцали свечи, шипело в камине пламя, барабанил по стеклу дождь. И в ее кровати лежал потрясающе красивый обнаженный мужчина.

Джуд чувствовала себя кошкой, получившей безграничный доступ к сметане.

— Я так рада, что у Уильяма будет ребенок.

Эйдан, вжимавшийся лицом в ее волосы, повернул голову.

— Какого дьявола ты вспомнила Уильяма?

— Ой. Неужели я сказала это вслух!

— Это ненамного хуже, чем думать о другом мужчине, когда я еще не отдышался.

— Я не в этом смысле! — с негодованием воскликнула Джуд и, забыв о своей наготе, резко села в кровати. — Я просто думала, что если бы не узнала о его ребенке, если бы мама мне не сказала, я не расстроилась бы и не пришла бы в паб, и... ну одно к другому, и все это привело сюда, к... этому, — неуверенно закончила она.

Ему хватило сил надменно выгнуть брови.

— Мы все равно оказались бы здесь рано или поздно.

— Я рада, что это случилось сегодня. Сейчас. Потому что это было так идеально. Прости, я ляпнула глупость.

— Перестань наконец считать любые свои необдуманные слова глупыми. И я бы сказал, что мы должны развить твою мысль и выпить за это событие в жизни Уильяма.

Джуд с облегчением улыбнулась.

— К слову, он и наполовину не так хорош в постели, как ты. — Ее улыбка растаяла, и она с ужасом взглянула на Эйдана. — О боже, что я сказала!

— Если думаешь, что обидела меня, то ты ошибаешься. — Эйдан рассмеялся, тоже сел и звонко чмокнул ее в губы. — Это заявление стоит еще одного тоста. Но сначала мы выпьем за безмозглого Уильяма, не распознавшего бриллиант, который теперь попал в мои руки.

Джуд крепко обняла его.

— Никто никогда не касался меня так, как ты. Я не думала, что когда-нибудь кому-то захочется.

— Я уже снова хочу. — Эйдан уткнулся лицом в ее шею. — Почему бы нам не спуститься на кухню, выпить вина, поесть, что там у тебя найдется. А потом вернемся сюда и продолжим.

— Замечательная идея. — Выбираясь из кровати, Джуд старательно подавляла неловкость. Он уже все видел, так что глупо стесняться. И все же она вздохнула с облегчением, прикрыв наготу его рубашкой. И вздрогнула, почувствовав на плече ладонь Эйдана, когда потянулась за лентой для волос.

— Зачем ты убираешь волосы?

— Они ужасно непослушные.

— А мне нравится. — Он запустил руку в ее волосы, поиграл тугими локонами. — Такие мятежные, такой удивительный цвет.

— Ничего особенного. — Джуд всегда считала цвет своих волос близким к цвету древесной коры.

— Как мех норки, дорогая. — Эйдан поцеловал ее в кончик носа. — Как я справлюсь с тобой, Джуд Фрэнсис, когда ты снимешь шоры и увидишь себя такой, какая ты есть? Оставь волосы распущенными, — добавил он, подталкивая ее к двери. — В конце концов я же на них смотрю, а не ты.

Она была слишком польщена, чтобы спорить, но решила взять реванш на кухне.

— Ты готовил завтрак, значит, ужин за мной. — Она достала вино. — Я не очень хорошая повариха, так что довольствуйся моим резервным меню.

— И что же в него входит?

— Консервированный суп и горячий сэндвич с сыром.

— То, что надо в дождливую ночь. — Эйдан взял бутылку и сел за кухонный стол. — А я с удовольствием понаблюдаю за тобой.

— С первого взгляда эта кухня показалась мне очаровательной. — Джуд разожгла плиту с легкостью, немного удивившей Эйдана. — А потом я увидела, что здесь нет ни микроволновки, ни посудомоечной машины, ни электрического консервного ножа, ни кофеварки.

Посмеиваясь, Джуд достала из буфета банку с супом, ловко открыла ее маленьким консервным ножом.

— Я была в шоке, но теперь вожусь здесь с бо́льшим удовольствием, чем в своей квартире. Эта кухня — маленький рай.

Джуд поставила на плиту суп, достала из холодильника масло и сыр.

— Правда, я еще не готовила ничего сложного. Думала, вот соберусь с духом и попробую сама испечь хлеб. Рецепт вроде бы простой, и, если у меня что-нибудь получится, я постепенно перейду к пирогам.

— Значит, ты хочешь научиться печь?

— Хочу. — Джуд улыбнулась ему, намазывая хлеб маслом. — Только страшновато, ведь я никогда этим раньше не занималась.

— Никогда не узнаешь, понравится ли тебе, если не попробуешь.

— Да, но я терпеть не могу неудачи. — Качая головой, Джуд поставила на плиту сковородку. — Это моя проблема, и поэтому я мало что пробовала в жизни, даже если хотелось попробовать. Я всегда убеждала себя, что все равно ничего не получится, а значит, нечего и пытаться. Тяжело быть неуклюжим ребенком идеальных родителей.

Джуд положила сэндвичи на сковороду, оживилась, когда они аппетитно зашипели.

— Но сэндвичи у меня получаются отличные, так что от голода ты не умрешь. — Она повернулась и уткнулась прямо в его грудь.

Через мгновение он уже жадно целовал ее, а когда отпустил, кивнул:

— Ничего неуклюжего ни в твоих поцелуях, ни во всем остальном я не заметил.

Довольный, он вернулся за стол к своему вину.

Джуд опомнилась и бросилась снимать с огня закипевший суп.

Эйдан остался ночевать у нее, и она спала, уютно прижавшись к нему, а на рассвете, когда первые солнечные лучи заглянули в окно, он неторопливо ласкал ее, пока она снова не задремала.

Когда она окончательно проснулась, он сидел на краю кровати с чашкой кофе в руке, а второй рукой гладил ее волосы.

— Ой, который час?

— Одиннадцатый. Твоя репутация погублена.

— Одиннадцатый? — Она села, с благодарностью взяла у него чашку. — Моя репутация?

— Погублена безвозвратно. Я собирался уехать на заре, чтобы мою машину не увидели на твоей дорожке. Но, как ты видишь, не смог от тебя оторваться.

Джуд глубоко вздохнула.

— Теперь пойдут разговоры, что старший Галлахер клеится к янки.

Ее глаза заблестели.

— Правда? Как здорово!

Эйдан рассмеялся, дернул ее за прядь волос.

— Так и думал, что тебе понравится.

— И понравилось бы еще больше, если бы я погубила твою репутацию. Я никогда в жизни не губила ничью репутацию. — Джуд коснулась его лица, восхищенно провела пальцем по ямочке на подбородке. — Может, меня станут называть той безнравственной американкой, что увела хозяина паба Галлахеров из-под носов местных красавиц.

— Ну, если уж ты решила быть безнравственной женщиной, я вернусь вечером после закрытия бара, и ты сможешь использовать меня по своему усмотрению.

— С удовольствием.

— Зажги огонек для меня, дорогая. — Он наклонился поцеловать ее и увлекся. — Чертова бумажная работа, — с сожалением пробормотал он. — Никуда от нее не деться. Скучай по мне, Джуд.

— Хорошо.

Когда Эйдан вышел, она откинулась на подушки, прислушиваясь к доносившимся в спальню звукам. Вот он спустился по лестнице, вот за ним закрылась парадная дверь, заработал двигатель его машины.

Целый час она смотрела в потолок и тихонько напевала.

13

У меня любовная связь.

У Джуд Фрэнсис Мюррей бурный роман с ослепительно-красивым, обаятельным, сексуальным ирландцем.

С каким же удовольствием я пишу это.

Я готова, как глупая школьница, снова и снова выводить в тетрадке его имя.

Эйдан Галлахер. Какое изумительное имя!

Он так красив. Я понимаю, что на физическую красоту клюют пустоголовые вертихвостки, но... Если я не могу быть пустоголовой вертихвосткой на страницах собственного дневника, то где же тогда?

Его волосы глубокого каштанового цвета, а на солнце в них сверкают золотистые искорки. У него изумительные глаза, ярко-ярко-синие, и когда он смотрит на меня, просто смотрит на меня, а смотрит он часто, у меня внутри все горит и плавится. У него очень мужественное лицо. Хорошие кости, как сказала бы бабуля. Он улыбается охотно, но неторопливо, а на подбородке у него маленькая ямочка.

Его тело... мне с трудом верится, что я прижималась к его телу. Такому сильному, со стальными мышцами. Могучему, наверное, правильно было бы сказать.

Мой любовник — мужчина могучего телосложения.

Ну, пожалуй, хватит восторгаться его внешностью... Так, еще немножко... все.

У него есть и другие потрясающие качества. Он очень добрый, остроумный. Он умеет слушать. Это практически исчезающее человеческое качество у Эйдана отточено до совершенства.

Он любит своих близких, очень ответственно относится к своей работе. Я восхищаюсь его умом и умением рассказывать легенды. Кажется, я могла бы слушать его часами.

Он много путешествовал, видел места, какие я только мечтала увидеть. Теперь, когда его родители обосновались в Бостоне, он взял на себя управление семейным бизнесом и вошел в роль главы семейства спокойно и с достоинством.

Я понимаю, что не должна влюбляться. То, что происходит сейчас между мною и Эйданом, это просто приятная физическая связь и нежная дружба. Я высоко ценю и то, и другое и не должна бы желать большего.

Однако я ничего не могу с собой поделать. Я влюблена в него.

Я вдруг поняла, что все, когда-либо написанное о любви, чистая правда. Воздух стал прозрачнее и аро-

матнее, солнце — ярче. Мне кажется, что я едва касаюсь ногами земли. Я не хожу, я летаю.

Это ужасно. И это чудесно.

Я никогда не чувствовала ничего подобного. Я понятия не имела о том, что способна на такие чувства. Глубокие, головокружительные и совершенно глупые чувства.

Я понимаю, что не изменилась. Я смотрю в зеркало, и оттуда на меня смотрит прежняя Джуд. И все-таки не совсем прежняя. В ней появилось что-то новое. Как будто потерявшиеся или неиспользованные кусочки мозаики вдруг встали на место.

Я ощущаю физический и эмоциональный подъем, взрыв эндорфинов и... о, к черту! Я не буду ничего анализировать и раскладывать по полочкам. Это просто есть.

И это так романтично... Он приходит по ночам в мой дом. Он приходит в кромешной тьме или в лунном свете и стучится в мою дверь. Он приносит мне полевые цветы или морские раковины, или красивые камни.

И он творит с моим телом такие чудеса, о которых я только читала. О боже, еще более волшебные.

Я чувствую себя распутницей. Есть над чем посмеяться. Джуд Фрэнсис Мюррей испытывает сексуальное влечение. И никаких признаков его ослабления.

Никогда за всю свою жизнь я так не веселилась.

Я понятия не имела, что романтика может быть веселой. Почему мне никто об этом не говорил?

Когда теперь я смотрюсь на себя в зеркало, я ощущаю себя красивой. Представить только! Я чувствую себя красивой.

Сегодня мы с Дарси поедем на моей машине в Дублин прошвырнуться по магазинам, и я накуплю себе самых дорогих шмоток просто так.

Дом Галлахеров, старый и милый, стоял на крутом холме на краю деревни фасадом к морю. Если бы Джуд спросила, ей рассказали бы, что сын Шеймуса, тоже Эйдан, построил этот дом в тот год, когда женился.

Галлахеры не зарабатывали на жизнь дарами моря, но любили на него смотреть.

Когда позволяли средства и время, новые поколения пристраивали к дому то одно помещение, то другое, и из почти всех многочисленных комнат открывались прекрасные морские виды.

Дом был построен из темного дерева и светложелтого камня как будто на скорую руку без всякого определенного стиля. Но Джуд нашла бы ему название: самобытный и неповторимый. Два этажа, широкая парадная веранда, которую не помешало бы покрасить, узкая дорожка, вымощенная каменными плитами, отполированными временем и множеством прошедших здесь ног. Ромбовидные оконные стекла смотрелись прекрасно, но Джуд подумала, как, наверное, непросто их мыть.

Дом был величественным и одновременно причудливым, а сейчас, в легком утреннем тумане, клубившемся вокруг него, он казался еще и таинственным.

Интересно, что чувствовал Эйдан, когда рос в этом просторном доме в двух шагах от моря?

Новые знания по садоводству подсказали Джуд, что цветникам здесь не хватает внимания, но их неухоженность по-своему радовала глаз.

Тощий черный кот, растянувшийся на дорожке, сурово уставился на незнакомку немигающими золотистыми глазами. Понадеявшись на его дружелюбие, Джуд наклонилась и почесала его между ушами. Он вознаградил ее внимание миролюбивым прищуром и довольным урчанием, неожиданно громким в тишине.

— Это Велзи. — Открывший парадную дверь Шон улыбнулся Джуд. — Уменьшительное от Вельзевула. Он настоящий дьявол в кошачьей шкуре. Заходи, Джуд, выпей чаю. Если ты думаешь, что Дарси выйдет вовремя, то плохо ее знаешь.

— Мы не спешим.

— Это хорошо. Дарси прихорашивается не меньше часа только для того, чтобы выскочить за молоком. Один бог знает, сколько она будет любоваться собой перед поездкой в Дублин.

Шон отступил в сторону, обернулся и громко крикнул, задрав голову:

— Дарси! Джуд приехала и говорит, что если ты еще хочешь в славный город Дублин, побыстрее волоки сюда свою тщеславную задницу.

— Ой, я не говорила ничего подобного! — воскликнула Джуд, заливаясь румянцем. Шон расхохотался и втащил ее в прихожую.

— Она все равно ноль внимания. Так я налью чаю?

— Нет, спасибо. — Джуд заглянула в гостиную, выходящую прямо в прихожую. Там было тесновато, но уютно. Дом, снова подумала она. Гостеприимный дом, радушная семья.

— Эйдан в пабе, следит за поставками. — По-своему истолковав ее взгляд, Шон взял ее за руку и потянул в гостиную. Ему давно хотелось поболтать с ней, приглядеться к женщине, заворожившей брата.

— О, вряд ли он там перерабатывает.

Шон расхохотался, а Джуд поняла, что всего несколько месяцев назад ей и в голову бы не пришло шутить с почти незнакомым парнем, тем более с парнем, похожим на озорного ангела.

— Братец так и не дал мне возможности поговорить с тобой. Никого к тебе не подпускает.

— Когда я прихожу в паб, ты всегда занят на кухне.

— Они приковывают меня к плите. Но мы можем исправить это упущение сейчас.

Он тоже флиртует, поняла Джуд, и так же безобидно. А она совсем не нервничает и не волнуется, как волновалась, флиртуя с Эйданом. Просто чувствует себя легко.

— У вас чудесный дом.

— Нам здесь хорошо. — Шон подвел ее к креслу и, когда она села, устроился на подлокотнике. — Нам с Дарси есть где разгуляться.

— Он создан для большой семьи. Со множеством детей.

— Так почти всегда и было. У нашего отца девять братьев и сестер.

— Десять детей? Боже праведный!

— Наши дядья, тетки, кузены разбросаны по всему свету — Галлахеры и Фицджералды. Ты одна из них, — ухмыльнулся Шон. — Когда я был маленьким, родня приезжала сюда целыми семьями, и мне часто приходилось делить кровать с каким-нибудь кузеном из Уиклоу, Бостона или Девоншира.

— Родственники и сейчас приезжают?

— Иногда. Вот ты приехала, Джуд. — Ему понравилась ее улыбка, милая и застенчивая. — Но почти все время мы здесь с Дарси одни. Так и будет, пока один из нас не решит завести семью. Дом перейдет к тому, кто женится или выйдет замуж первым.

— И другие двое не станут возражать?

— Нет. Так заведено у Галлахеров.

— И двое других будут знать, что им всегда здесь рады, что это все еще их дом.

— Верно, — тихо согласился Шон. Он хорошо различал оттенки и нюансы и почувствовал грусть Джуд. — У тебя в Чикаго дом?

— Нет. Квартира. — Ее голос вдруг стал тусклым, невыразительным. Квартира, просто квартира, а не родной дом, подумала она. — Дом расположен в чудесном месте. Из окон видно озеро. Оно огромное, как море.

Джуд встала, направилась к окну, но остановилась у старого, потертого пианино. Клавиши пожелтели, некоторые облупились, по исцарапанной верхней крышке были разбросаны ноты.

— Кто у вас играет?

— Мы все. — Шон подошел, встал рядом с ней, прикоснулся длинными пальцами к клавишам и быстро проиграл несколько аккордов. Инструмент, хоть и выглядел непрезентабельно, звучал очень чисто. — А ты играешь?

— Немного. Не очень хорошо. — Джуд решительно выдохнула, напомнив себе, что пора уже отказаться от старых дурацких привычек. — Да.

— Так какой ответ верный?

— Да, я играю.

— Я не прочь послушать. — Шон подтолкнул ее бедром, удивив так, что она покорно опустилась на скамью.

— Я давно не играла, — по привычке завела Джуд, но Шон уже поставил ноты перед ней.

— Попробуй это.

Джуд думала взять пару аккордов и не потрудилась достать из сумочки очки для чтения. Без очков ей пришлось придвинуться поближе и прищуриться. Она занервничала, вытерла взмокшие ладони о брюки, напомнила себе, что это вовсе не сольное выступление, в детстве пугавшее ее до тошноты.

И все же она дважды глубоко вздохнула, не заметив, как дрогнули губы Шона, и заиграла.

— Ой! Чудесная музыка! — Она легко сыграла несколько первых тактов и забыла о волнении, получая удовольствие от сентиментальной мелодии. — И трогательно. Прямо сердце разрывается.

— Так и задумывалось. — Шон склонил голову, слушая музыку, разглядывая Джуд. Он понимал, чем она привлекла брата. Красивое лицо, сдержанные манеры, удивительно выразительные мечтательные глаза.

Да, думал Шон, именно это сочетание сначала привлекло внимание Эйдана, а потом зацепило его сердце. А что касается ее сердца, оно тоже жаждущее. Это он хорошо понимал.

— Ты очень хорошо играешь, Джуд Фрэнсис. Почему сразу не призналась?

— Я привыкла говорить, что делаю что-то не очень хорошо. Обычно это правда, — рассеянно ответила она, увлеченная мелодией. — Но эту мелодию любой может хорошо сыграть. Чудесно. Как это называется?

— Я еще не придумал.

— Ты автор? — Джуд перестала играть и изумленно взглянула на него. Она испытывала благоговение перед любыми творцами. — Правда? Шон, чудесная мелодия.

— Ох, не льсти ему, он и так невыносимый. — Бренна вошла в комнату, сунула руки в карманы мешковатых джинсов.

— Эта представительница рода О'Тулов признает только песни мятежников и то после пинты пива.

— Когда ты напишешь такую, я подниму стаканчик и за тебя.

Они дружески улыбнулись друг другу.

— Что ты тут делаешь? У нас вроде ничего не сломано?

— Ты видишь мой ящик с инструментами? — Почему он никогда по-настоящему на нее не смотрит? Слепой идиот, черт его побери! — Я еду в Дублин с Джуд и Дарси. — Бренна дернула плечом. — Мне надоели насмешки Дарси, ну, я и сдалась. — Она подошла к лестнице и крикнула: — Дарси, бога ради, сколько можно возиться? Я жду тебя битый час.

— Теперь тебе придется признаваться во лжи на исповеди перед отцом Клуни, — поддразнил Шон. — Ты ведь только что вошла.

— Это простительный грех, и, может, она спустится сюда на этой неделе. — Бренна рухнула в кресло. — Почему ты не помогаешь Эйдану в пабе? Сегодня же день поставок.

— Потому что, мамочка, он просил меня развлечь Джуд, пока Дарси не изволит спуститься. Но раз уж ты здесь, я побегу. Обязательно заглядывай к нам, Джуд Фрэнсис, и поиграй еще. — Он улыбнулся ей. — Приятно было послушать свою музыку в таком прекрасном исполнении.

Проходя мимо кресла Бренны, он, дернув за козырек, натянул бейсболку ей на глаза. Бренна раздраженно сдвинула бейсболку обратно как раз в тот момент, когда за Шоном захлопнулась парадная дверь.

— Он обращается со мной так, будто мне все еще десять лет и я надрала ему задницу в футболе. — Она ухмыльнулась. — Между прочим, классная задница, правда?

Джуд расхохоталась, поднялась, сложила разбросанные ноты в стопку.

— И остальное в нем неплохо. Он пишет прекрасную музыку.

— Да, у него редкий талант.

Джуд обернулась.

— Минуту назад ты, похоже, так не думала.

— Ну, если бы я сказала это при нем, он заважничал бы и стал еще невыносимее.

— Ты знаешь его целую вечность.

— Вечность и еще один день, — согласилась Бренна. — Он старше меня на пять лет.

— И ты приходила сюда столько раз, что и не сосчитать. Да, в этот дом можно входить, как в свой.

— Ой, я прибегала сюда так же часто, как Дарси с братьями прибегали к нам. А миссис Галлахер шлепала меня по заднице с тем же пылом, что и собственных детей.

Последние слова поразили Джуд. Никто никогда не шлепал ее по заднице. Ей всегда разъясняли, какие правила она нарушила, внушали чувство вины.

— Я думаю, чудесно было расти здесь в окружении музыки.

Джуд прошлась по комнате, вглядываясь в семейные фотографии в разномастных рамках. На одном из столиков стоял щербатый кувшин с весенними цветами. Обои выцвели, обивка поблекла, ковер протерся. Не помешало бы навести немного блеска, но главное уже есть. Дом, семья, преемственность. Стены этого дома помнят и гнев, и радость, и мирную тишину.

Да, этот чудесный дом создан для семьи, для детей, а вот ее коттедж создан для одиночества и размышлений.

Джуд обернулась на топот каблучков. Дарси — с развевающимися волосами — буквально слетела с лестницы.

— Вы тут будете прохлаждаться целый день, или мы все-таки едем в Дублин?

Дорога в Дублин на этот раз совсем не была похожа на первую ирландскую поездку Джуд. В машине не смолкали веселая болтовня и смех. Дарси знала все деревенские сплетни. Оказывается, юный Дуглас О'Брайан соблазнил Мэгги Бреннан, и, как только в церкви огласят их имена, сыграют свадьбу. А Джеймс Бреннан, узнав, что дочка бегала тайком из дома, чтобы поваляться где-то с Дугласом, так разъярился, что напился до потери сознания и проспал всю ночь в палисаднике, поскольку жена не пустила его в дом.

— Я слышала, что мистер Бреннан охотился за юным Дугласом, и, пока не миновала опасность, бедняга прятался на отцовском сеновале — где, как говорят, и свершалось преступление. — Бренна возлежала на заднем сиденье, надвинув на глаза бейсболку. — Думаю, когда распухнет живот, а под кроватью поселятся грязные сапоги Дугласа, Мэгги сильно пожалеет.

— Им нет еще и двадцати. — Дарси покачала головой. — Невеселое начало жизни.

— Зачем им жениться? — удивилась Джуд. — Они еще слишком молоды.

Дарси изумленно вытаращила глаза:

— А как иначе? У них же будет ребенок.

Джуд хотела было изложить несколько альтернативных вариантов, но вовремя напомнила себе, что здесь Ирландия.

— Дарси, а ты бы так поступила? Вышла бы замуж, если б забеременела?

— Во-первых, я постараюсь не заниматься сексом с мужчиной, с которым не готова жить, если вдруг придется. И, во-вторых, — она задумалась, — мне двадцать четыре года, я работаю и не боюсь деревенских сплетен, так что, если совершу ошибку, вполне смогу воспитать ребенка в одиночку.

Она повернулась к Джуд и подмигнула:

— А ты случайно не беременна?

— Нет! — Джуд еле успела выправить дернувшуюся машину. — Конечно же, нет.

— Почему это «конечно», если всю последнюю неделю ты каждую ночь спишь с Эйданом? Предохраняйтесь на здоровье, но ведь от случайностей никто не застрахован, так?

— Да, но...

— Дарси, хватит пугать ее. Ты просто завидуешь, потому что она регулярно занимается сексом, а ты — нет.

Дарси обернулась и насмешливо взглянула на Бренну.

— Как и ты, моя девочка, как и ты.

— К несчастью. — Бренна поерзала, подалась вперед, облокотилась о спинку переднего сиденья. —

И потому, Джуд, расскажи-ка бедным обездоленным женщинам о сексе с Эйданом. Ну же, будь другом, расскажи.

— Нет, — сквозь смех решительно отрезала Джуд. Бренна ткнула ее в плечо.

— Ой, ну не скромничай. Мне интересно, он любитель предварительных ласк или член Ирландского мужского клуба?

— Ирландский мужской клуб?

— А, так ты не в курсе. — Бренна произнесла это так серьезно, что Дарси фыркнула. — Их боевой клич: «Держись, Бриджит! Я иду!» Не успеешь моргнуть, а он уже сделал свое дело и был таков.

Джуд так расхохоталась, что чуть не выпустила руль.

— Он называет меня Бриджит, только если я называю его Шеймусом.

— Ух ты, она пошутила. — Дарси смахнула воображаемую слезинку. — Браво, Джуд. Я горжусь тобой.

Джуд сама собой гордилась и сама себе удивлялась.

— Заслуженно, — согласилась Бренна. — Но все-таки уточни, Джуд. Он не спеша поглаживает и покусывает в нужных местах или набрасывается с жаркими ласками, и ты улетаешь в рай?

— Я не могу говорить о сексе с Эйданом при его сестре.

— Ну, давай выбросим ее из машины, и ты мне все расскажешь.

— А почему не при мне? — спросила Дарси, бросив сердитый взгляд на Бренну. — Я же знаю, что он занимается сексом. Но если тебе, Джуд, неловко, просто думай обо мне как о своей подруге, а не его сестре.

Джуд вздохнула, понимая, что девушки от нее не отвяжутся.

— Ладно, я просто скажу, что лучшего секса у меня никогда не было. С Уильямом это было, как...

четкий военный марш. — Она изумилась неожиданно верному сравнению. — А до него был только Чарлз.

— Чарлз? Бренна, оказывается, у нашей Джуд есть прошлое.

— И кто же такой этот Чарлз?

— Он работал в финансовой сфере.

— Так он был богат. — Последнее слово Дарси произнесла с почтительным придыханием.

— Его семья была богатой. Мы познакомились, когда я была на последнем курсе колледжа. Я думаю, физические отношения с ним были... Ну, скажем так, когда все закончилось, баланс сошелся, но процесс был довольно скучным. А Эйдан — романтик.

Слушательницы заохали и заахали, и Джуд смущенно хихикнула.

— Ну, хватит! Я больше ни слова не скажу.

— Эта ведьма нас дразнит. — Бренна дернула Джуд за волосы. — Конечно же, скажешь. Всего один маленький примерчик его романтичности в применении к хорошему сексу.

— Один?

— Только один, и мы отстанем, правда, Дарси?

— Разумеется. Мы же не станем вторгаться в ее личную жизнь!

— Ладно. В самый первый раз, а это было у меня дома, он подхватил меня на руки и отнес в спальню. Прямо на руках на второй этаж и отнес.

— Как Рэтт Батлер нес Скарлетт? — воскликнула Дарси. — Или через плечо, как мешок картошки?

— Как Рэтт Батлер.

— Молодец. — Бренна мечтательно закатила глаза. — Я ставлю ему «отлично».

— Он обращается со мной так, будто я особенная.

— А как же иначе? — удивилась Дарси.

— Никто никогда так ко мне не относился. И раз уж мы об этом заговорили и не осталось никаких секретов, у меня нет ничего красивого, сексуального. Белья, я имею в виду. Вы не поможете мне выбрать что-нибудь привлекательное?

— Я знаю местечко, где есть то, что нужно. — Дарси уже мысленно потирала руки в предвкушении.

— Я выбросила две тысячи фунтов на белье!

Как в тумане, Джуд брела по запруженной людьми Графтон-стрит. Покупатели, туристы, стайки подростков и почти на каждом шагу уличные музыканты, играющие за деньги. Толкотня, шум, но главное — ее собственное безрассудство.

— Две тысячи! На белье!

— И оно стоит каждого потраченного пенни, — решительно оборвала ее стенания Дарси. — Эйдан станет твоим рабом.

Они обе были нагружены фирменными пакетами, и, хотя Джуд с самого начала намеревалась тратить деньги без оглядки, ее безоглядность еле дотягивала до сдержанности Дарси. Каким-то непостижимым образом за последние два часа она обновила весь свой гардероб со всеми прилагающимися мелочами, и все по наущению безжалостной Дарси.

— У меня уже рук не хватает.

— Давай. — Остановившись, Дарси выдернула несколько пакетов из рук Джуд и сунула их Бренне.

— Я ничего не покупала.

— Поэтому у тебя свободные руки. Ох! Только взгляните на эти туфли. — Дарси протиснулась к витрине сквозь толпу, собравшуюся вокруг трио скрипачей. — Какая прелесть!

— Я хочу чаю. Мне обещали чай, — пробормотала Бренна, хмуро глядя на босоножки из тонких черных ремешков на четырехдюймовых шпильках, над которыми кудахтала Дарси. — Ты сотрешь ноги в кровь и наживешь судороги, не пройдя и километра.

— Дурочка, кто же в таких ходит! Решено, они мои. — И Дарси влетела в магазин.

— Прощай, мой чай, — жалобно простонала Бренна, следуя за ней. — Я умру от голода и жажды, а вы обе даже не заметите мой труп под грудой покупок, в которых, смею уточнить, нет ни одной моей.

— Будет тебе чай, как только я примерю эти туфельки. Джуд, а вот эти твои.

— Мне не нужна обувь. — Однако слаб человек. Джуд рухнула в кресло и уставилась на прелестные лодочки бронзового оттенка. — Какие милые, но к ним нужна сумочка.

— Сумочка, боже милостивый! — Бренна закатила глаза и соскользнула с кресла на пол.

Джуд купила туфельки. И сумочку. И изумительный жакет в соседнем магазинчике. И смешную соломенную шляпку, без которой якобы просто не могла возиться в саду.

Наконец, изнемогая под тяжестью пакетов, девушки провели голосование и при единственном голосе «против», принадлежащем Бренне, отволокли покупки к машине, заперли их в багажнике и отправились на поиски еды.

— Благодарю тебя, Дева Мария и все святые. — Бренна раскинулась на диванчике в кабинке крохотного итальянского ресторанчика. — Я умираю от голода. Пинту «Харпа»! — воскликнула она, как только к столику шаркающей походкой приблизился официант. — И пиццу со всем, что есть на вашей кухне.

— Ни в коем случае. — Дарси расправила салфетку и ослепительно улыбнулась официанту, сразу же очаровав его. — Каждой из нас пиццу с двумя из ваших начинок. Мне тоже «Харп», но стакан.

— Тогда мне грибы и колбасу.

— Отлично. — Дарси кивнула Бренне. — А мне черные оливки и зеленый перец. Джуд?

— Хм. Минералку и ... — Джуд перехватила умоляющий взгляд Бренны, прочитала по губам «пепперони и каперсы» и, с трудом сохраняя серьезное выражение лица, повторила заказ вслух. Затем она откинулась на спинку диванчика и попыталась подвести итоги. Ноги, казалось, вот-вот отвалятся, и она не могла вспомнить и половины того, что купила. Плюс головная боль от голода и постоянных разговоров, и самое странное — ощущение беспредельного счастья.

— Это мой первый день в Дублине, а я не побывала ни в одном музее или галерее, не видела ни одной картины. Я не прогулялась по Сейнт Стивен Грин парку, не посетила библиотеку Тринити-Колледжа и не видела Келлскую книгу[1].

Дарси отвела взгляд от официанта.

— Ну и что? Дублин никуда не убежит. В любой момент сможешь вернуться и сделать все, что твоей душе угодно.

— Да, конечно. Но раньше я бы все спланировала. Изучила бы путеводители, составила маршрут. И если бы я включила в свои планы шоппинг, то поставила бы его в самый конец списка.

— Значит, ты просто перевернула список.

Официант вернулся с напитками, и Дарси снова одарила его ослепительной улыбкой.

— В моей жизни все перевернулось. Погоди. — Джуд ухватила Бренну за запястье, не дав ей поднять кружку.

— Джуд, сжалься, у меня горло пересохло.

— Я только хочу сказать, что у меня никогда не было таких подруг, как вы.

---

[1] *Келлская книга* — рукописное иллюстрированное Евангелие на латыни конца VII — начала IX века.

— Конечно. На всем белом свете не сыщешь таких, как мы. — Бренна подмигнула, но Джуд не отпустила ее руку.

— Нет, я хочу сказать... у меня никогда не было по-настоящему близких женщин-подруг, с которыми можно было бы поболтать о сексе, или поделиться пиццей, или выбрать черное кружевное белье.

— О, боже, только не плачь, ну же, будь умницей, Джуд! — Бренна осторожно высвободила руку и сжала пальцы Джуд. — У меня сострадательные слезные протоки, и я их не контролирую.

— Извини. — Глаза Джуд засверкали непролитыми слезами. — Я просто так счастлива.

— Ну-ну, успокойся. — Шмыгая носом, Дарси раздала бумажные салфетки. — Мы тоже счастливы. Давайте выпьем за дружбу.

— Да, за дружбу! — провозгласила Джуд, когда сомкнулись стаканы и кружка.

После ресторана девушки отправились гулять, чтобы сжечь поглощенные калории, и Джуд удалось хоть немного посмотреть Дублин. Она с восторгом фотографировала изящные арки мостов над величественной рекой Лиффи, чудесные зеленеющие бульвары и живописные вазоны с цветами, выставленные у дверей многочисленных пабов, и уговаривала Бренну и Дарси позировать ей, а чтобы погулять подольше, подкупила подруг эклерами из кондитерской.

Она смотрела, как уличный художник рисует морской пейзаж, и, поддавшись порыву, купила картину для Эйдана.

Даже когда она вернулась с подругами на парковку, ощущение счастья не улетучилось. Ей казалось, что она могла бы бродить по улицам Дублина бесконечно.

Небо на западе сверкало сполохами заката, обещая долгий весенний вечер, но, когда подъезжали к Ардмору, поля и море уже были окутаны лунным светом.

Джуд высадила подруг, помогла Дарси втащить в дом пакеты, доехала до своего коттеджа и, пританцовывая, поднялась с покупками в спальню.

— Я вернулась! Я прекрасно провела день! — радостно воскликнула она.

И этот чудесный день еще не закончился. Не пропадать же обновкам. Она наденет новое белье и новую шелковую блузку и проведет вечер до самого закрытия в пабе Галлахеров, откровенно флиртуя с Эйданом.

14

Эйдан сбился с ног. В тот вечер в школе проводили конкурс национальных танцев, и, казалось, половина деревни решила по дороге домой пропустить пинту пива в пабе. Несколько школьниц снова надели танцевальные туфли и повторили программу, так что посетители веселились и не спешили расходиться.

Эйдан обеими руками подставлял под краны кружки, поддерживал одновременно три разговора и успевал рассчитываться с посетителями.

Когда у Шона выдавалась свободная минутка, он покидал кухню, чтобы помочь брату за стойкой или отнести напитки на столы. Правда, иногда его перехватывали танцоры, и тогда он забывал о своих обязанностях.

— Это тебе не вечеринка, — напомнил Эйдан, когда Шон наконец вернулся за стойку.

— А по-моему, как раз вечеринка. Все счастливы. — Шон кивнул на толпу, окружившую трех танцовщиц. — Девчонка Даффи, пожалуй, пляшет лучше всех. Приятно посмотреть.

— Хватит глазеть на них. Двигай на тот конец стойки.

Шон кротко улыбнулся.

— Скучаешь по своей даме, братец? Не могу тебя винить. Она прелесть.

Эйдан со вздохом сунул полные кружки в страждущие руки.

— Я по уши в пиве. Мне некогда скучать.

— Жаль, жаль. А она только что вошла. Прекрасна и свежа, как утренняя роза, несмотря на поздний час.

Эйдан резко обернулся.

Весь день он старался о ней не думать. Вернее, он заставлял себя не думать о ней, чтобы проверить, возможно ли это. И он вполне преуспел, во всяком случае, мысли о ней отвлекали его всего раз двадцать-двадцать пять за весь день, не более.

И вот она здесь. Волосы убраны в хвост, ослепительная улыбка, предназначенная только ему. Когда Джуд протиснулась к нему, она уже смеялась, а он напрочь забыл о кружке, подставленной под открытый кран.

— Что здесь происходит? — Чтобы он ее услышал, ей пришлось повысить голос и перегнуться через стойку, и он уловил тонкий, загадочный аромат ее кожи.

— Славная вечеринка. Как только освобожу хоть одну руку, налью тебе вина. — Он с удовольствием бы использовал освободившуюся руку, обе руки, чтобы подхватить ее, перенести через стойку и обнять.

Ты попался, Галлахер, подумал он и понял, что нисколько не сожалеет об этом.

— Понравилось в Дублине?

— Очень. Я скупила все, что не было прибито гвоздями. А когда я начинала сопротивляться, Дарси удавалось меня уговорить.

— Она умеет тратить деньги... Дарси? Она вернулась! О, спасибо, Господи! Еще одна пара рук поможет нам дожить до закрытия без бунта на корабле.

— Могу предложить свои.

— Что?

— Я могу принимать заказы. — Идея пустила корни в ее голове и расцвела пышным цветом. — И подавать.

— Дорогая, я не могу злоупотреблять твоей добротой. — Эйдан повернулся к очередному клиенту, жаждущему пива и газировки.

— Никаких злоупотреблений. И мне понравится. Если я что-нибудь напутаю, все просто подумают, как неповоротлива эта янки, и ты позовешь Дарси.

— Ты когда-нибудь обслуживала столики? — Он снисходительно улыбнулся, и Джуд гордо распрямилась.

— Неужели это так сложно? — Чтобы доказать свою состоятельность, она протолкнулась к одному из маленьких столиков.

Эйдан взглянул на клиента в поисках сочувствия.

— Не взяла ни блокнот, ни поднос. А если я позову Дарси прямо сейчас, она откусит мою голову.

— Женщины даже в хорошем настроении опасные существа, — услышал он в ответ.

— Что верно, то верно, но эта очень спокойная. Пять восемьдесят. Правда, — продолжал философствовать он, беря деньги и отсчитывая сдачу, — именно спокойные ловчее других перерезают глотки, если уж рассердятся.

— Ты мудрый человек, Эйдан.

— Да. — Эйдан облегченно вздохнул, наслаждаясь минутным затишьем. — Мне хватит мудрости не звать Дарси и не подставлять шею сразу двум рассерженным женщинам.

Он не сомневался, что не пройдет и четверти часа, как Джуд пожалеет о своем решении. Она же разумная женщина. А он будет утешать ее, благодарить за то, что она предложила помощь, и так далее и тому подобное, пока не затащит ее в постель.

Наслаждаясь мелькающими в голове картинками, Эйдан бодро обслужил следующего клиента и улыбнулся Джуд, локтями проложившей себе путь к стойке.

— Я обещал тебе вино...

— Я не пью на работе, — отрезала Джуд. — Две пинты «Харпа», стакан «Смитвика», два виски... хм, «Пэдди», две кока-колы и «Бейлис». — Она самодовольно улыбнулась. — И мне не помешал бы фартучек, если у тебя есть лишний.

Эйдан начал выполнять заказ. Откашлялся.

— Ты не знаешь цен.

— Но ведь у тебя есть меню. Положи в карман фартучка. Я умею считать и вполне прилично. А если дашь мне поднос, я соберу пустые кружки, пока они не свалились на пол и не разбились.

Четверть часа, напомнил он себе, выкладывая на стойку меню и фартук.

— Ты так энергично взялась за дело, Джуд Фрэнсис. Я очень тебе благодарен.

— Ты уверен, что у меня не получится, — припечатала она и упорхнула.

— Больно? — спросил Шон, оказавшийся за его спиной.

— Что — больно?

— Получить ногой в зубы? Держу пари, у тебя челюсть треснула. — Эйдан, не оборачиваясь, ткнул его локтем в бок, но Шон только хмыкнул. — И смотреть на нее приятно, — добавил Шон, наблюдая, как Джуд собирает посуду с одного из столиков, непринужденно разговаривая с сидящим там семейством. — Я с удовольствием избавлю тебя от нее, когда...

Шон осекся, обескураженный сердитым взглядом Эйдана.

— Просто шучу, — пробормотал он, ретируясь к дальнему концу стойки.

Джуд вернулась, выставила на стойку пустые кружки, поставила на поднос свой первый заказ.

— Пинту и стакан «Гиннеса», две «Оранжины» и чашку чая с виски.

Не дожидаясь ответа, она подхватила поднос, покачнулась — Эйдан затаил дыхание — и двинулась к столикам.

Джуд блаженствовала. Праздник бурлил вокруг нее, и она не была здесь чужой. Музыка и танцы, громкие разговоры и смех. Люди окликали ее по имени, спрашивали, как у нее дела. Казалось, никто не удивлялся, что она принимает заказы и вытряхивает пепельницы.

Она понимала, что далеко не так грациозна и расторопна, как Дарси, но она справлялась. И если она чуть не опрокинула пинту пива на мистера Даффи, то ключевым словом здесь было «чуть». Мистер Даффи вовремя подхватил кружку, подмигнул Джуд, ухмыльнулся и сказал, что пусть уж лучше пиво будет в нем, чем на нем.

Она и деньги собирала, и вряд ли делала большие ошибки. Более того, один из карманов ее фартука топорщился от чаевых, чем она безумно гордилась.

Когда Шон мимоходом увлек ее танцевать, она больше удивилась, чем смутилась.

— Я не умею.

— Умеешь. Ты придешь к нам и поиграешь мои мелодии, Джуд Фрэнсис?

— С удовольствием, но сейчас отпусти меня. Я задыхаюсь и наступаю тебе на ноги.

— А если ты меня поцелуешь, Эйдан лопнет от ревности.

— Я не могу. Правда. — Перед его улыбкой просто невозможно было устоять. — Я поцелую тебя, но только потому, что ты такой красивый.

Шон изумленно вылупил глаза, а она чмокнула его в щеку.

— Ну, думаю, мне пора на работу, не то босс лишит меня жалованья.

— Ну и бесстыдники, эти парни Галлахеры, да хранит их Бог, — сказала Кейти Даффи, когда Джуд убирала пустые стаканы с ее столика. — Парочка хороших женщин могла бы их образумить, но, надеюсь, не настолько, чтобы погасить их огонь.

— Эйдан женат на пабе, — заметил Кевин Даффи, закуривая сигарету. — А Шон на своей музыке. Пройдут годы, пока кто-нибудь из них женится.

Кейти подмигнула Джуд:

— Но кто помешает умной девочке попытаться, не так ли?

Джуд натянуто улыбнулась и отошла к другому столику. Она старательно удерживала на губах улыбку, принимая заказы, но голова кружилась от нахлынувших мыслей.

Так вот как это выглядит со стороны? Будто она пытается женить на себе Эйдана? Почему ей самой не пришло в голову, что окружающие могут так подумать? У нее и в мыслях не было ничего подобного!

Неужели и он думает, что она надеется выйти за него замуж?

Джуд украдкой взглянула на Эйдана. Он наливал пиво в кружки и разговаривал с двумя из сестер Райли. Нет, разумеется, нет. Мы оба просто получаем удовольствие друг от друга. Наслаждаемся друг другом. А если мысли о свадьбе и мелькали в ее голове, то это вполне естественно. Но это не всерьез.

Она этого вовсе не хочет. Она уже ступала на этот путь и была размазана по мостовой.

Удовольствие куда лучше. Отсутствие обязательств и ожиданий раскрепощает. Они нравятся друг другу, уважают друг друга, а если она в него влюбилась, ну... это только добавляет романтики в их отношения.

И она не собирается все портить. Наоборот, она сделает все от нее зависящее, чтобы продлить это счастье и насладиться им на полную катушку.

— Джуд, когда вы вернетесь из страны грез, я бы выпил еще кружечку до закрытия.

— А? — Джуд рассеянно взглянула на широкое лицо Джека Бреннана. — Ой, простите. — Она схватила его пустую кружку и нахмурилась.

— Я не пьян, — уверил ее Джек. — Мои сердечные раны затянулись. Если честно, я даже не понимаю, почему так мучился из-за женщины. Но если вы сомневаетесь, спросите у Эйдана, выдержу ли я еще пинту.

Такой милый, подумала Джуд, и еле сдержалась, чтобы не погладить его по голове, как большого лохматого пса.

— И не хочется сломать ему нос?

— Ну, должен признать, что я всегда этого хотел, просто никогда не получалось. А он несколько раз ломал мне нос.

— Эйдан ломал вам нос? Как ужасно! Как интересно!

— Не нарочно, — уточнил Джек. — Нам было по пятнадцать, мы играли в футбол, ну и так вышло. Эйдан не из тех, кто любит ломать друзьям носы, если только...

— Так вышло?

— Ага, — просиял Джек. — И по-моему, он не дрался уже несколько месяцев. Раньше-то он любил подраться, но сейчас он слишком занят, чтобы найти время для драки. Ухаживает за вами.

— Он за мной не ухаживает.

Джек поджал губы, и его физиономия выразила нечто среднее между тревогой и растерянностью.

— Разве вы не влюблены в него?

— Я... — Как же ответить-то? — Он мне очень нравится. Я пойду принесу вам ту пинту. Паб скоро закрывается.

— Джуд, ты совсем сбилась с ног, — сказал Эйдан, закрыв дверь за последним посетителем. — Присядь. Я налью тебе вина.

— Не стану возражать.

Работенка и впрямь оказалась не из легких. Восхитительная, но изматывающая. Руки ныли от тяжелых подносов. Неудивительно, что у Дарси такие накачанные мышцы.

А ноги так гудят, что лучше о них не думать.

Джуд плюхнулась на табурет, расслабилась.

Шон наводил порядок на кухне и пел балладу о юном ирландце, который сто лет назад уехал в Австралию и грабил там богатых, раздавая добычу бедным, но в конце концов попал в засаду и получил пулю в сердце. Над столиками висел сизый дым, пахло пивом и виски. А Джуд было очень уютно.

— Если решишь бросить свою психологию, — сказал Эйдан, ставя перед ней бокал, — я тебя найму.

Он не мог бы сказать ей ничего более приятного.

— Я все делала правильно, да?

— Ты все делала отлично. — Он поднес ее руку к губам, поцеловал. — Спасибо.

— Мне понравилось. Я не так уж часто устраивала вечеринки. И всегда очень нервничала. Ужасно волновалась, когда планировала и потом во время приема следила, чтобы все прошло гладко. А сегодня мне казалось, что я принимаю гостей, но без всяких нервов. И... — Она позвенела монетами в кармашке фартука. — Я заработала.

— Теперь отдохни и расскажи мне, как провела день в Дублине, а я пока приберусь.

— Я расскажу и помогу тебе прибраться.

Он решил не портить ей настроение спорами, но и не хотел слишком утруждать ее. Разве что пусть соберет пустые кружки и поставит их на стойку. Но Джуд его опередила. Пока он мыл посуду и возился с кассой, она выпросила у Шона ведро и тряпку и стала мыть столики.

Эйдан слушал ее, наслаждаясь переливами ее голоса. Слова были не так важны. Ему было приятно ее слушать, она словно излучала умиротворяющий покой.

Джуд еще вытирала столы, когда он взялся за мытье полов. Просто удивительно, как легко и естественно она подладилась под него. Или он под нее? Неважно! Она просто стала частью его мира, его жизни.

Ему и в голову не приходило, что она сама вызовется помогать ему, станет таскать тяжелые подносы, возиться с деньгами. Разумеется, не в этом ее предназначение, но она прекрасно справилась. Наверное, это для нее развлечение, не будет же она каждый вечер вытирать пролитое пиво, но сейчас она делала это даже весело, и ему безумно хотелось обнять ее.

— Как хорошо, — тихо сказала она.

— Да. Хотя ты вовсе не должна возиться здесь с грязью.

— Мне нравится. Теперь, когда все разошлись по домам, я могу в тишине подумать о словах Кейти Даффи или о шутке Дугласа О'Брайана и послушать, как поет Шон. В Чикаго я в это время уже спала бы, проверив студенческие работы и прочитав главу книги, получившей хорошие отзывы в прессе.

Она накрыла его руки своими.

— Так гораздо лучше.

— И когда ты вернешься... — Эйдан прижался щекой к ее макушке. — Ты найдешь по соседству паб и проведешь там вечерок-другой?

Джуд словно наткнулась на высокую черную стену.

— У меня еще много времени. А пока я просто учусь жить день за днем.

— И ночь за ночью. — Он обнял ее и увлек в вальсе под мелодию, которую напевал Шон.

— Ночь за ночью. Учти, я никудышная танцовщица.

— Ничего подобного. — Просто пока неуверенная. — Я смотрел, как ты танцевала с Шоном, а потом поцеловала его перед Богом и людьми.

— Он сказал, что ты лопнешь от ревности.

— Может, и лопнул бы, если бы не знал, что, в случае надобности могу избить его до бесчувствия.

Джуд рассмеялась. Ей нравилось, как уверенно ведет ее Эйдан, как кружится зал.

— Я поцеловала его, потому что он красивый и попросил меня. Ты тоже красивый. Я могу и тебя поцеловать, если попросишь.

— Ну, раз уж ты так разбрасываешься своими поцелуями, поцелуй и меня.

Поддразнивая — как чудесно, оказывается, поддразнивать мужчину, — Джуд целомудренно поцеловала его в щеку. Потом так же нежно в другую. Потом сняла руку с его плеча и погрузила в его волосы, глядя в его глаза. Приподнялась на цыпочки и поцеловала в губы, сначала легко, но не смогла оторваться.

Он вздрогнул. Улыбка сползла с его лица. Джуд захватила его врасплох, ошеломила, окутала своим ароматом, наполнила своим вкусом, и она, начав с тихой невинной нежности, теперь сжигала его дотла. Все мысли вылетели из его головы.

— Похоже, мне пора уходить.

Эйдан поднял голову и, не сводя глаз с лица Джуд, крикнул:

— Уйди, Шон, и запри за собой!

— Хорошо. Спокойной ночи, Джуд.

— Спокойной ночи, Шон.

Насвистывая, Шон вышел, защелкал ключами в замках, а Эйдан и Джуд неподвижно стояли посреди зала.

— Я ужасно хочу тебя. — Эйдан поднес к губам ее руку, поцеловал.

— Я так рада.

— Иногда очень трудно оставаться нежным.

— Так не мучай себя. — Желание горячей волной нахлынуло на нее. Взволнованная собственной дерзостью, она отступила и начала расстегивать блузку. — Делай все, что хочешь. Бери все, что хочешь.

Она никогда прежде не раздевалась перед мужчиной, не раздевалась для того, чтобы соблазнить его. Но сейчас Джуд дрожала от возбуждения, смешанного с восторгом, когда она увидела, как потемнели его глаза.

Черный кружевной лифчик с глубоким вырезом соблазнительно контрастировал с молочно-белой кожей.

— Боже, — судорожно выдохнул Эйдан. — Ты меня убиваешь.

— Всего лишь соблазняю. — Джуд скинула туфли. — Впервые в жизни. — Больше по неопытности, чем умышленно, она стала медленно расстегивать брюки. — Поэтому я надеюсь, что ты простишь мои промахи.

Его горло пересохло от сладкого предвкушения.

— Я не вижу никаких промахов. Ты абсолютно естественна.

Джуд неловко отпустила брюки, и они упали на пол. Снова черные кружева — крохотный треугольничек с узкими полосками на бедрах.

Ей не хватило смелости на кружевной пояс и чулки, которые Дарси все же уговорила ее купить, но, увидев изумленные, широко открытые глаза Эйдана, она решила непременно надеть их в следующий раз.

— Я сегодня много чего накупила.

Он не мог выговорить ни слова. Джуд стояла, освещенная множеством ламп посреди его бара в крохотных кружевных лоскутках, призывно кричащих: секс, секс, секс! Но волосы аккуратно собраны, глаза морской богини полны грез. Чему должен верить мужчина?

— Я боюсь прикоснуться к тебе.

Джуд набралась смелости и шагнула к нему:

— Не бойся.

Она приподнялась на цыпочки, обвила руками его шею, приблизила губы к его губам.

Так восхитительно было прижиматься почти обнаженным телом к нему, еще полностью одетому. Она чувствовала его дрожь, чувствовала, что он борется с чем-то яростным и непреодолимым, и сознавала свою власть над ним. И страстно хотела, едва сдерживая нетерпение, чтобы он перестал бороться со своими желаниями.

— Возьми меня, Эйдан. — Она прикусила его нижнюю губу и словно распласталась по его телу. — Возьми все, что хочешь.

Его самообладание затрещало по всем швам. Он понимал, что груб, но не мог укротить свои руки, свои жадные губы. Когда он дернул ее на пол, ее изумленный вздох только подлил масла в огонь.

Она изогнулась под ним, дрожа всем телом. Осознание того, что она смогла лишить его выдержки, придавало ей сил.

А ведь она всего лишь была самой собой. Она всего лишь предложила.

С тем же безумным желанием прикоснуться к нему она дергала, рвала его рубашку, пока ее пальцы не почувствовали его обнаженный торс. Потом она впилась в него губами, зубами.

Они отчаянно, как в последний раз, ласкали друг друга. Здесь больше не было ни терпеливого мужчины, ни застенчивой женщины, только двое, охваченные первобытным желанием. Джуд ликовала, впитывая каждое острое ощущение.

Первый оргазм пронзил ее раскаленным копьем.

Еще, только об этом он думал. Еще и еще. Если бы мог, он проглотил бы ее, только чтобы ее вкус навсегда остался в нем. С ним. Каждый раз, как ее тело содрогалось, каждый раз, как она вскрикивала, он думал: еще. Еще и еще.

Кровь кипела в его жилах. Он вонзился в нее и, когда она изогнулась и выкрикнула его имя, впал в неистовство, сходя с ума, сводя с ума. Он едва видел ее лицо. И лицо, и ее глаза, и спутанные волосы словно заволокло туманом. И все это исчезло, когда зверь, бушевавший в нем, вырвался на свободу и проглотил их обоих.

Обессиленная, улыбающаяся, она распласталась под ним, ошеломленным, потерявшим дар речи. У их противоположных состояний была одна причина.

Он овладел ею на полу паба. Он не сумел сдержаться, не сумел совладать с животными инстинктами. Ни деликатности, ни терпения. Он не занимался с ней любовью. Это было совокупление, примитивное, первобытное совокупление.

Эйдан был в шоке от собственного поведения.

Мысли Джуд мчались в том же направлении. Только его поведение, как и ее собственное, восхищали ее.

Эйдан вздрогнул, услышав ее долгий, глубокий вздох, и решил, что должен любой ценой искупить свою вину.

— Я отнесу тебя наверх.

— Ммм. — Она на это надеялась. Она жаждала повторения.

— Может, ты хочешь принять горячую ванну и выпить чаю? А потом я отвезу тебя домой.

Она снова вздохнула, поджала губы. Идея ей понравилась.

— Ты хочешь принять ванну?

— Я подумал, что тебе станет лучше.

— Вряд ли можно чувствовать себя лучше, во всяком случае, в этом измерении.

Он зашевелился, перевернул ее обмякшее тело, обнял. Она улыбнулась, уронила голову на его плечо.

— Что нашло на тебя, Джуд Фрэнсис Мюррей? Ты надела белье, созданное, чтобы свести меня с ума, и каталась со мной по полу.

— У меня есть еще.

— Еще что?

— Еще много белья. Я скупала его мешками.

Теперь пришла его очередь обессиленно уронить голову на ее плечо.

— Боже милостивый. Ты хочешь моей смерти?

— Я начала с черного. Дарси сказала, что оно и дурака заведет.

Эйдан чуть не задохнулся.

Довольная его реакцией, Джуд прижалась к нему теснее.

— Ты был воском в моих руках. Мне понравилось.

— Дарси совсем стыд потеряла.

— Я тоже, поэтому я хочу, чтобы ты отнес меня наверх. Я обожаю, когда ты носишь меня на руках, потому что чувствую себя неотразимой. И уложи меня в свою постель.

— Если женщина просит... — Эйдан огляделся, увидел разбросанную одежду, но не стал ее подбирать, решил, что придет за ней позже.

Позже он вернулся за одеждой и, поднимаясь наверх, поглаживал пальцем кружевные кусочки.

Ты полна сюрпризов, Джуд Фрэнсис, думал он. И, насколько я могу судить, ты удивлена не меньше меня.

Застенчивая роза расцветает.

Теперь она безмятежно спит в его постели. И смотрится в ней очень естественно, решил Эйдан, присаживаясь на край кровати и глядя на Джуд. Так же естественно она смотрелась, когда подавала напитки в его пабе, и работала в своем саду, и гуляла по холмам с собакой О'Тулов.

Джуд идеально вписалась в его жизнь. И почему бы ей не остаться? Зачем ей возвращаться в Чикаго, если она счастлива здесь, если он счастлив с ней?

Ему пора жениться, не так ли? Завести детей. Эта мысль начала привлекать его только тогда, когда он встретил Джуд.

Он ведь ждал чего-то такого, верно? И она вошла в его паб в один дождливый вечер. Это не случайность, это судьба.

Может, Джуд думает иначе, но он обязательно ее переубедит.

Это не значит, что она должна бросить свою работу, хотя ему придется придумать, как ей заниматься тем, что ей больше всего нравится. Она практичная женщина и вполне сможет воплотить в жизнь все свои мечты. Здесь.

Она испытывает к нему сильные чувства, думал он, играя с ее волосами. Как и он к ней. У нее здесь корни, как и у него. И любой, у кого есть глаза, видит, что, найдя эти корни, она расцвела.

Его рассуждения логичны, а потому должны ее убедить. Может, он немного нервничает, но это естественно, когда мужчина обдумывает такую важную перемену в своей жизни. Ответственность, верность, жена, дети.

Так что, если его ладони немного взмокли, это понятно. Он все продумает, объяснит ей, а там все устроится.

Эйдан удовлетворенно вздохнул, улегся рядом с ней, крепко прижал ее к себе, как ему больше всего нравилось, и заснул.

А Джуд снился Кэррик верхом на белом крылатом коне, летящем по небу над сушей и океаном. Принц эльфов собирал драгоценные камни, сыплющиеся с солнца, слезы, оброненные луной, и вглядывался в морскую гладь, чтобы увидеть сердце океана.

15

Это был смелый шаг, но в последнее время она уже сделала много смелых шагов. Так что не страшно. Может, глупо и непрактично, но ничего незаконного она не делает.

И все же Джуд виновато оглядывалась, вынося стол в сад перед домом. Она уже выбрала место, прямо у изгиба дорожки, где вербена и герань подступали к каменным плитам. Стол немного качался на неровной земле, но можно что-нибудь подложить под ножки.

Джуд вернулась за стулом, приставила его к столу и, поскольку некому было спрашивать, что это она задумала, бросилась в дом за ноутбуком.

Работа на свежем воздухе! Дрожа от нетерпения, Джуд села так, чтобы видеть холмы и живые изгороди, в которых пышно расцвела фуксия. Солнечный свет, пробиваясь сквозь облака, превращался в серебристо-золотистое сияние. Тихий-тихий ветерок чуть шевелил цветы в саду и окутывал Джуд их ароматом.

Она заварила чай в самом маленьком из прелестных чайничков Мод. И — баловать себя, так баловать — разложила на тарелке крохотные шоколадные печенья. Она чувствовала себя, как ребенок, на время получивший полную свободу.

В благодарность за эти радости, пообещала она себе, она поработает вдвое усерднее.

Правда, несколько минут Джуд посидела, прихлебывая чай, мечтательно глядя на холмы и слушая пение птиц. Мой маленький рай, думала она.

Совсем близко яркой стайкой промелькнули сороки... наверное, сороки.

Одна — к печали, две — к радости, а если пролетит третья... Не вспоминалось, и Джуд решила остановиться на радости. И засмеялась. Да, теперь она подружится с радостью. Разве можно быть счастливее, чем она сейчас? А что может продлить счастье надежнее, чем волшебная сказка?

И Джуд с вдохновением принялась за дело.

Пели птицы, над цветами порхали бабочки, сонно жужжали пчелы, а она растворилась в мире колдуний и воинов, эльфов и прекрасных девушек.

Удивительно, как много накопилось материала. Более двадцати мифов, легенд и сказок. Они собирались постепенно и как-то незаметно. Весь этот процесс мало походил на кропотливую работу. Ее исследование еще было далеко от завершения, но уже сейчас Джуд беспокоило то, что ее описания и пересказ не были такими поэтичными, как музыка и магия легенд.

Почему анализ обязательно должен быть таким сухим и наукообразным? Почему бы немного не оживить его? Почему бы не включить в него собственные мысли и оценки? А может быть, и пережитый опыт и свои впечатления? Почему бы не рассказать о людях, которые поделились с ней историями, не написать, как они их рассказывали и где?

Живая музыка в тускло освещенном пабе, суета на кухне О'Тулов, прогулки с Эйданом по холмам. И тогда ее записи и заметки станут пусть более личными, но и более яркими, живыми. А значит, будут больше похожи на литературный труд.

Джуд крепко сжала ладони. Почему бы не дать себе волю и не последовать за своими желаниями? Чем больше она пыталась ответить на этот вопрос, тем больше привлекала ее эта мысль, она почти физически ощущала, как спадают оковы и наступает освобождение.

Даже если не получится, чем она рискует? Она была средненьким — если не плохим — преподавателем. Если окажется, что она не более чем средненький писатель, ну, что же, пусть она и будет средним в том, к чему ее отчаянно тянет.

Решившись, Джуд прикоснулась пальцами к клавиатуре, но тут же опустила руки. Неверие в собственные силы, ее давний спутник, уже уселось на стул рядом с ней.

Брось, Джуд, у тебя нет никаких способностей к самовыражению, подсказало неверие. Делай, что знаешь, как умеешь. Все равно твою работу никто не станет публиковать. Ты и так разбаловалась. Придерживайся первоначального плана и покончи с сомнениями.

Разумеется, никто не станет публиковать это, признала Джуд, вздыхая. Получается слишком длинно для статьи и даже для монографии. Больше двадцати легенд, точнее двадцать четыре. Правильнее было бы выбрать лучшие шесть, детально проанализировать их и понадеяться на интерес какого-нибудь заштатного научного журнала. Да, сделать так было бы разумно и правильно.

На уголок стола опустилась бабочка, затрепетали синие, как кобальт, крылышки. На мгновение Джуд показалось, что она и бабочка разглядывают друг друга с одинаковым интересом.

И вдруг послышалась музыка, трубы и флейты, и грустный шелест струн арфы. Музыка словно волной залила сад, и Джуд перевела задумчивый взгляд на зеленые холмы.

Как можно в таком волшебном месте оставаться благоразумной Джуд? Волшебство уже коснулось ее, остается только раскрыться ему навстречу.

К черту научное исследование! Ей же хочется написать книгу. Хватит цепляться за прошлое, за чужие ожидания, пора наконец рискнуть и сделать что-то новое, то, о чем она не смела и мечтать. И неважно, что ждет ее, провал или успех, она имеет право на свободный выбор.

Неверие еще что-то бормотало, но Джуд уже не слышала его.

За окнами моросил дождь и клубился туман. В маленьком очаге на кухне моего коттеджа трепетало пламя. На столе стояли намокшие от дождя цветы, легкий парок поднимался над чашками с чаем, и Эйдан рассказывал мне легенду.

Его голос похож на его страну, музыкальный и поэтичный. Эйдан — хозяин паба в деревушке Ардмор, паба, принадлежащего его семье на протяжении многих поколений, он им успешно управляет. Там царит очень уютная и радушная атмосфера. Я часто вижу, как, работая за стойкой бара, он что-то рассказывает посетителям или слушает их. В пабе часто играет музыка, посетители разговаривают, пьют пиво или виски, чай или лимонад.

*Эйдан очень привлекателен, он нравится женщи-
нам, и ему доверяют мужчины. У него легкая, обая-
тельная улыбка, и он умеет держать себя в узде. Вот
что он рассказал мне в тот дождливый день в тишине
моей кухни.*

Джуд прижала руки к губам, ее глаза засияли
от радости открытия. Вот оно! Начало. Какое волну-
ющее, какое пьянящее мгновение.

Она глубоко вздохнула, собираясь с силами, а затем, не отрываясь, напечатала всю историю Красавицы Гвен и принца Кэррика, рассказанную Эйданом.

Перечитав написанное, она добавила еще несколько абзацев: про то, как Эйдан это рассказывал, как
огонь согревал ее кухню, как солнечный луч прорвал
облака и улегся на столе в ее доме.

Затем она вернулась к началу, кое-что поправила,
облекая в более выразительную форму. Открыла новый файл. Теперь ей нужен пролог. Он уже выстра-
ивался в ее голове и под ее быстрыми пальцами по-
являлся на экране.

Джуд казалось, что душа ее поет. Мелодия была
простой, слова тоже, но какие чудесные: *Я пишу книгу!*

Эйдан стоял за забором и не мог отвести от нее
глаз. Она сидела среди цветов и скользила по клавишам своей умной машинки так сосредоточенно, будто от этого зависела ее жизнь.

Нелепая соломенная шляпа прикрывала от солнца ее глаза. Очки в тонкой металлической оправе
съехали на кончик носа. Ярко-синяя бабочка порхала
над ее левым плечом, будто читала слова на экране.

Джуд ритмично постукивала ногой под неслыш-
ную музыку и улыбалась. Даст ли она ему прочитать
то, что, как видно, так нравится ей? Виновата любовь

или Джуд и вправду так прекрасна и вся словно светится?

Он не хотел мешать, поэтому просто стоял у калитки, держа в согнутой руке то, что принес ей.

Джуд вдруг прекратила печатать, прижала руки к сердцу и резко обернулась. Их глаза встретились, и даже на таком расстоянии он увидел, как быстро меняется их выражение. Удивление, радость, легкое смущение, которое так часто затуманивает ее взгляд.

— Добрый день тебе, Джуд Фрэнсис. Приношу извинения за то, что прервал твою работу.

— Ой, ну... — Она оглянулась, потому что почувствовала его присутствие. Как? Она и сама не знала, просто что-то изменилось в воздухе. — Все нормально. — Она нажала на пару клавиш, чтобы сохранить и закрыть файл. Сняла и положила на столик очки. — Ничего важного. — Это безумно важно, хотелось прокричать ей. Это целый мир, мой собственный мир! — Я понимаю, как странно видеть меня здесь... — Она встала из-за стола.

— Почему? Чудесный день. Прекрасно провести его на свежем воздухе.

— Да... да, конечно. — Она выключила компьютер, чтобы не разряжать батарею. — Я потеряла счет времени.

Она сказала это так, будто признавалась в грехе на исповеди. Эйдан рассмеялся, открывая свободной рукой калитку.

— Похоже, ты получала удовольствие и заодно дело делала. Так зачем же беспокоиться о времени?

— Тогда скажем, что пора сделать перерыв. Чай, наверное, остыл, но...

Джуд осеклась, увидев, *что* он принес. Ее глаза засверкали от восторга, и она бросилась к нему.

— Ой, у тебя щенок. Какой милый!

Малыш заснул по дороге, но теперь, разбуженный голосами, зашевелился, широко зевнул и распахнул огромные темно-коричневые глаза. Меховой черно-белый шарик с длинными ушами, забавным хвостиком, свернувшимся между лапками, радостно взвизгнул и попытался выскользнуть из рук Эйдана.

— Какой ты красивый, какой чудесный! А какой мягкий, — прошептала Джуд, когда Эйдан передал ей щенка. Она уткнулась носом в шелковистый мех, и щенок тут же облизал ее лицо.

— Думаю, нет смысла спрашивать, понравились ли вы друг другу. Любовь с первого взгляда, в которую, как заявляет наша Джуд, она не верит.

— Как можно устоять перед таким чудом? — Джуд подняла щенка на вытянутых руках, и он пришел в полный восторг.

— Собака Клуни ощенилась несколько недель назад. Я выбрал самого бойкого. Он отлучен от матери и готов к новому дому.

Джуд присела на корточки, поставила щенка на землю, и он тут же вскарабкался к ней на колени и перевернулся на спину.

— Он готов к чему угодно. Как ты его назовешь? — спросила Джуд, почесывая подставленный животик.

— Как ты захочешь.

— Я? — Она вскинула голову и рассмеялась, поскольку щенок тут же прикусил ей пальцы, напоминая о себе. — Ах ты маленький эгоист! Эйдан, ты хочешь, чтобы я назвала его для тебя?

— Для себя. Я принес его тебе, если захочешь. Я подумал, что вам будет хорошо вместе на этом Эльфийском холме.

Ее руки, гладившие щенка, замерли.

— Ты принес его мне?

— Ты влюбилась в собаку О'Тулов, ну, я и подумал, что тебе понравится вырастить свою, с нуля, так сказать.

Поскольку Джуд молчала, Эйдан дал задний ход.

— Если не хочешь с ним возиться, я сам его возьму.

— Ты принес мне щенка?

Эйдан переступил с ноги на ногу.

— Наверное, надо было сначала спросить тебя. Я хотел сделать сюрприз, и...

Он ошеломленно умолк, поскольку Джуд, крепко обняв щенка, опустилась на землю и расплакалась.

Обычно Эйдан ничего не имел против слез, но эти хлынули неожиданно, и он понятия не имел, с чего вдруг. Чем больше вертелся щенок в ее объятиях, чем энергичнее лизал ее лицо, тем сильнее она рыдала.

— Дорогая, не переживай так. — Он наклонился, достал из кармана платок, стал вытирать ее слезы. — Успокойся. Я понимаю, я виноват.

— Ты принес мне щенка, — пролепетала Джуд под сочувственные щенячьи подвывания.

— Я знаю, знаю. Прости меня. Я должен был сначала подумать. Он будет жить в пабе. Никаких проблем!

Эйдан потянулся к щенку.

— Он мой! — вскрикнула Джуд, прижимая щенка к себе. — Ты подарил его мне, значит, он мой.

— Да, — осторожно согласился Эйдан. Господи, как понять эту женщину? — То есть, ты хочешь его взять?

— Я всегда хотела иметь щенка, — сквозь слезы прошептала она, раскачиваясь взад-вперед.

Эйдан озадаченно запустил руку в волосы и присел рядом.

— Правда? Так почему не завела?

Джуд наконец подняла залитое слезами лицо.

— У моей матери кошки, — выдавила она.

— Понятно. — Хотя ни черта ему не было понятно. — Кошки это хорошо. У нас тоже есть кот.

— Нет, нет, нет. Те особенные, королевских кровей. Надменные, изнеженные, холеные. Чистокровные сиамские кошки. И вправду красивые, но они меня не любили. А мне хотелось глупую собаку, которая валялась бы на диване и жевала бы мои туфли и... и... любила бы меня.

— Ну, его любовь тебе точно обеспечена. — Эйдан с облегчением погладил ее щеку, мокрую от слез и щенячьих поцелуев. — И ты не будешь проклинать меня, когда он напустит лужу на полу или сжует одну из твоих итальянских туфелек, которыми так восхищается Дарси?

Точно как щенок чуть раньше обцеловал ее, она покрыла лицо Эйдана восторженными поцелуями.

Вообще-то, он принес щенка, чтобы подольститься к ней. Откуда ему было знать, что длинноухой дворнягой утолит ее детскую мечту? Но теперь можно послать к черту чувство вины, она же счастлива, не так ли? Успокоившись, Эйдан с энтузиазмом поцеловал ее. Она счастлива, и это самое важное.

— Мне нужна книга, — прошептала Джуд.

— Книга?

— Я не умею воспитывать щенков. Мне нужна книга.

Другого, собственно, она и не могла сказать. Ухмыльнувшись, Эйдан отстранился.

— Для начала я бы посоветовал приготовить кучу газет, чтобы вытирать за ним лужи, и крепкую веревку, чтобы спасти твои туфли.

— Веревку?

— Чтобы он жевал ее, а не туфли.

— Разумно. — Джуд просияла. — Ой, и еще корм, ошейник, игрушки. И надо сделать прививки.

И... — Она снова подняла щенка. — Он мой, я ему нужна. Я никогда никому не была нужна.

Ты нужна мне, пронеслось в его голове, но он не успел сказать эти слова, потому что Джуд вскочила и закружилась, обнимая щенка.

— Я должна занести стол в дом и съездить в деревню. Купить все, что ему нужно. Если подождешь, мы могли бы поехать вместе.

— Хорошо. Я отнесу стол, а вы пока познакомьтесь поближе.

Эйдан подхватил стол. А может, хорошо, что он ничего не сказал. Слишком рано, не стоит торопить события. Пусть пока все останется, как есть. У него полно времени, он еще успеет сделать ей предложение.

Полно времени, чтобы решить, как это сделать наилучшим образом.

Джуд купила красный ошейник и поводок, и ярко-синие мисочки и набила огромный пакет самыми разными вещами, без которых, как она считала, невозможны счастье и благополучие ее щенка. Эйдан тем временем нашел подходящую веревку и скрутил ее в тугой моток.

Затем Эйдан пошел в паб, а Джуд повела питомца прогуляться по деревне, правда, это мало было похоже на чинную прогулку. Щенок все время пытался освободиться от поводка или запутаться в нем, или пожевать его.

По дороге она встретила Бренну. Девушка загружала ящик с инструментами в свой грузовик.

— Привет, Джуд, что это у тебя? Похоже, один из щенков Клуни?

— Да, правда, чудесный? Я решила назвать его Финном в честь великого воина.

— Великий воин, говоришь? — Бренна присела на корточки, почесала щенка за ушами. — Да, держу пари, ты свиреп, могучий Финн. — Пес подпрыгнул и лизнул ее в лицо. Бренна рассмеялась. — И жизнерадостный. Он будет тебе хорошим другом, Джуд. Отличный выбор.

— Это Эйдан придумал. И подарил его мне.

Задумчиво поджав губы, Бренна оглянулась.

— Эйдан?

— Да, он принес его сегодня. Так мило, что он обо мне подумал. А как, по-твоему, Бетти его полюбит?

— Конечно. Бетти тоже любит хорошую компанию. — В последний раз погладив Финна, Бренна распрямилась. — Я как раз собиралась заглянуть в паб, составишь мне компанию? Я угощаю.

— Спасибо, но нет, я должна отвести Финна домой. Он, наверное, проголодался.

Как только они расстались, Бренна рванула в паб. Перехватив взгляд Дарси, она кивнула на угловой столик, где можно было хоть как-то уединиться.

Дарси принесла стакан «Харпа».

— Свежие новости? Выкладывай, а то лопнешь.

— Присядь на минутку. — Бренна понизила голос до шепота и, когда Дарси села, взглянула поверх ее плеча на Эйдана. — Я только что встретила Джуд. Она выгуливала щенка.

— У нее щенок?

— Тсс! Потише, он может услышать, о чем мы говорим.

— Кто услышит и о чем мы говорим?

— Эйдан услышит, что мы болтаем о том, как он выбрал из помета Клуни самого красивого щенка и отнес его Джуд. Подарил!

— Он... — Бренна шикнула, и Дарси заговорщически наклонилась к ней. — Эйдан подарил ей щенка? Мне он ни словом не обмолвился, и никому другому, насколько я знаю. — Дарси задумалась. Новость и впрямь была удивительной. — Он дарил девушкам безделушки, но обычно по какому-то поводу.

— Вот и я о том.

— И цветы, — продолжила Дарси. — Он всегда дарил понравившейся женщине цветы, а щенок — это что-то новенькое.

— Вот именно! Это совсем другое дело. — Бренна стукнула ладонью по столу. — Щенок — существо живое, это подарок не просто так. Такое мог бы подарить влюбленный. Это не «спасибо-мне-нравится-с-тобой-спать». Не сойти мне с этого места.

— Ну, она же подарила ему картину, которую купила в Дублине, и он принял ее подарок слишком восторженно, если хочешь знать мое мнение. Может, он просто хотел отблагодарить ее, и тут подвернулся щенок.

— Если бы он хотел ее отблагодарить, он подарил бы ей безделушку какую-нибудь. Сувенир за сувенир, — уверенно сказала Бренна. — Щенок гораздо ценнее сувенира.

— Ты права, ты права. — Дарси забарабанила пальцами по столу, прищурившись, взглянула на брата, хлопотавшего за стойкой.

— Думаешь, он влюбился?

— Я бы заключила пари, что влюбляется. — Бренна заерзала на стуле. — Мы должны выяснить, или пусть Шон попробует. А из Шона-то мы все вытянем. Он сначала все нам скажет, а потом только сообразит, что надо было держать язык за зубами.

— Не получится. Он не выдаст Эйдана. — Дарси задумалась. — А мне бы понравилась такая сестра. И, по-моему, она подходит Эйдану. Он никогда ни на кого не смотрел так, как на Джуд. Однако мужчины Галлахеры, даже полюбив, очень медлительны и долго не решаются на брак. Мама рассказывала, что ей пришлось чуть ли не колотить папочку по голове флердоранжем, чтобы он догадался сделать ей предложение.

— Джуд собирается прожить здесь еще три месяца.

— Мы должны поторопить его. Эйдану нужна семья, да и Джуд тоже, так что это будет не трудно. Надо все хорошенько обдумать.

Эйдан не ошибся. Финн оказался прекрасным спутником для Джуд. Он бродил с ней по холмам, сам развлекал себя, когда она останавливалась и любовалась полевыми цветами или собирала букет из лютиков и первоцветов.

Май незаметно сменился июнем. Лето принесло в Ирландию ласковое тепло и мелкие теплые дожди. В такие дни Джуд меньше гуляла и больше времени проводила в своем уютном коттедже.

В солнечные дни она баловала себя долгими утренними прогулками с Бетти и кружившим вокруг нее Финном. И во время всех своих прогулок она вспоминала мужчину с собакой, которых видела в день своего приезда из Дублина. Вспоминала, как мечтала вот так же брести, когда и куда захочет.

Как собака ее грез, Финн, свернувшись, спал у очага, когда она впервые попыталась самостоятельно испечь хлеб, тихонько поскуливал, если просыпался в три часа ночи.

Когда он начал выкапывать цветы в саду, с ним пришлось серьезно поговорить, зато прошло целых две недели, а он еще не жевал ее туфли, кроме одного-единственного раза, о котором они дружно решили забыть.

Джуд разрешала ему бегать вокруг дома, пока он не сваливался без сил у ее ног. В хорошую погоду она выносила стол в сад и работала на свежем воздухе, а Финн дремал под ее стулом.

Книга. Джуд держала ее в такой тайне, что даже себе не признавалась в том, что хотела бы увидеть на полке книжного магазина красивую обложку со своим именем.

Она отгоняла подобные непрошеные мысли и уходила с головой в работу, которую полюбила, а вечерами иногда час-другой рисовала иллюстрации к легендам.

Она считала свои наброски неумелыми и даже жалкими. Ей казалось, что уроки рисования, на которых настояли родители, не принесли никакой пользы, но ей всегда нравилось рисовать. Если кто-то заходил к ней, она быстро убирала свои наброски подальше.

Джуд завершила свой последний рисунок, которым была даже довольна, когда услышала громкий стук в дверь, переросший в грохот.

Она подскочила, а Финн от неожиданности разразился грозным лаем. Джуд едва успела сунуть рисунок в папку и убрать в ящик, как в кухне появились Дарси и Бренна.

— Наш свирепый воинственный пес! — Бренна присела на корточки и принялась возиться с Финном.

Дарси присела к обеденному столу.

— Джуд, у тебя есть что-нибудь холодное для уставшей подруги?

— Газировка подойдет?

— Да, спасибо. Ты работала?

Джуд открыла холодильник.

— Нет. Я еще утром закончила все, что запланировала.

— Хорошо. У нас есть к тебе предложение.

— Правда? — С улыбкой Джуд достала напитки. — Неужели вы успели соскучиться по магазинам?

— Ты же знаешь, я готова в любой момент, но сейчас о другом. Ты живешь с нами уже три месяца.

— Примерно, — согласилась Джуд. Господи, прошла уже половина запланированного срока. Лучше не думать об этом, чтобы не расстраиваться.

— Мы с Бренной решили, что пора устроить вечеринку.

Джуд опустилась на стул и с интересом взглянула на Дарси. Бабушка часто рассказывала ей об ирландских вечеринках. Много гостей, угощения, музыки и танцев. В доме часто не хватает места, и праздник выплескивается на улицу.

— Вы хотите устроить вечеринку?

— Нет. — Дарси ухмыльнулась. — Мы хотим, чтобы ты устроила вечеринку.

— Я? — изумилась Джуд. — Я не могу. Я не умею.

— Тебе и делать ничего не придется, — заверила ее Бренна. — Старая Мод в это время года всегда устраивала праздник. Галлахеры обеспечат музыку, желающих поиграть будет достаточно. А еду и напитки принесут гости.

— Ты только распахнешь двери своего дома и получишь удовольствие. Мы поможем тебе и всех известим. Пожалуй, через недельку, в следующую субботу. Вечер летнего солнцестояния — прекрасное время для вечеринки.

— Через неделю? — В ужасе воскликнула Джуд. — Но я не успею, никак не успею.

Дарси подмигнула ей.

— Еще как успеешь! Я же сказала, мы поможем, так что ни о чем не беспокойся. А можно взять твое красное платье? На лямочках и с жакетиком.

— Да, пожалуйста, но я, правда, не...

— Забудь! И мама моя поможет. — Бренна оставила Финна и села на стул рядом с Джуд. — Она с удовольствием смоется из дома, ей так надоели вопли Морин по поводу свадьбы! Я думаю, музыканты будут в гостиной, бочонки с пивом поставим на заднем крыльце.

— Надо передвинуть мебель, чтобы освободить место для танцев, — включилась Дарси. — А если погода позволит, можно кресла и стулья вынести во двор.

— В полнолуние бывает довольно светло, но мама предложила расставить в саду свечи. Так будет праздничнее, и никто спотыкаться не будет.

— Но я...

— Дарси, уговоришь Шона приготовить какую-нибудь нашу, ирландскую еду, — не дала ей договорить Бренна.

— Конечно, он все сделает, и еще от паба принесем бочонок пива и несколько бутылок вина и виски. Брен, может, твоя мама напечет своих знаменитых пирогов? Никто не печет так, как она.

— Да она с радостью.

— Господи! — Джуд казалось, что она тонет, а подружки, снисходительно улыбаясь, швырнули ей якорь вместо спасательного круга. — Даже боюсь спрашивать...

— Эйдан на этот вечер закроет паб, так что я прибегу пораньше и помогу, чем смогу. — Дарси довольно улыбнулась. — Ну, вот и договорились.

Джуд поняла, что сопротивляться бессмысленно, и обхватила голову руками.

— По-моему, все отлично. — Потирая руки, Дарси забралась в кабину грузовичка Бренны.

— Да, только, признаюсь, мне стыдно перед Джуд, ведь мы обвели ее вокруг пальца.

— Мы же ради нее стараемся.

— Да знаю! Когда мы уходили, она была совершенно бледная и заикалась, мне даже жалко ее стало. — Бренна завела мотор. — А правда, я очень кстати вспомнила, что папочка сделал предложение мамочке на вечеринке как раз в этом коттедже? Хорошее предзнаменование.

— Друзья должны помогать друг другу. — Может, кто-то и назвал бы Дарси Галлахер легкомысленной, но не было на свете друга более преданного, чем она. — Джуд по уши влюблена в Эйдана, но слишком застенчива, чтобы подталкивать его куда нужно. Праздник, музыка, и я прибегу пораньше, чтобы помочь ей стать такой красивой, что глаза Эйдана просто выскочат из орбит и шлепнутся на землю. Если это не поможет, ну, тогда я призна́ю, что мой братец безнадежен.

Бренна вздохнула.

— Насколько я могу судить, все мужчины Галлахеры безнадежны.

16

— И как прикажете устроить вечеринку, если я даже не знаю, сколько придет народа? Если у меня нет ни меню, ни графика, ни плана? — вопрошала Джуд.

У ее единственного слушателя Финна, похоже, не было ответа. Джуд упала в кресло в идеально чистой гостиной и закрыла глаза. Она драила дом уже несколько дней. Эйдан посмеивался над ней и уговаривал не принимать все так близко к сердцу. Мол, никто не станет рыскать по углам, а если кто-то и увидит пыль, то Джуд за это не депортируют.

Как будто он что-то понимает! В конце концов, он всего лишь мужчина.

К тому же чистота дома — единственное, что она может обеспечить.

— Это мой дом, — пробормотала Джуд. — А дом женщины является ее отражением. И неважно, в каком тысячелетии мы живем.

Она принимала гостей и раньше, и это были вполне приличные вечеринки. Но тогда она тратила на подготовку недели, если не месяцы, она планировала все, учитывала все мелочи.

И глотала таблетки пачками.

А теперь она должна распахнуть двери перед друзьями и совсем незнакомыми гостями.

Совершенно неизвестные ей люди не раз останавливали ее в деревне и спрашивали о вечеринке. Слава богу, она улыбалась вполне радушно и находила нужные слова, хотя сама умирала от неловкости. Это ее первая настоящая вечеринка в своем доме, в коттедже. Впервые она будет принимать гостей в Ирландии.

Боже милостивый, она ведь на другом континенте! Откуда ей знать, что здесь принято, а что нет?

Где бы найти таблетку аспирина размером с Ардморскую бухту?!

Пытаясь успокоиться, Джуд откинула голову на спинку кресла и закрыла глаза. Ей сказали, что не о чем беспокоиться — гости сами принесут посуду и горы еды. Она отвечает только за помещение.

И кого она пытается обмануть? Надвигается катастрофа!

Коттедж слишком мал. В доме просто не хватит места, даже если придет только половина из тех, кого пригласили.

А если дождь? Ее гости будут стоять под зонтами во дворе и ждать, пока она передаст им тарелки с едой из окна? А если все набьются в дом, то просто задохнутся от духоты. И уж точно неумеха-хозяйка Джуд Ф. Мюррей не сможет уделить всем внимание.

Хуже того, даже в эти последние дни она не могла отложить в сторону свою книгу. Джуд обещала себе заканчивать работу ровно в час дня. Она даже поставила таймер после того, как в первый раз пропустила положенное время, но выключила его, решив, что должна закончить абзац. Однако, когда она наконец оторвалась от своих занятий, оказалось, что уже четвертый час, а она еще не привела в порядок ни одну из ванных комнат, как собиралась.

А всего через несколько часов люди, которых она знать не знает, наводнят ее дом, желая поразвлечься.

Она не должна ни о чем тревожиться — ей уже сто раз это твердили. Неужели они не понимают, что она должна тревожиться обо всем? Это ее дом, и, черт побери, она неврастеничка, так как же она может не тревожиться?

Джуд испекла сладкие пироги, и они получились жесткими, как подметки. Даже всеядный Финн к ним не притронулся. Она предприняла вторую попытку, вышло немного лучше. Во всяком случае, щенок надкусил их, правда, есть все-таки не стал. Видно, ей никогда не получить награду за кулинарные успехи.

Она попробовала сделать жаркое по самому простому рецепту из кулинарной книги Старой Мод. Судя по внешнему виду и по аппетитному запаху, жаркое ей удалось. Даст бог, никто не отравится.

В духовке запекался окорок. Джуд уже три раза звонила бабуле, проверяя и перепроверяя, правильно ли все делает. Окорок был таким огромным, что ее уверенность таяла с каждой минутой. Если свинина как следует не запечется, ее гости все же рискуют своим здоровьем. Зато хоть в доме у нее чисто.

Слава богу, для мытья полов и окон особых талантов не требуется, и с уборкой она справилась.

Всю ночь шел дождь, с моря подступал туман, но к утру выглянуло солнце и пригрело по-летнему, радуя птиц и приподняв головки цветов.

Хорошо бы такая погода продержалась весь день.

Джуд распахнула сверкающие окна, чтобы проветрить комнаты. Ароматы роз и душистого горошка смешивались в воздухе и проникали в дом, действуя на Джуд умиротворяюще.

Цветы! Джуд вскочила с кресла. Она не срезала цветы!

Джуд бросилась в кухню за ножницами. Финн помчался за ней, потерял равновесие на натертом полу, заскользил и врезался головой в буфет.

Разумеется, пришлось его приласкать и утешить. Бормоча ласковые слова, Джуд вынесла его во двор.

— Побегай, только не разрывай клумбы, договорились?

Щенок взглянул на нее с обожанием и немного озадаченно, будто впервые слышал подобные слова.

— И не гоняйся за бабочками по цветам.

Джуд погладила щенка, взяла корзинку и вышла в сад. Она выбирала самые красивые цветы. Это занятие ее всегда успокаивало.

Если бы она решила остаться здесь навсегда, то расширила бы сад позади дома, построила бы с восточной стороны невысокую каменную стену, высадила бы вдоль нее розовые кусты и лаванду, а еще — много-много георгинов. С западной стороны можно было бы посадить пахучие растения, вьющиеся по садовым решеткам и легким аркам. Получился бы тенистый тоннель с дорожкой, окаймленной ромашками, тимьяном и трепетным водосбором.

Она поставила бы каменную скамью и вечерами, переделав все дела, сидела бы на ней и впитывала звуки и запахи ее мира, мира, который она создала собственными руками.

Покинувшая родину американская писательница среди прекрасных цветов в маленьком коттедже на Эльфийском холме. Она и ее собака. И ее любовник.

«Уф, хватит фантазировать», — приказала себе Джуд. Истекла половина времени, которое она отвела себе. Осенью она вернется в Чикаго. Даже если бы у нее хватило смелости отдать книгу издателю, все равно ей пришлось бы искать работу. Вряд ли она сможет вечно жить на свои сбережения. Это... неправильно.

Так ведь?

Наверное, придется опять преподавать. Вряд ли она сможет стать частным репетитором, значит, преподавание. Мысль о преподавании угнетала. Может, следует поискать место в маленькой частной школе, где существует хоть какая-то связь с учениками. И осталось бы время на собственное творчество. Она уже не сможет отказаться от того, что наконец обрела.

Можно переехать на окраину, купить маленький домик. Ничто не держит ее в чикагской квартире. Она устроит себе маленькую студию, решится предложить свою книгу издательству. Робость в таком важном деле неуместна. Нет, больше она не будет трусихой.

И она сможет приезжать в Ирландию на пару недель каждое лето. Она будет здесь отдыхать, навещать друзей. И Эйдана.

Нет, об этом лучше не думать. О следующем лете и обо всех других, и об Эйдане она подумает позже. А сейчас она должна дорожить каждым волшебным мгновением. Все это бесконечно ценно еще и потому, что временно.

И ей, и Эйдану придется идти своей дорогой дальше. Это неизбежно.

Или он пойдет вперед, а она отступит назад. Но, что бы с ней ни случилось, она никогда не вернется к прежнему. Она уже другая. Она теперь знает, что может строить жизнь по-своему. И, даже не похожая ни на одну из ее фантазий, ее жизнь не будет скучной и бесполезной.

Она сможет стать счастливой, она сможет чего-то добиться. Последние три месяца научили ее верить в себя, в свои способности. И теперь она обязательно закончит то, что начала.

Джуд мысленно похвалила себя, и в этот момент Финн счастливо залаял и бросился к садовой калитке прямо по фиалкам.

— Добрый день, Джуд! — Молли О'Тул открыла калитку, вошла и выпустила Финна, чтобы малыш побегал с Бетти. Обе собаки радостно рванули к холмам. — Я решила узнать, не нужно ли чем-нибудь помочь.

— Поскольку я понятия не имею, что делать, вы ответите лучше меня. — Джуд взглянула на свою корзинку и вздохнула: — Я срезала слишком много цветов.

— Цветов никогда не бывает слишком много.

Молли всегда находит правильные слова, с благодарностью и восхищением подумала Джуд.

— Я так рада, что вы пришли.

Молли небрежно отмахнулась, но щеки ее порозовели от удовольствия.

— Да что вы! Но очень приятно это слышать.

— Я серьезно. Мне всегда спокойнее рядом с вами, как будто ничего плохого не может случиться.

— Ну, я польщена. А вы боитесь чего-то плохого?

— Всего. — Однако Джуд произнесла это с улыбкой. — Пожалуйста, отдохните в доме, пока я поставлю цветы в воду. А потом можете указать мне тыщу дел, которые я забыла сделать.

— Уверена, вы ничего не забыли, я лучше помогу вам с цветами.

— Я подумывала расставить их по всему дому в бутылках и банках. У Мод не было настоящих ваз.

— Она любила именно так, как вы задумали. Повсюду расставляла свои цветы. Вы похожи на нее больше, чем вам кажется.

— Правда? — Как ни странно, Джуд было приятно услышать, что она похожа на женщину, которую сама никогда не знала.

— Да. Вы ухаживаете за цветами и подолгу гуляете, уединяетесь в своем маленьком домике и держите дверь открытой для друзей. У вас ее руки, как я уже говорила, и что-то от ее души.

— Она жила одна. — Джуд обвела взглядом опрятный маленький дом. — Всегда.

— Ее это устраивало. Но, живя одна, она не была одинока. Она никого не полюбила после своего Джонни, или, как она говорила, не нашлось в этой жизни другого мужчины, которого она смогла бы полюбить. — Они вошли в дом, и Молли принюхалась. — У вас в духовке окорок? Чудесный аромат!

— Вы так думаете? — Подходя к кухне, Джуд осторожно втянула носом воздух. — Молли, пожалуйста, взгляните на него. Это мой первый опыт, и я нервничаю.

— С удовольствием.

Молли открыла духовку, а Джуд поставила свою корзинку и нервно закусила губу.

— Прекрасно. И почти готово, — объявила Молли, проверив, легко ли отходит корочка. — Судя по запаху, на завтра вам ни крошки не останется. Мой Мик обожает запеченную свинину, вот уж он обрадуется!

— Вы не шутите?

Молли закрыла духовку.

— Джуд, я никогда не встречала женщину, которую бы так удивляла похвала.

— Вот такая я странная. — Джуд улыбнулась, пытаясь обратить свои слова в шутку.

— Ну, вам лучше знать. И в доме все блестит. Мне осталось лишь дать вам совет.

— Приму с удовольствием.

— Когда расставите цветы и достанете окорок из духовки, поставьте его куда-нибудь повыше, чтобы щенок не добрался. У меня такое случалось.

— Дельный совет. Спасибо.

— И примите горячую ванну. Не спеша. С пеной. Солнцестояние — отличное время для вечеринки и еще лучшее для романа. — Молли по-матерински похлопала Джуд по щеке. — Наденьте красивое платье и потанцуйте с Эйданом под луной. Остальное, обещаю вам, случится само собой.

— Я даже не знаю, сколько народа придет.

— Десять человек или сто десять. Какая разница?

— Сто десять? — Джуд охнула и побледнела.

— И каждый из них придет повеселиться. — Молли поставила на столик бутылку с цветами. — А как иначе? Ведь это праздник. Вы увидите, ирландцы умеют веселиться и веселить.

— А если не хватит еды?

— О, об этом уж точно не беспокойтесь.

— А если...

— А если лягушка перепрыгнет через луну и упадет на ваше плечо? — Молли всплеснула руками. — Вы сделали ваш дом красивым и гостеприимным. Сделайте то же самое для себя, а остальное получится само собой.

Хороший совет, решила Джуд, хотя и не перестала нервничать. Но поскольку и впрямь не было более надежного средства расслабиться, она нежилась в своей любимой ванне на львиных ножках, пока кожа не порозовела, а вода не остыла.

Затем Джуд открыла купленный в Дублине крем, втерла его в кожу и почувствовала себя неотразимо женственной.

А теперь неплохо бы подремать... С этой мыслью она вошла в спальню и взвизгнула.

— Финн! О нет!

Посреди ее кровати щенок вел яростную войну с подушками. Перья летели во все стороны. Обернувшись к хозяйке с разодранной подушкой в зубах, он победно застучал хвостом.

— Плохо. Плохая собака! — Отмахиваясь от летающих в воздухе перьев, Джуд бросилась к кровати. Предвкушая веселую игру, щенок спрыгнул на пол и бросился к двери, оставляя за собой след из перьев.

— Нет, нет, нет! Прекрати. Финн, вернись сию же минуту.

Джуд помчалась за щенком, на ходу подбирая перья, и догнала его лишь у подножия лестницы. И совершила ошибку, ухватившись за подушку вместо негодника.

Перетягивание каната? Его глаза разгорелись озорным огнем. Весело ворча, не выпуская из зубов подушку, он замотал головой, расшвыривая вокруг перья.

— Отпусти! Черт, посмотри, что ты наделал! — Джуд попыталась ухватить щенка за загривок, подскользнулась на натертом воском, усыпанном перьями паркете и, успев лишь коротко взвизгнуть, на животе пролетела через всю гостиную.

Джуд услышала, как распахнулась входная дверь, оглянулась... *Влипла! Хуже не придумаешь.*

— Чем это ты занята, Джуд Фрэнсис? — Эйдан оперся о дверной косяк, Шон с любопытством выглянул из-за его плеча.

— Да так... — Она откинула волосы и перья с лица. — Ничем особенным.

— Я-то думал, что ты скребешь дом и натираешь полы, как всю предыдущую неделю, а ты играешь с собакой.

— Ха-ха. — Джуд попыталась сесть, потирая ушибленный локоть. Финн подскочил и, распираемый победной гордостью, разжал зубы и выпустил подушку у ног Эйдана. — Вот-вот. Отдай ему чертову подушку.

— Похоже, ты ее победил, малыш? — похвалил Эйдан щенка, погладил его и подошел к Джуд, протягивая ей руку. — Ты не ушиблась?

— Нет. — Джуд хмуро взглянула на него, отбросила его руку, перевела мрачный взгляд на хихикающего Шона. — Он разбросал перья по всему дому. И сколько понадобится дней, чтобы все их собрать?

— Можешь начать со своих волос. — Эйдан нагнулся, обхватил ее за талию и поставил на ноги. — Ты вся в перьях.

— Отлично. Спасибо за помощь. А теперь извините, у меня дела.

— Мы принесли из паба бочонки с пивом. Поставим их на заднем крыльце. — Эйдан сдунул перышко с ее щеки, наклонился к ней. — Ты чудесно пахнешь, — прошептал он прежде, чем она его отстранила. — Уйди, Шон.

— Нет, не смей. У меня на это нет времени.

Эйдан притянул к себе Джуд.

— И закрой за собой дверь.

— Только заберу пса. Похоже, он свое дело сделал. Идем, страшный зверь. — Прихватив щенка, Шон захлопнул за собой дверь.

— Я должна убрать этот ужас.

— Успеешь.

— Я не одета.

— Я заметил. — Подтолкнув ее к стене, он провел ладонями по ее телу. — Поцелуй меня, Джуд Фрэнсис. Поцелуй меня так, чтобы я смог продержаться до конца этого длинного дня.

Не в ее силах было отказать ему. Джуд обвила руками его шею, рывком притянула к себе и впилась жадными губами в его губы.

Он шумно вобрал в себя воздух, как тонущий человек, причем тонущий по своей охоте, и обхватил ее бедра, напомнив о той ночи, когда потерял терпение и сдержанность.

Джуд задрожала от восторга, упиваясь своей властью над ним. Он принадлежит ей, пока она рядом. И он хочет ее. От ее близости колотится его сердце. И эта ее власть — самая истинная власть в мире.

Дверь, распахнувшись, ударилась о стену, но Джуд не оторвалась от его губ. Наплевать! Пусть сюда врывается кто угодно, любой мужчина, женщина или ребенок из этой деревни.

— Святая Мария и Иосиф, — простонала Бренна. — Неужели вам больше нечего делать? В любой момент сюда нахлынет толпа.

— Она просто завидует, — пробормотала Джуд, уткнувшись в шею Эйдана.

— Подумаешь, какая-то дурочка целует Галлахера. Я найду для зависти что-нибудь получше.

— Наверное, она опять злится на Шона. — Эйдан
зарылся лицом в волосы Джуд. Он едва мог дышать,
но ему было все равно. Он мог бы простоять так целую вечность.

— Все мужики тупицы, а твой никудышный братец самый тупой из всех.

— Ой, хватит жаловаться на Шона, — приказала ворвавшаяся в дом Дарси. — Что здесь случилось? Джуд, по всему дому раскиданы перья. Отце-
пись от парня, ты должна одеться. И я тоже. Эйдан,
дуй отсюда и помоги Шону с бочонками. Он один
не справится.

Эйдан лишь повернул голову и прижался щекой
к щеке Джуд. Увидев выражение его лица, Дарси впала в ступор и молча таращилась секунд десять, затем
подтолкнула Бренну к кухне.

— Мы отнесем еду на кухню и возьмем швабру.
Пошли!

— Хватит толкаться. Черт побери, я уже видеть
не могу этих Галлахеров.

— Тихо, тихо. Я должна подумать. — Разволно-
вавшаяся Дарси опустила принесенные блюда на рабочий стол и заметалась по кухне. — Он ее любит.

— Кто кого?

— Эйдан любит Джуд.

— Боже милостивый, Дарси, ты это уже говорила.
Потому мы все это и затеяли.

— Не влюблен, а любит. Ты видела его лицо?
Я должна присесть. — Дарси плюхнулась на стул
и резко выдохнула. — Я не понимала, не до конца.
Все это казалось мне игрой, но теперь... Ты видела, как он вцепился в нее? Никогда не представляла
ничего подобного. Бренна, когда у парня такой вид,

женщина может делать с ним все, что захочет, может разрезать на куски его сердце, отвинтить ему голову.

— Джуд и мухи не обидит.

— Ну, не специально, конечно. — Дарси не на шутку встревожилась. Эйдан был ее надежной опорой, а сейчас он выглядел таким беззащитным. — Разумеется, он ей не безразличен, и она захвачена их романом.

— Тогда в чем проблема? Мы так и думали.

— Ничего мы не думали. — Дарси так долго ухитрялась ускользнуть от любви, что могла узнать ее с первого взгляда. — Бренна, Джуд образованная, у нее после фамилии куча всяких научных званий, она живет в Чикаго. У нее там семья, работа, прекрасная квартира. — Отчаяние разрывало сердце Дарси. — Неужели ты не понимаешь? Он не может уехать, а она не может остаться! О чем я думала, когда сводила их?

— Ты их не сводила. Они уже были вместе, — возразила Бренна, но беспокойство Дарси передалось и ей. Она достала швабру. Ей всегда лучше думалось, когда руки были заняты делом. — Случится то, что должно случиться. Мы всего лишь надоумили ее устроить вечеринку.

— В день солнцестояния, — напомнила Дарси. — В день летнего солнцестояния. Мы испытываем судьбу, и если все пойдет наперекосяк, виноваты будем мы.

— Если мы испытываем судьбу, так не будем ей мешать. Больше нам ничего не остается, — заявила Бренна и взялась за уборку.

Джуд надела голубое платье, еще одно дублинское приобретение. Она бы никогда его не купила, если бы не Дарси, но сейчас благословила и Дарси, и свою покорность.

Это было длинное, до лодыжек, струящееся платье, очень простое, без всяких оборочек и воланчиков, на узких бретелях, нежно-голубое, как лунный свет. К нему очень подошли крохотные жемчужные сережки, тоже символы луны.

Джуд безумно хотелось последовать совету Молли и потанцевать с Эйданом под полной луной.

Но пока самый длинный день года еще не закончился. За окном сияла небесная синева и зелень холмов. Воздух благоухал ароматами цветов. Джуд смотрела, слушала, впитывала. В ее доме уже звучала музыка, танцевали и смеялись люди. И казалось, что природа радуется вместе с ними.

Уже была съедена половина ее огромного окорока под одобрительные отзывы гостей. Она сама ухватила пару кусочков, но от возбуждения ничего не смогла съесть, а только иногда отпивала вино из своего бокала.

Парочки танцевали и в прихожей, и на кухне, и во дворе. Кто-то нянчил малышей, кто-то с удовольствием обменивался новостями. Сначала Джуд еще пыталась как хозяйка перекинуться с гостями хотя бы несколькими словами, проследить, у всех ли есть стакан и тарелка. Однако оказалось, что никому не нужна ее забота. Взрослые не забывали наполнять свои тарелки, заглядывая на кухню, где стояли блюда, усаживались за импровизированный стол, поставленный рядом с домом. Дети постарше носились по двору, малыши лежали или сидели на материнских коленях. Если кому-то из малышей требовалось молоко или внимание, он тут же получал и то, и другое. Здесь было много знакомых лиц, но более половины своих гостей Джуд никогда прежде не видела.

Неожиданно для самой себя она сделала то, чего никогда не делала прежде на своих вечеринках: села и стала наслаждаться происходящим. Оказавшись между Молли О'Тул и Кейти Даффи, Джуд вполуха слушала их разговор, забыв о тарелке с куском торта, которую держала на коленях.

Шон играл на скрипке быструю задорную мелодию, и Джуд в который раз пожалела, что не умеет танцевать. Дарси, великолепная во взятом у Джуд красном платье, играла на флейте, а Эйдан — на маленьком аккордеоне. Иногда они менялись инструментами или брали другой. Свистульки, ирландский бубен, миниатюрная арфа переходили из рук в руки.

А когда начинали звучать голоса, проникновенное и трогательное пение разрывало ей сердце.

Когда Эйдан пел о вечно девятнадцатилетнем Вилли Макбрайде, Джуд думала о Джонни, погибшем возлюбленном Мод, и не стыдилась своих слез.

Душераздирающая баллада сменилась ритмичной чечеткой. И каждый раз, когда Эйдан смотрел на Джуд и улыбался ей, ее бросало в жар.

Бренна устроилась на полу, положив голову на колени матери, и Джуд передала ей тарелку с тортом.

— Он так играет, — прошептала Бренна, — что забываешь, какой он тупица.

— Они все потрясающие. Они должны играть на сцене, а не в гостиной.

— Шон играет для собственного удовольствия. Если честолюбие вдруг проснется и треснет его молотком по голове, даже вмятины не останется.

— Не всем нужно все и сразу, как тебе и твоему отцу, — кротко сказала Молли, погладив волосы дочери.

— Чем больше делаешь, тем больше сделано.

— Милая, ты истинная дочь Мика. Оставь-ка грустные мысли и потанцуй вместе с сестрами.

— А ведь верно! Я не только О'Тул, но и Логан. — Оживившись, Бренна вскочила и взяла мать за руку. — Потанцуем, мам, если, конечно, ты не чувствуешь себя дряхлой старушкой.

— Я запросто тебя перетанцую.

Когда Молли начала выделывать быстрые сложные па, раздались одобрительные возгласы и свист. Другие танцоры расступились и захлопали в ладоши.

— А знаете, Джуд, Молли в свое время лучше всех танцевала чечетку, — сообщила Кейти. — И передала это искусство своим дочерям. Хороши девчонки, не правда ли?

— О, да. Вы только взгляните на них!

Одна за другой дочки Молли присоединились к ней, и вскоре уже шесть маленьких золотоволосых женщин, подбоченившись, выбивали чечетку по трое в ряд напротив друг друга. Чем быстрее играла музыка, тем стремительнее мелькали их ноги.

Джуд не просто удивлялась невероятной ловкости и красоте женщин О'Тул, у нее дыхание перехватывало от восторга и зависти. Чувствовались крепкие узы, узы сестры с сестрой, матери с дочерьми. Музыка была еще одним связующим звеном.

Эйдан прав, поняла Джуд. Не только легенды и мифы составляют культуру этой страны. Если пишешь об Ирландии, нельзя обойти музыку.

Военные гимны и застольные песни, баллады и головокружительные танцевальные мелодии, их веселье, их ирония и отчаяние. Джуд решила непременно этим заняться, а пока с восхищением смотрела на отбивающих чечетку женщин О'Тул.

В комнате уже было не протолкнуться, и с последней нотой, с последним перестуком ног гости, стянувшиеся со всего дома и с улицы, разразились аплодисментами.

Бренна, пошатываясь, подошла к Джуд и опустилась на пол у ее ног.

— Мама права. Мне за ней не угнаться. Она просто чудо. — Смахнув пот со лба, Бренна вздохнула: — Сжальтесь хоть кто-нибудь, принесите мне пива.

— Я принесу. Ты заслужила. — Джуд вскочила на ноги и попыталась протиснуться на кухню. По дороге она, смеясь, отклонила несколько приглашений на танец, с гордостью выслушала похвалы окороку, а комплименты ее внешности вызвали у нее подозрения, что кое-кто злоупотребил пивом.

Вот наконец и кухня. Джуд вздрогнула, когда ее схватили за руку. Эйдан? Оказывается, он следовал за ней.

— Пойдем, подышим воздухом.

— Я обещала принести Бренне пива.

— Джек, будь другом, отнеси Бренне кружечку пива! — крикнул Эйдан, увлекая Джуд во двор.

— Вы так чудесно играете, но ты, наверное, устал?

— Как все Галлахеры, я люблю играть на разных инструментах. — Он протащил ее мимо мужчин, столпившихся у задней двери, к извилистому ручейку горящих свечей. Крошечные язычки пламени трепетали в траве. — Но сегодня это помешало мне быть рядом с тобой и сказать, как ты прекрасна. Ты распустила волосы. — Он погрузил пальцы в ее волосы.

— Так больше подходит к этому платью. — Джуд откинула волосы назад, подняла глаза к небу. Оно было темно-синим, но не мрачным благодаря огромному белому диску луны.

Волшебная ночь с тенями и светом и с танцующими феями.

— Я глазам своим не верю. Мне говорили, что не о чем волноваться, что все получится, и были правы. Наверное, самое лучшее в жизни совершается само собой.

Они приблизились к тому месту, на котором Джуд мысленно представляла свою беседку. За их спинами, будто в Рождество, сиял огнями дом, о котором она теперь думала с благодарностью и гордостью. Играла музыка, доносились голоса и взрывы смеха.

— Так и должно быть, — прошептала Джуд. — В доме должна звучать музыка.

— У тебя будет музыка, когда бы ты ни захотела. — Джуд улыбнулась, скользнула в его объятия, и он закружил ее в танце, точно так, как ей виделось во сне.

Волшебно, думала она. Музыка и магия. Длинная ночь и лунный свет.

— Знаешь, Эйдан, если ты приедешь в Америку и сыграешь хотя бы одну мелодию, то получишь контракт, даже не успев доиграть ее до конца.

— Это не для меня. Мое место здесь.

Магия и музыка, и лунный свет придали ему решительности, хотя он еще не успел подобрать нужных слов.

— И твое тоже. Зачем тебе возвращаться? Ты счастлива здесь.

— Я очень счастлива здесь. Но...

— Разве этого мало? Разве нельзя просто быть счастливой?

Его резкий тон озадачил ее.

— Наверное, можно, но я должна работать. Я должна зарабатывать деньги, чтобы содержать себя.

— Ты можешь и здесь найти работу.

«У меня уже есть работа, — подумала она. — Теперь я знаю, что такое любимое дело. Я нашла его именно здесь. Но с привычками нелегко расставаться».

— Насколько я знаю, Ардмор не испытывает особой нужды в преподавателях психологии.

— Тебе же не нравилась твоя работа.

Джуд занервничала. Эйдан затронул больную тему, а у нее не было веских доводов, чтобы ему возразить.

— Это моя профессия.

— Ты можешь делать что-нибудь другое. Я хочу, чтобы ты осталась здесь со мной, Джуд. — Ее сердце дрогнуло от этих слов, а Эйдан продолжил: — Мне нужна жена.

Джуд не поняла, что произошло с ней, ее словно оглушил гром и пронзила молния. Он и вправду произнес эти слова или ей только показалось?

— Повтори, что ты сказал.

— Мне нужна жена. Я думаю, ты должна выйти за меня замуж, а об остальном поговорим позже.

17

— Тебе нужна жена, — повторила Джуд медленно, хотя ей безумно хотелось прокричать эти слова.

— Да. — Совсем не так он хотел сделать ей предложение, но отступать было поздно. — Мы нужны друг другу. Мы подходим друг другу, Джуд. Зачем возвращаться к жизни, которая тебя не устраивала, если здесь ты нашла то, что хотела?

— Понимаю. — Нет, ни черта она не понимала. Она словно ослепла, погрузившись в темную мутную воду. — Значит, ты считаешь, что я должна остаться здесь и выйти за тебя замуж, потому что тебе нужна жена, а мне нужна другая жизнь?

— Да. Нет. — Что-то неправильное было в ее словах. Что-то не совсем правильное в ее тоне. Но ему необходимо было все прояснить. — Я вполне могу содержать тебя, если ты не сразу найдешь себе дело по душе, а пока ты будешь вести хозяйство, заниматься домом. Паб процветает. Я не нищий, может, это и не тот стиль жизни, к которому ты привыкла, но мы справимся.

— Мы справимся. Ты, значит, будешь содержать меня, пока я буду бездельничать и подыскивать то, что мне подходит?

— Послушай меня, — сделал еще одну попытку Эйдан. — Твоя жизнь здесь, вот что я говорю. Твоя жизнь здесь, со мной.

— Неужели? — Джуд отвернулась, пытаясь сдержать что-то темное и бурлящее, вскипающее в ней. Она не понимала, что бурлит в ней, боялась выпустить это наружу, но чувствовала нарастающую опасность. Да, она уже хорошо знала, что ирландцы — натуры поэтические, что завораживающие слова сами собой льются с их языков.

И вот, во второй раз в жизни она слышит, что должна выйти замуж потому, что подходит мужчине.

Уильяму тоже нужна была жена, чтобы упрочить свое положение, выглядеть респектабельно перед коллегами и начальством. А ей, разумеется, нужен мужчина, который будет указывать, что делать, когда и как. Ему жена, ей жизнь. Что может быть логичнее?

В первый раз ей говорили, что она должна повиноваться, быть тихой и кроткой. Сейчас это ее бесило, сейчас ей не хотелось вспоминать об этом. Сейчас ее так же бесило, и ей не хотелось в этом признаваться даже самой себе, как сильно та, прежняя Джуд хочет того же с Эйданом.

Но она изменилась. Изменилась гораздо больше, чем думала. Она продолжает меняться и не хочет останавливаться. Она не хочет, чтобы ею кто-то руководил из-за того, что она, видите ли, неспособна найти свой собственный путь.

— Мне здесь больше нечего делать, Эйдан. — Взяв себя в руки, Джуд повернулась, вгляделась в его освещенное лунным светом лицо. — Наше время истекло. Эти месяцы не вся жизнь. Я пытаюсь разобраться в своей жизни. Хочу чего-то достичь, хочу измениться.

— Меняйся со мной. — Он чувствовал, что теряет ее. Он не знал, как исправить ошибку. — Я же тебе не безразличен, Джуд.

— Разумеется. — Каким-то образом ей удалось сохранить дружеский тон, хотя то темное и опасное еще бурлило в ней. — Брак — серьезный шаг, Эйдан. Я однажды уже сделала его, ты — нет. И я не готова снова взваливать на себя подобные обязательства.

— Это смешно.

— Я не закончила. — Ее голос стал ледяным. — Я не собираюсь снова взваливать на себя подобные обязательства, потому что не доверяю и себе, и мужчине, и обстоятельствам, не верю в долговечность этих обязательств. Больше никто не посмеет меня бросить!

— Неужели ты думаешь, что я могу тебя бросить? — Возмутившись, Эйдан схватил ее за руки. — Ты стоишь передо мной и сравниваешь меня с человеком, который нарушил данную тебе клятву?

— Другого примера у меня нет. Мне жаль, что я огорчила тебя. Но в мои ближайшие планы брак не входит. Спасибо за предложение. А теперь мне пора возвращаться. Я оставила без внимания своих гостей.

— Черт с ними! Мы должны все решить.

— Мы все решили. — Вымученно улыбаясь, Джуд отвела его руки. — Если я недостаточно точно выразилась, я повторю. Нет, Эйдан, я не выйду за тебя замуж, но спасибо за предложение.

Как только Джуд это произнесла, гром грянул над холмами, вспыхнула молния, разбежавшись тонкими белыми трещинами по небесной чаше. Поднялся ветер, яростно и горько зарыдали колокольчики над ее крыльцом.

Странно, подумала она, я чувствую то же самое. Ярость и горечь.

Эйдан тупо смотрел ей вслед. Она сказала «нет». Он просто не был готов к тому, что она может сказать «нет». Он свыкся с мыслью о том, что они поженятся. Он знал, что нашел свою единственную. Для него навсегда останется только она одна.

Разъярившийся ветер взметнул его волосы. От нового удара молнии в воздухе запахло озоном. Эйдан неподвижно стоял на пути надвигающейся бури, пытаясь привести мысли в порядок.

Ее надо убедить. Ей просто нужно время. Время, и ничего больше, думал он, потирая ладонью грудь. Эта боль была для него внове. Ничего, пройдет. Она образумится, а как же иначе? Дураку ясно, что они должны быть вместе, что они необходимы друг другу.

Надо просто доказать ей, как она может быть счастлива здесь, как искренне он будет о ней заботиться. Ее уже предавали, но он никогда ее не предаст. Она осторожничает, вот и все. Он захватил ее врасплох, но теперь она знает о его намерениях, и она передумает. Уж он постарается.

Галлахеры не бегут с поля боя при первом залпе орудий, напомнил он себе. Галлахеры держатся. И Джуд Фрэнсис Мюррей предстоит узнать, каково оно — упорство Галлахеров.

С каменным лицом — уж тут он ничего не мог поделать — Эйдан зашагал к дому. Если бы он поднял глаза, то, наверное, увидел бы в верхнем окне женщину с распущенными по плечам светлыми волосами и скользящей по бледной щеке, сверкающей, как бриллиант, единственной слезинкой.

* * *

Джуд постаралась взять себя в руки и умудрилась дотянуть до конца вечеринки. Она улыбалась, танцевала, разговаривала. Среди множества людей было нетрудно избегать Эйдана. Труднее было выпроводить его, когда все начали расходиться. Она сослалась на ужасную усталость, что было правдой. Я должна выспаться, говорила она ему.

Какой там сон! Тяжелые мысли бередили душу. Когда дом опустел, она переоделась и принялась за уборку.

Джуд собрала все тарелки и стаканы, перемыла, вытерла, расставила по местам. На это потребовались часы, и она окончательно вымоталась, на что и рассчитывала. Тело взывало об отдыхе, но беспокойные мысли не отпускали ее. И она принялась подметать, вытирать, отмывать.

В какой-то момент Джуд услышала женские рыдания, доносившиеся со второго этажа, но предпочла не обращать на них внимания. Ей тоже хотелось разрыдаться, и ни к чему растравлять себя чужими страданиями. Ее слезы не помогут Красавице Гвен, никому они не помогут.

Она вернула на свои места стулья и кресла, прошлась по полу щеткой и, бледная, с темными кругами под глазами, поднялась в свою спальню.

Джуд не плакала. Все силы ушли на уборку, их не осталось даже на то, чтобы раздеться. Она плюхнулась на кровать, вжалась лицом в подушку, приказала себе ни о чем не думать и провалилась в сон.

Ей снилось, как она танцует с Эйданом в серебристом свете огромной луны на цветущем лугу.

Ей снилось, как она летит с ним на крылатом коне над изумрудными зелеными полями, бурными морями и неподвижными синими озерами.

Все это Эйдан бросил к ее ногам. Она слышала его голос. Он дарил ей эту чарующую, волшебную страну. Он дарил ей их общий новый дом, дарил ей их будущих детей.

Возьми все это, возьми меня, говорил он.

Но она ответила «нет». Она должна была ответить «нет». Это не ее страна, не ее родина, не ее дом, не ее семья. Все это не может принадлежать ей, пока она сама не станет сильной, пока не доверится ему целиком, пока не поверит в его долгую любовь, в его верность.

И она осталась одна в своем сне, потому что во всех его обещаниях не было одного-единственного важного слова — «любовь»...

Когда Джуд проснулась, высоко в небе ярко сияло солнце, а она плакала.

Джуд не выспалась и чувствовала себя совершенно разбитой. Голова кружилась, мысли путались. Знакомые симптомы — жалость к себе, депрессия. После крушения ее брака она еще долго чувствовала то же самое.

Беспокойные ночи, бесконечные тоскливые дни. Горечь, растерянность.

«Я не допущу больше ничего подобного, — пообещала себе Джуд. — Теперь я умею справляться с обстоятельствами, принимать решения. Главное — не ныть, не распускаться ни на минуту».

Она нарвала цветов, собрала букет, перевязала стебли красивой ленточкой и вместе с Финном и Бетти отправилась на могилу Мод.

Ночная буря, побушевав немного, так и не разразилась ливнем. На юго-западе еще клубились облака, но воздух был теплым. Прибой выводил свою ритмичную мелодию, а на холмах лютики подставляли солнцу золотистые головки. Промелькнул белохвостый кролик, и в то же мгновение Бетти пулей метнулась за ним, но буквально через несколько секунд вернулась с виноватой мордой и болтающимся языком, мол, сама не знаю, что это на меня нашло.

Джуд минут пять наблюдала, как щенок мельтешит вокруг Бетти, катается по земле, радостно тявкает, и ее настроение немного улучшилось. А когда подошли к старому кладбищу, она почти совсем успокоилась и присела у могилы рассказать Мод последние новости.

— Вчера в твоем доме была вечеринка. В коттедже снова звучала музыка и было полно гостей. Две сестры Бренны О'Тул пришли со своими женихами. Они очень счастливые, все четверо, и Молли просто сияла, глядя на них. Я танцевала с мистером Райли. Он такой старый, что я боялась, как бы он не рассыпался, но еле за ним поспевала.

Засмеявшись, Джуд откинула волосы.

— А потом мистер Райли попросил меня выйти за него замуж, и теперь я знаю, что меня здесь приняли. Я запекла окорок. Я сделала это впервые, но у меня получилось. Даже не осталось ни крошки для собак. Поздно вечером Шон Галлахер спел «*Four Green Fields*»[1] так трогательно, что не осталось ни пары сухих глаз. Я никогда прежде не устраива-

---

[1] «*Четыре зеленых поля*» — песня ирландского музыканта, крестного отца ирландской музыки, Томми Макема.

ла вечеринок, где люди так бы смеялись и плакали, пели и танцевали, а теперь не представляю, как может быть иначе.

— Почему вы не рассказываете ей об Эйдане?

Джуд медленно подняла голову. Появление Кэррика по другую сторону могилы ее не удивило. Теперь оно не кажется ей странным — еще одно чудо. Однако она удивленно вскинула брови, заметив гнев, сверкающий в его глазах, и злое выражение его лица.

— Эйдан был там, — ответила она. — Он прекрасно пел и играл на разных музыкальных инструментах, принес из паба столько пива, что можно было бы пустить в плавание линкор.

— Он гулял с вами под луной и предложил стать его женой.

— Да, он гулял со мной под луной. И он сказал, что ему нужна жена, и я подошла бы на эту роль.

Джуд опустила глаза, увидела, как щенок обнюхивает сапоги Кэррика из мягкой темной кожи.

— И что вы ответили?

Джуд обхватила руками колени.

— Если вы так много знаете, то знаете и остальное.

— Нет! — взорвался он. Трава затрепетала и пригнулась к земле. — Вы отказали ему, потому что глупы. — Он ткнул пальцем в ее сторону, и, хотя их разделяло несколько футов, она почувствовала укол в плечо. — Я считал вас умной женщиной, образованной и воспитанной, добросердечной и сильной. Теперь я вижу, что вы эгоистичны, трусливы, упрямы и у вас недоброе сердце.

— Поскольку вы столь низкого мнения обо мне, не стану навязывать вам свое общество. — Джуд поднялась, гордо вскинула голову, повернулась и охнула, наткнувшись на него.

— Вы останетесь здесь, пока я не разрешу вам уйти.

Впервые она услышала властность и угрозу в его голосе. Ей захотелось спрятаться, исчезнуть, и именно поэтому она не сдалась.

— Остаться? Я имею право идти, куда хочу. Это мой мир.

В его глазах засверкали молнии, небо потемнело и затянулось тучами.

— Этот мир был моим, когда вы, люди, еще прятались по пещерам. Он будет моим и после того, как вы превратитесь в пыль. Помните об этом!

— И почему я спорю с вами? Вы иллюзия. Миф.

— Я так же реален, как и вы. — Кэррик схватил Джуд за руку, и его рука оказалась крепкой и теплой. — Я ждал вас триста лет. Если я ошибся и должен ждать еще триста, я хочу знать, почему. Так что объясните мне, почему вы отказали мужчине, когда он попросил вас стать его женой.

— Потому что я сделала свой выбор.

— Выбор, — презрительно повторил Кэррик и отвернулся. — О, вы, смертные, и ваш проклятый выбор! Вечно с ним носитесь, но судьба настигнет вас в конце концов.

— Может быть, однако до тех пор мы сами выбираем, как нам жить.

— Даже если выбираете неправильно? — Он повернулся к ней, искренне озадаченный.

— Да, даже если неправильно. Мы такими созданы, Кэррик. Мы не можем изменить свою природу, свой характер.

— Вы любите его? — Кэррик увидел ее сомнения и улыбнулся. — Леди, вы возьмете на себя труд солгать иллюзии и мифу?

— Нет, я не стану лгать. Я люблю его.

Кэррик со стоном воздел руки к небу.

— Тогда почему вы не хотите принадлежать ему?

— Я никогда больше не стану ничьей вещью. — Голос Джуд окреп, в нем зазвучала уверенность. — Если я и буду принадлежать кому-то, то только на равных правах. Я когда-то отдала себя мужчине, который не любил меня, потому что это казалось разумным, и потому...

Джуд закрыла глаза на мгновение, понимая, что никогда не признавалась в этом даже самой себе.

— Потому что боялась остаться одна. Ничто не пугало меня больше, чем одиночество. Но я поняла, что это неправильно. Я учусь жить одна, учусь любить себя, уважать себя такой, какая я есть.

— Значит ли это, что, научившись быть одинокой, вы должны оставаться одинокой?

— Нет. — Джуд вскинула руки и резко повернулась. — Мужчины... — пробормотала она. — Почему мужчинам надо все раскладывать по полочкам? Просто для того, чтобы стать счастливой, необязательно выходить замуж. Я не изменю свою новую жизнь, не стану рисковать, бросаясь очертя голову в замужество, только если не захочу этого больше жизни. Я не выйду замуж, пока не пойму, что для моего мужчины я на первом месте. Я, Джуд Фрэнсис Мюррей.

Последние слова она почти выкрикнула, прижав руку к сердцу. Кэррик задумчиво смотрел на нее.

— На меньшее я не соглашусь. Да, я люблю Эйдана, да, мы любовники, но я не стану падать в обморок от восторга, услышав, что ему нужна жена и на меня пал его выбор. На этот раз выбирать буду я, уж будьте уверены.

Раскрасневшаяся, запыхавшаяся, Джуд с вызовом взглянула на Кэррика и вдруг поняла: она только что облекла в слова все, что копилось в ней. Да, она никогда-никогда не согласится на меньшее.

— Я думал, что не понимаю смертных, — помолчав, произнес Кэррик. — Но теперь я думаю, что не понимаю смертных женщин. Объясните же мне, Джуд Фрэнсис, почему одной любви мало?

Она тихо вздохнула.

— Вот так уж.

— Почему вы говорите загадками?

— Потому что, пока вы сами не поймете, бесполезно объяснять. А когда поймете, то никаких объяснений не понадобится.

Кэррик что-то пробормотал по-гэльски, покачал головой.

— Помните, что выбор, единожды сделанный, может сотворить судьбу или разрушить ее. Запомните это.

И он растворился в воздухе.

Эйдан злился на женщин не меньше Кэррика. Он посмеялся бы, если бы ему сказали, что уязвлено его самолюбие. Он обозвал бы идиотом того, кто сказал бы, что его горло обжигает тревога. Если бы тот же идиот сказал ему, что сердце болит от обиды, он бы вышвырнул его из паба.

Но он чувствовал все это: и злость, и тревогу, и обиду, и боль. И растерянность в придачу.

Он был так уверен, что понимает Джуд, что знает ее душу и сердце так же хорошо, как ее тело. И было унизительно сознавать, что он допустил промашку. Конечно, он поспешил, но он и мысли не допускал, что она так холодно, так небрежно отвергнет его предложение.

Боже милостивый, он предложил женщине, своей единственной женщине, выйти за него замуж, а она улыбнулась, небрежно сказала «нет» и вернулась в дом к гостям.

Его милая, застенчивая Джуд Фрэнсис, не колеблясь, смерила его холодным взглядом и отказала наотрез. В этом не было никакого смысла, ведь понятно же, что они созданы друг для друга, как два звена длинной цепи. Эйдан отчетливо видел эту цепь, сплетенную из постоянства и традиций. От мужчины к женщине, от поколения к поколению. Джуд предназначено быть с ним. Им вместе суждено ковать следующие звенья этой длинной цепи.

Вместо того чтобы разбираться в документах, Эйдан метался по своей квартирке над пабом и говорил себе, что должен найти какой-то другой подход. Он умеет уговаривать женщин, добиваться их расположения, побеждать, и доказательством тому его прошлые победы.

Разумеется, тогда он преследовал совсем другие цели. Он постарался отогнать встрепенувшуюся тревогу. Нет, не такие уж другие. Он со своим-то опытом сумеет уговорить женщину выйти за него замуж.

На лестнице послышались шаги, и через несколько секунд, как всегда, не постучавшись, впорхнула Дарси.

— Шон возится на кухне и, как всегда, считает меня девчонкой на побегушках. Он желает знать, заказал ли ты картофель и морковь и пришлет ли Пэтти Райан белую рыбу к концу недели, как обещал?

— Пэтти обещал нам свежую рыбу завтра, а остальное в середине недели. Неужели Шон уже начал готовить? Еще только половина второго.

— Нет, но уже уткнулся в рецепт, который кто-то дал ему вчера вечером на вечеринке, и не помогает мне в зале. Ты наконец спустишься за стойку или так и будешь сидеть здесь и таращиться на стены?

— Я работал, — возразил Эйдан, понимая, что и впрямь тупо смотрит на стены. — А если ты сама захочешь заняться вместо меня бумажной работой, так только скажи.

Его тон насторожил ее. И хотя она прекрасно знала, что Шон и помощница зашиваются внизу, плюхнулась в кресло и закинула ноги на подлокотник.

— Бумажки я оставляю тебе, ведь ты у нас самый умный и деловой.

— Тогда иди вниз и делай свою работу.

— У меня скоро десятиминутный перерыв, и, раз уж я здесь, я возьму его сейчас. — Дарси улыбнулась слишком наигранно, чтобы Эйдан ей поверил. — О чем тоскуешь?

— Я не тоскую.

Дарси принялась изучать свои ногти. Эйдан отошел к окну, вернулся к письменному столу, снова отошел к окну. Дарси молчала. Он не выдержал первым:

— За последние два месяца ты очень сблизилась с Джуд.

— Надеюсь, что так. — Дарси ехидно улыбнулась. — Правда, мы не так близки, как ты с ней. Вы что, поссорились? Поэтому ты мечешься тут, как зверь в клетке?

— Нет, мы не поссорились. То-то и оно. — Эйдан сунул сжатые кулаки в карманы. Как ни унизительно, но выбора у него нет. — Что она говорит обо мне?

Дарси не засмеялась, хотя смех распирал ее, только захлопала длинными ресницами.

— Я не трепло и не стану выбалтывать чужие секреты.

— Лишний свободный час в следующую субботу.

Дарси подняла голову. Ее глаза лукаво вспыхнули.

— Ну, почему бы и не сказать? Что ты хочешь знать?

— Что она обо мне думает?

— О, она думает, что ты красивый, обаятельный и никакие мои слова ее мнения не изменят. Ты вскружил ей голову, ну как же! — нес на руках по лестнице — очень романтичный штрих! — Дарси все-таки рассмеялась при виде его болезненной гримасы. — Не спрашивай, о чем болтают женщины, если не готов это знать.

Эйдан вздохнул.

— Она не очень распространялась о... обо всем?

— О, мы обсуждали каждый вздох, каждый шепоток. — Дарси вскочила, обхватила его лицо ладонями и поцеловала. — Ну, конечно же, нет, дурья твоя башка. Она слишком скромна, хотя мы с Бренной попытали ее немного. Что тебя тревожит? Насколько я могу судить, Джуд считает тебя величайшим любовником с тех пор, как Соломон овладел царицей Савской.

— И это все? Секс и романтика, и головокружение на пару месяцев? И больше ничего?

Дарси посерьезнела.

— Прости, ты расстроен. Что случилось?

— Вчера вечером я попросил ее выйти за меня замуж.

— Правда? — Дарси прыгнула на него, обвила руками его шею, ногами — бедра. Крепко, как удав. — Но это же чудесно! Я так рада за тебя. — Смеясь, она расцеловала его в обе щеки. — Пойдем скорее на кухню, расскажем Шону и позвоним маме с папой.

— Она сказала «нет».

— Они сразу же приедут, чтобы познакомиться с ней до свадьбы. И тогда мы все... Что?

Дарси вытаращила глаза, и ему стало еще хуже, хотя казалось, хуже некуда.

— Она сказала «нет».

Господи, это я виновата, подумала Дарси.

— Невозможно. Она не это хотела сказать.

— Она сказала это очень уверенно и определенно и еще поблагодарила за предложение. — И это только добавило горечи.

— Какой черт в нее вселился? — Разъярившись, Дарси соскочила на пол и подбоченилась. Ярость, как она уже хорошо знала, гораздо легче перенести, чем чувство вины. — Конечно, она хочет за тебя замуж.

— Она сказала, что не хочет. Она сказала, что вообще не хочет выходить замуж. А все из-за этого ублюдка, который ее бросил. Сравнивала меня с ним, а когда я упрекнул ее, заявила, что больше ей сравнивать не с кем. Господи, почему меня надо с кем-то сравнивать? Я — это я.

— Ты замечательный, ты в десять раз лучше ее бывшего. — Дарси почувствовала себя виноватой, она ведь хотела сделать как лучше. — Может, она просто не готова расстаться со своей американской жизнью?

— Так далеко мы не зашли. И почему бы ей не стать счастливой здесь, если она никогда не была счастлива там?

— Ну... — Дарси глубоко задумалась. — Мне и в голову не приходило, что она не хочет замуж.

— Она не желает смотреть вперед. Я знаю, он сильно обидел ее, и я бы свернул ему шею за это. Но я-то ее никогда не обижу.

— Может, ее душевная рана еще не затянулась. Да и не все женщины жаждут заполучить колечко на пальчик и ребенка под фартук.

Дарси хотела обнять и утешить брата, но обида и гнев еще туманили его глаза, и вряд ли он принял бы утешение.

— Эйдан, я понимаю ее чувства. Она прежде хочет покончить с той своей жизнью.

— Я предлагаю ей не конец, а начало.

— Начало для тебя. — Дарси вернулась в кресло, забарабанила пальцами по подлокотнику. — Я разбираюсь в людях, Джуд не из тех, кто отвергает брак, что бы она ни думала сейчас. Она бы с любовью вила свое гнездышко, просто ей не дали возможности. И она приехала сюда, совсем одна. Может, мы слишком спешим.

— Мы?

— Ты. — Дарси оговорилась, поскольку думала об их с Бренной заговоре. Незачем упоминать об этом, ведь она не виновата, ну, не очень виновата в том, что случилось. — Ладно, сделанного не изменишь, просто двигайся вперед. Убеди ее. — Она улыбнулась. — Не спеши, но покажи ей, что она потеряет, если не примет твое предложение. Ты Галлахер, Эйдан. Галлахеры рано или поздно получают то, что хотят.

— Ты права. — Его разбитое самолюбие начало потихоньку склеиваться. — Пути назад нет. Я просто помогу ей привыкнуть к мысли, что она должна стать моей женой.

Дарси вздохнула с облегчением, снова увидев блеск в его глазах, и похлопала его по плечу:

— Я ставлю на тебя.

18

Разумеется, Джуд не ждет его, во всяком случае, не ждет так скоро, однако, заручившись поддержкой Дарси, Эйдан ушел из паба за два часа до закрытия и пешком отправился к коттеджу Джуд.

Ветер дул с моря, и в прохладном воздухе ощущался привкус соли. Звезды подмигивали сквозь несущиеся по небу рваные облака и совсем исчезли из виду, когда величаво выплыла круглая луна.

Прекрасный вечер для ухаживаний за женщиной, на которой хочешь жениться, подумал Эйдан.

Он нес ей изумительные бледно-розовые розы, украденные из сада Кейти Даффи. Вряд ли Кейти рассердится, обнаружив пропажу, ведь у него такая веская причина.

В окнах коттеджа горел свет, мягкий, радушный. Эйдан представил, что в будущем, когда они поженятся, он вот так же будет возвращаться с работы домой, а Джуд будет ждать его и прислушиваться к его шагам. Он больше не удивлялся тому, как сильно этого хочет, как отчетливо видит это. Вечер за вечером, год за годом, всю жизнь.

Эйдан не постучался — они давно отбросили подобные условности — и вошел. Он сразу заметил, что Джуд успела прибрать дом после вечеринки. Как похоже на нее, с нежностью подумал он. Во всем четкость и порядок.

Сверху доносилась музыка, и он поднялся по лестнице.

Джуд сидела в своем кабинетике, тихо играло радио, под столом у ее ног посапывал щенок. Волосы убраны в узел, пальцы быстро бегают по клавиатуре ноутбука.

Ему захотелось обнять ее, расцеловать, ощутить ее вкус, но вряд ли это было бы воспринято с одобрением в сложившихся обстоятельствах.

Ухаживание, напомнил он себе, должно быть неспешным и нежным. Он подошел к ней тихо-тихо, наклонился и легко коснулся губами ее шеи.

Джуд вздрогнула, но он это ожидал и, посмеиваясь, обнял ее так, что цветы оказались под ее подбородком, а его губы — у ее уха.

— Ты так красива, дорогая, так увлечена. Какую сказку ты рассказываешь?

— О, я... — Он не ошибся, она не ждала его. Не то что так скоро, она вообще не думала, что он придет. Она знала, что была резкой, холодной, и убедила себя, что между ними все кончено. И загрустила.

Но он здесь. Он принес ей цветы. И шепчет ласковые слова.

— Это история злого духа и Пэдди Макни. Ее рассказал мне мистер Райли. Чудесные цветы, Эйдан. — Джуд еще не была готова показывать кому-то свою работу, даже ему, а потому захлопнула крышку компьютера и уткнулась носом в розы.

— Я рад, что они тебе понравились. Я украл их, и в любой момент сюда могут явиться полицейские и арестовать меня.

— Я внесу за тебя залог. — Джуд повернулась и взглянула на него. Не сердится, с изумлением и облегчением поняла она. Сердитый мужчина не может так улыбаться. — Я поставлю их в воду и заварю чай.

Когда она встала, щенок заворчал, потянулся и снова свернулся клубочком.

— Сторожевой пес из него не получится, — заметил Эйдан.

— Он просто ребенок, — сказала Джуд, спускаясь по лестнице. — Да у меня и сторожить-то нечего.

Какое удовольствие снова вернуться к привычным отношениям, к дружбе и флирту. Вряд ли стоит обсуждать вчерашнее. Зачем упоминать то, что чуть не поссорило их?

Наверное, Эйдан сожалеет о своем предложении и даже рад, что она отказала ему. Почему-то эти мысли возродили то темное и неприятное, что кипело в ней накануне, и она поспешила прогнать их. Джуд налила воду в бутылку с широким горлышком и поставила в нее цветы.

— Еще нет и десяти. Ты закрыл паб? — спросила она Эйдана, посмотрев на часы.

— Нет, ушел пораньше. Имею право. Я скучал по тебе, — добавил он, обняв ее. — Ты же ко мне не пришла.

— Я работала. *Я не думала, что ты хочешь меня видеть. Ты же разозлился на меня?*

Эйдан наклонился, легко коснулся губами ее губ.

— А я помешал тебе. Но раз уж я здесь... — Он отстранился. — Ты погуляешь со мной, Джуд Фрэнсис?

— Гулять? Сейчас?

— Сейчас. — Он потянул ее к задней двери. — Чудесный вечер для прогулки.

— Темно, — возразила Джуд, уже стоя на заднем крыльце.

— Светло. Луна и звезды. Самый лучший свет. Я расскажу тебе историю о королеве фей, которая выходила из своего дворца только по ночам при свете луны. Потому что даже фею можно заколдовать, и королева фей при дневном свете превращалась в белую птицу.

Держась за руки, они брели по тропинке, и Эйдан рассказывал свою историю, историю одинокой, блуждающей ночами королевы фей и черного волка, которого она однажды нашла раненым у подножия скал.

— Волк настороженно смотрел на нее изумрудно-зелеными глазами, но ее жалостливое сердце побороло страх. Она ухаживала за ним и лечила его. Он стал ее спутником, бродил с ней по холмам и скалам ночь за ночью, а когда над морем вставала заря, фея покидала его. Трепетали белые крылья, и печально кричало разбитое сердце.

— И никак нельзя было разрушить заклятье?

— О, всегда найдется способ, не так ли? — Эйдан поднес их соединенные руки к губам, поцеловал ее пальцы и повел выше по горной тропинке, туда, где под грохот моря завывал ветер.

Лунный свет разливался по высокой зеленой траве, превращал камешки, усыпавшие тропинку, в серебряные монетки, а изъеденные ветрами и временем валуны в горбатых эльфов.

— Однажды утром в полях охотился юноша. Он был беден и голоден и мог надеяться лишь на свой лук и стрелы в колчане. Давно он не встречал никакой дичи, и в тот день не попалось ему ни кроликов, ни оленей, а голод уже одолевал его. Вдруг он увидел парящую белую птицу и, думая лишь о своем желудке, натянул тетиву, выпустил стрелу и сбил птицу. Осторожнее, дорогая.

— Неужели он убил ее?!

— Я ведь еще не закончил, не так ли? — Эйдан повернулся, притянул Джуд к себе и замер, наслаждаясь ее близостью.

— Птица испустила крик, полный боли и отчаяния, и этот крик разбил сердце юноши, хотя его голова кружилась от голода. Он подбежал к ней, увидел ее глаза, синие, как озера. Его руки задрожали, ибо он узнал эти глаза.

Эйдан обнял Джуд одной рукой и снова повел по залитой лунным светом тропинке.

— Хотя юноша совсем обессилел от голода, он лечил ее, как мог, укрыв в этих скалах. Он разводил огонь, чтобы согревать ее, охранял ее и ждал заката.

Они поднялись на вершину утеса и остановились, глядя на темное море. Волны накатывались на скалы в первобытном мощном ритме.

— Что было дальше? — спросила Джуд.

— А было вот что. Когда солнце зашло и ночь сменила день, птица начала меняться, как и юноша. Птица превращалась в женщину, а юноша в волка, и на одно краткое мгновение их руки чуть не соприкоснулись, но превращение уже завершилось. Потянулась долгая ночь. Женщина была слишком слаба, чтобы помочь себе, но волк не отходил от нее, согревал ее своим телом и охранял теплившуюся в ней жизнь. Ты замерзла? — спросил Эйдан, почувствовав ее дрожь.

— Нет, — прошептала Джуд. — Как трогательно.

— И это еще не все. Ночь снова перетекла в день, и снова день перетек в ночь, и каждый раз у них было лишь одно краткое мгновение, чтобы коснуться друг друга, но и в этом им было отказано. Он не покидал ее, чтобы поесть, ни в образе человека, ни в образе волка и уже умирал от истощения. Чувствуя приближение его смерти, она собрала все оставшиеся силы, чтобы спасти его, а не себя. Ибо любовь к нему была для нее важнее собственной жизни. И снова заря замерцала в небе, и они потянулись друг к другу, понимая, что надежды нет. Она знала, что это ее последний восход, однако в этот раз их самопожертвование было вознаграждено. Их руки встретились, и наконец мужчина взглянул на женщину, а женщина на мужчину. И первыми их словами были слова любви.

— И они жили долго и счастливо?

— Еще лучше. Он оказался королем эльфов далекой страны и взял королеву фей в жены. И до конца своих дней они вместе встречали все рассветы и закаты.

— Чудесно! — Джуд положила голову на его плечо. — Как и здесь.

— Это мое место. Во всяком случае, я еще в детстве, когда карабкался сюда посмотреть на океан и помечтать о дальних странах, считал его своим.

— И ты хотел путешествовать?

— Да. Повсюду. — Он прижался лицом к ее волосам и подумал, что здесь и сейчас у него есть все, что ему нужно. Но она думает иначе. — А куда ты хотела бы отправиться, Джуд?

— Не знаю. Я никогда всерьез не задумывалась.

— Тогда подумай сейчас. — Эйдан усадил ее на камень и сел рядом. — Из всех мест на свете, что ты хотела бы увидеть?

— Венецию! — воскликнула Джуд и засмеялась, поняв, что это желание давно жило в ней. — Я думаю, мне понравилась бы Венеция с ее чудесными дворцами, величественными соборами и темными каналами. И еще винные области Франции, бесконечные виноградники, старые фермы, сады. И Англию я хочу увидеть. Лондон, конечно, музеи, исторические места, а еще больше — провинцию. Прибрежные скалы Корнуолла. Я хотела бы увидеть страну короля Артура.

Никаких тропических островов и знойных пляжей, никаких экзотических мест для моей Джуд, подумал Эйдан. Романтику и традиции, и легенды, вот что она хочет.

— Все это совсем не далеко отсюда. Поедем вместе, Джуд, и посмотрим все эти места.

— О, конечно! Улетим этой ночью в Венецию и вернемся через Францию и Англию.

— Ну, так быстро вряд ли получится, а все остальное точно, как я задумал. Ты подождешь до сентября?

— О чем ты говоришь?

О медовом месяце, чуть не сказал он, однако решил на этот раз проявить осмотрительность.

— Я хочу, чтобы ты поехала со мной. — Эйдан снова взял ее за руку, расцеловал кончики ее пальцев. — Улетела бы со мной в те романтические, таинственные, легендарные места. Я покажу тебе замок Тинтагел, где зачат был Артур в ту ночь, когда Мерлин заколдовал короля Британии Утера, чтобы прекрасная Игрейн приняла его за своего мужа. Мы остановимся на одной из французских ферм и будем пить домашнее вино и заниматься любовью на мягкой перине. Мы будем плавать по венецианским каналам и любоваться величественными соборами. Тебе ведь понравится, дорогая?

— Да, конечно. — Как красиво он говорит, словно рассказывает одну из своих историй. — Только это невозможно.

— Почему?

— Потому что... У меня работа, и у тебя тоже.

Эйдан тихо засмеялся и, отпустив ее пальцы, стал целовать ее шею.

— И ты думаешь, что мой паб разрушится, а твоя работа убежит? В конце концов, что такое две недели по сравнению с вечностью?

— Да, ты прав, но...

— Я видел все места, которые ты назвала. — Эйдан добрался до ее губ. — Теперь я хочу увидеть их с тобой. — Лаская ладонями ее лицо, он стал растворяться в ней, в ее вкусах и ароматах. — Поедем со мной, дорогая, — прошептал он, прижимая ее к себе все крепче, чувствуя ее дрожь.

— Я... я должна вернуться в Чикаго.

— Не уезжай. — Его губы становились все горячее, все настойчивее. — Останься со мной.

— Не знаю... — Джуд не могла собраться с мыслями. Только она ловила одну, как та выворачивалась, распугивая остальные. — Да, может быть... — В конце концов, что такое пара недель? — В сентябре. Если ты уверен...

— Я уверен. — Он вскочил на ноги, подхватил ее, довольно ухмыльнулся, когда она охнула от испуга и обхватила его за шею. — Неужели ты думаешь, что я уроню тебя, особенно теперь, когда ты моя? Я хорошо забочусь о том, что мне принадлежит.

О том, что ему принадлежит? Джуд встревожилась, но, не успев придумать ответ, увидела фигуру за его спиной.

— Эйдан, — прошептала она.

Он напрягся, заслонил ее, обернулся и расслабился.

По скалам шла женщина, почти прозрачная, но ее волосы и лицо словно светились в лунных бликах.

— Красавица Гвен ищет потерянную любовь. — Его сердце дрогнуло от жалости при виде слез на ее щеках.

— Как и Кэррик. Я опять видела его сегодня. Я разговаривала с ним.

— Ты подружилась с эльфами, Джуд Фрэнсис.

Соленый ветер ласкал ее лицо, окутывал запахом моря. Рука Эйдана, сильная, теплая, обнимала ее. Но ей казалось, что стоит ей пошевелиться, и все исчезнет.

— Мне иногда кажется, что все вокруг меня — это сон, и я снова проснусь в своей кровати в Чикаго, и все это исчезнет, и сердце мое разорвется.

— Тогда твое сердце в безопасности. — Эйдан наклонил голову, поцеловал ее. — Это не сон, поверь мне.

— Ей, наверное, тяжело видеть здесь влюбленных. — Джуд оглянулась. Золотистые волосы призрака разметались на ветру, щеки были мокрыми от слез. — У нее и у Кэррика нет даже того мгновения на восходе и закате.

— Одно-единственное решение может творить судьбы или разрушать их. — Джуд с изумлением уставилась на него, услышав в его словах отголоски слов Кэррика. Эйдан погладил ее волосы. — Ты расстроилась. Идем домой.

— Да, так грустно смотреть на нее. — Джуд крепко сжала руку Эйдана, поскольку спуск оказался труднее подъема. — Я хотела бы поговорить с ней и сама не верю, что хочу поговорить с призраком. Но я в самом деле хочу. Я бы спросила, что она чувствует, о чем думает, чего желает и что она изменила бы.

— Ее слезы подсказывают мне, что она изменила бы все.

— Нет, женщины плачут по самым разным причинам. Если все изменить, ей пришлось бы отказаться от детей, которых она носила под сердцем, растила, любила. Я не думаю, что она могла или хотела бы отказаться от них. Кэррик слишком многого требовал от нее и не понимал это. Может, когда-нибудь он поймет, и тогда они обретут друг друга.

— Он просил лишь то, в чем нуждался, и отдал бы за это все, чем владел.

— Ты думаешь, как мужчина.

— Я и есть мужчина, так как же еще я могу думать?

Джуд рассмеялась, почувствовав уязвленную гордость в его голосе.

— Точно так, как ты думаешь. А женщины думают, как женщины, и поэтому пары часто ссорятся.

— Я готов ссориться время от времени, так как это оживляет отношения. И поскольку сейчас я думаю, как мужчина... — Он подхватил Джуд на руки и оборвал ее изумленный вздох, прижавшись губами к ее раскрытым губам.

Как поцелуй может быть одновременно нежным и обжигающим? Таким нежным, что слезы подступают к глазам, и таким жарким, что плавятся косточки? Джуд все больше погружалась в нежность, перетекающую в неутоленную жажду страсти.

— Ты хочешь меня, Джуд? Скажи, что хочешь.

— Да, я хочу тебя. Я всегда тебя хочу.

— Люби меня здесь, — прошептал он. — В лунном свете.

Она вынырнула из забытья, жадно глотая ртом воздух.

— Здесь?

Ее реакция развеселила бы его, но соблазнение, которое он затеял, уже творилось само по себе.

— Здесь, на траве, под ночным небом. — С Джуд на руках он опустился на колени, осыпая ее лицо поцелуями. — Не отказывай мне.

— А если кто-то придет сюда или пройдет мимо?

— В целом мире нет никого, кроме нас. — Он ласкал ее руками, губами, отметая возражения. — Ты так нужна мне, ты сама убедишься в этом.

Трава была такой мягкой, а Эйдан таким горячим. Какое чудо быть нужной, необходимой, и насколько это важнее здравомыслия и выдержки! Его нежность, его неторопливые ласки будоражили ее кровь. Его губы ласкали, шептали обещания.

И она поверила, что нет в целом мире никого, кроме них, и ничего, кроме их отчаянных желаний.

Эйдан стянул свой свитер, и Джуд провела ладонями по его груди. Ее глаза затуманились, тело налилось приятной тяжестью. Эйдан снял с нее туфли, брюки. Он раздевал ее не спеша, наслаждаясь ее телом.

Обнаженная, посеребренная лунным светом, она потянулась к нему.

— Я хочу распустить твои волосы, я люблю, когда они рассыпаются по плечам. — Глядя ей в глаза, он освободил ее волосы. — Ты помнишь наш первый раз?

— Да, я помню.

— Теперь я знаю, что тебе нравится. — Он прижался губами к ее плечу, и ее волосы накрыли его лицо шелковистой ароматной волной. Влажными горячими губами он проложил дорожку вдоль ее шеи. — Я дам тебе все, что ты хочешь.

Он мог бы щедро пировать, но он пробовал ее крохотными глотками, оглушенный, ободренный ее тихими стонами. Он мог бы брать, но он соблазнял. Ее кожа словно издавала едва слышные пленительные звуки под его медлительными ласками.

Она растворялась в нем, в восхитительном, головокружительном сочетании чувств и ощущений. Прохладная трава и разгоряченная плоть, легкий ветерок и хриплый шепот, сильные руки и податливые губы.

Над ее головой светила луна, мерцающий белый диск в темно-синем небе, преследуемый клочковатыми облаками. Крик совы, глухой и требовательный, эхом отзывался в ней.

Джуд выдохнула его имя, качаясь на высокой теплой волне. Он следил за ней, зная, что она в его власти, что он может довести ее до исступления. И пламя вспыхнуло в ней, взорвалось фонтанами брызг. Застигнутое врасплох этим взрывом, столь неожиданным после нежности, ее тело выгнулось, то ли протестуя, то ли ликуя. И Эйдан услышал не стон, а вскрик.

— Эйдан! — Она вцепилась в него, в единственную ее опору в этом пошатнувшемся, обезумевшем мире. — Я не могу.

— Еще. — Он схватил ее за волосы, откинул назад ее голову и впился в ее губы. — Еще. До конца. — Его руки, только что такие нежные, впились в ее бедра. — Скажи, что ты хочешь меня. Меня и только меня.

— Да. — Она устремилась ему навстречу, едва не плача от нетерпения. — Ты и только ты.

— Я твой. Ты моя.

Они слились в единое целое. Джуд победно вскинула руки, сплела пальцы в своих спутанных волосах. Она чувствовала, что ей подвластно каждое мгновение удовольствия и сладкого мучения, она дарила и принимала дары, и его тихий стон был для нее лучшей наградой. Она ликующе рассмеялась.

— Еще. На этот раз я уведу тебя за собой. — Она перехватила его руки, прижала его ладони к своей груди. — Не отпускай меня.

Его руки скользили по ее телу, он судорожно дышал, наполняя ее радостью и уверенностью в ее могуществе, и он содрогнулся первым, его руки безвольно упали, когда она прижалась губами к его шее, впитывая в себя дикое биение его пульса.

— О боже, как чудесно! Все должны заниматься любовью под открытым небом. Это так... освобождает.

— Ты похожа на королеву фей.

— Я чувствую себя королевой фей. — Джуд откинула с лица волосы, улыбнулась ему. — Сколько чудес и волшебных секретов! Я так рада, что ты не сердишься на меня. Я была уверена, что ты рассердился.

— Рассердился? Как я мог? — Он собрался с силами, сел и уложил ее себе на колени. — Ты прекрасна. Все в тебе восхищает меня.

Джуд прижалась к нему.

— Вчера вечером ты мной не восхищался.

— Это правда, но теперь мы во всем разобрались.

— Во всем разобрались?

— Угу. Давай наденем на тебя свитер, пока ты не замерзла.

— Что ты имеешь в виду... — Она умолкла, пока он натягивал на нее свитер.

— Вот так. Я сниму его, когда мы вернемся домой.

Он подобрал разбросанную одежду, сунул ей в руки.

— Эйдан, не увиливай. Что значит, во всем разобрались?

— То и значит. — Улыбаясь, он понес ее к коттеджу. — Мы поженимся в сентябре.

— Что? Подожди.

— Я подожду. До сентября. — Он локтем распахнул калитку.

— Мы не женимся в сентябре.

— Женимся, дорогая. А потом отправимся во все те места, которые ты хочешь увидеть.

— Эйдан, я не это имела в виду.

— Но это имел в виду я. — Он довольно улыбнулся, радуясь, что нашел способ все уладить. — Можешь позлиться немного, ничего страшного, ведь мы оба знаем, как все будет.

— Отпусти меня.

— Не сейчас.

Эйдан вошел в дом и стал подниматься по лестнице.

— Я не выхожу замуж в сентябре.

— Ну, до сентября не так долго ждать, там и посмотрим, кто из нас прав.

— Замолчи! Меня бесит твоя уверенность. И я не так глупа, чтобы не знать, чего хочу.

— Я вовсе не считаю тебя глупой. — Он внес ее в ванную комнату. — Если честно, дорогая, я думаю, что ты самая умная женщина из всех, кого я знаю. Немного упрямая, но ради бога, я не возражаю.

Он обнял ее крепче, пытаясь дотянуться до крана.

— Ты не возражаешь?

— Нисколечко. И мне очень нравятся молнии, которые сейчас сыплются из твоих глаз. Я нахожу это... стимулирующим.

— Эйдан, поставь меня.

— Пожалуйста. — Он поставил ее в ванну, прямо под хлынувший душ.

— Черт побери!

— Ах, твой свитер намок! Не волнуйся, дорогая, сейчас все исправим. — Преодолевая ее сопротивление, Эйдан стянул с нее мокрый свитер и бросил его на пол.

— Убери руки! И я сама во всем разберусь.

— Ты уже разобралась, как и я, только еще не поняла это. Я бы сказал, что точно знаю, чего хочу, а ты только думаешь, будто знаешь, чего хочешь. Однако... — Он отвел мокрые пряди с ее лица. — Если ты так уверена в себе, тебе не о чем беспокоиться. Давай просто наслаждаться временем, проведенным вместе.

— Не в этом дело...

— Ты хочешь сказать, что тебе плохо со мной?

— Нет, конечно, но...

— Или что ты не знаешь, чего хочешь?

— Я знаю, чего хочу.

Эйдан прижался к ее лбу.

— Вот и ладно. Что плохого в том, чтобы дать мне шанс изменить это?

— Я не знаю. — Но что-то должно быть. Ей не хватает благоразумия, а она должна быть благоразумной, даже если стоит голая под душем. — Эйдан, мы говорим не о капризах. Я отношусь к этому очень серьезно, и я не передумаю.

— Хорошо. В добрых ирландских традициях мы заключим пари. Ставлю сотню фунтов на то, что ты передумаешь.

— Я не заключаю пари по таким серьезным поводам.

Эйдан пожал плечами, взял мыло.

— Если ты боишься потерять деньги...

— Не боюсь, — прошипела Джуд, тщетно пытаясь понять, в какой момент он загнал ее в ловушку. — Две сотни.

— По рукам. — И он поцеловал ее в кончик носа, скрепляя сделку.

19

Смешно! Она поставила деньги на то, что не выйдет замуж за Эйдана. Смешно и досадно.

Гнев, загнавший ее в ловушку, несвойственен ей, ведь тихая, кроткая, благоразумная Джуд всегда успешно подавляла вспышки гнева.

Ничего, к назначенному времени и она, и Эйдан забудут о пари. Какой смысл вспоминать? Они оба только поставят себя в глупое положение.

А пока у нее полно домашних дел, и у нее есть работа. Нужно сводить Финна на прогулку, вернуть посуду Молли О'Тул. И давно пора позвонить домой, поговорить с родными. А потом, если позволит погода, она расположится с компьютером в саду.

Мысленно Джуд отчетливо представляла себе и белую птицу, и черного волка. Ей не терпелось записать историю, рассказанную Эйданом накануне. Вряд ли ей удастся передать всю прелесть этой легенды, но она попытается.

Джуд собрала посуду, сложила в пластмассовый контейнер собственноручно испеченное сахарное печенье и огляделась в поисках щенка... Он сидел под кухонным столом, и под ним растекалась огромная лужа, естественно, в стороне от подложенной газеты.

— Неужели ты не мог подождать еще минутку? — В ответ Финн бодро повилял хвостиком, и Джуд, не удержавшись, хмыкнула и поставила посуду на стол.

Пока она вытирала лужу, щенок прыгал, облизывал ее лицо, тихонько урчал, и она даже забыла отругать его. А потом минут десять шутливо боролась с ним, почесывала животик и была счастлива не меньше его.

Джуд понимала, что балует его, но кто мог знать, что в ней столько нерастраченной любви?

— Мне почти тридцать, — прошептала она, поглаживая длинные, шелковистые уши Финна. — Я хочу, чтобы у меня был свой дом, своя семья. Я хочу, чтобы рядом со мной был мужчина, который бы любил меня. — Она прижала к себе щенка, и тот, извернувшись, лизнул ее руку. — Я не соглашусь на меньшее. Я не стану довольствоваться объедками, даже если кажется, что лучшего не смогу получить. Поэтому...

Она подняла Финна, ткнулась носом в его носик.

— Пока только ты и я, приятель.

Как только открылась задняя дверь, щенок стрелой метнулся в сад, и Джуд умилилась, хотя он нацелился на ее цветы. Она резко окликнула его. Он замер, подскользнулся, перекувыркнулся, и Джуд сочла это значительным успехом, ведь пострадал только один ряд агератума.

Они направились к дому О'Тулов. Финн обгонял ее, возвращался, бегал вокруг ее ног и отскакивал, чтобы понюхать то, что вдруг вызывало его интерес.

Джуд представила, каким он вырастет. Большим, красивым псом, любителем побегать по холмам.

Господи, что делать с ним в Чикаго?

Джуд тряхнула головой, отгоняя этот вопрос. Зачем портить удовольствие от чудесной прогулки?

Воздух был прозрачным, солнце пронзало тонкими лучами легкие облака, плывшие в сторону Англии. Внизу плескались темно-зеленые воды Ардморской бухты. Если остановиться и прислушаться, в этой мерцающей тишине можно услышать музыку. В такую погоду на пляж потянутся туристы и даже кое-кто из местных, если выпадет свободный час-другой.

Молодые матери разрешат своим малышам босиком побегать по линии прибоя и наполнить мокрым песком пластмассовые ведерки. Сколько сегодня будет построено и смыто волшебных замков!

Живые изгороди вдоль дороги покрылись цветами, трава пружинила под ногами и сверкала утренней росой. Зеленые холмы простирались до высоких гор на севере, упиравшихся вершинами в облака.

Джуд нравилась скромная красота этой земли, древние замки, разрушенные временем и врагами и навевающие мысли о доблестных рыцарях и прекрасных дамах, о королях, ничтожных и великих, о верных слугах и коварных врагах. И, разумеется, о магии и колдовстве, о музыке фей.

Сколько еще легенд предстоит узнать, размышляла Джуд. О жертвах ради любви и славы, о торжестве доблести и чести, о наложенных и разрушенных заклятьях.

Здесь можно годами собирать легенды, создавать их, делиться ими. Можно гулять ясным утром и представлять дождливый день в уютном доме. Вечером, после наполненного делами дня, можно устроиться перед камином, смотреть на картины, которые рисует огонь, или заглянуть в паб, где шумно и весело и звучит музыка.

Это была бы чудесная жизнь, прекрасная и волшебная.

Потрясенная этой мыслью, еще более потрясенная тем, откуда эта мысль взялась, Джуд остановилась как вкопанная. Она могла бы остаться здесь не на три месяца, а навсегда и записывала бы легенды, те, что рассказывают ей, и те, что рождаются в ее голове.

Нет, нет, это невозможно, о чем она думает?! Она должна вернуться в Чикаго, как запланировала, найти работу, которая обеспечила бы ее жизнь и дала возможность реализовать ее мечту. Она не имеет права думать о чем-то другом.

Почему?

Она сделала два шага и повторила вопрос вслух.

— Почему? Разумеется, есть причина. Масса причин. Я живу в Чикаго, я всегда жила в Чикаго.

Однако нет такого закона, по которому она *должна* жить в Чикаго. Ее же не бросят в тюрьму за перемену места жительства?

— Нет, конечно, но... я должна работать.

Но ты же не бездельничаешь здесь три месяца?

— Но это не работа! — возразила она себе вслух. — Это баловство.

Почему?

Джуд закрыла глаза.

— Потому что мне это нравится. Я получаю от этого удовольствие, значит, это баловство. И вообще, глупости.

Заросший кустарником холм — странное место для прозрения, но, пожалуй, для нее идеальное.

— Почему я не могу делать то, что люблю? Почему я не могу жить там, где чувствую себя дома больше, чем где бы то ни было? Кто управляет моей жизнью, — Джуд озадаченно хмыкнула, — если не я сама?

Я могу это сделать, если хватит смелости. Я могу продать квартиру. Я могу сделать все, что не решалась делать, боясь неудачи и провала. Я могу попытать удачи и послать отрывок из книги литературному агенту.

Я могу наконец попытаться построить для себя такую жизнь, о какой мечтаю, и будь что будет. Только надо все хорошенько обдумать.

Джуд ускорила шаг, пытаясь заглушить внутренний голос, подстрекающий ее действовать немедленно, пока не нашлась куча отговорок. Это серьезный шаг, очень серьезный. Разумный человек заранее продумывает серьезные шаги...

Из-за холма показался дом О'Тулов. Отлично! Пора отвлечься хоть ненадолго.

На веревке сохло белье. Неужели Молли стирает двадцать четыре часа в сутки? Бетти очнулась от утренней дремы, приветственно залаяла, почуяв приближение Финна. Щенок радостно затявкал в ответ и помчался вниз с холма.

Джуд последовала за ним и только подошла к забору, как открылась дверь кухни, и Молли помахала ей.

— Доброе утро вам, Джуд. Вы сегодня ранняя пташка.

— Похоже, не такая ранняя, как вы.

— Когда в доме куча болтливых девчонок и мужчина, который любит выпить чашечку чаю раньше, чем откроет глаза, не понежишься в постели. Заходите, выпейте чаю, поболтайте со мной, пока я пеку хлеб.

— Я принесла вашу посуду и сахарное печенье. Я вчера испекла. Вроде получилось лучше, чем в прошлый раз.

— Вот попробуем их с чаем и узнаем.

Молли придержала дверь, пропуская Джуд в теплую уютную кухню. Под раковиной гремела инструментами Бренна.

— Мам, я почти закончила.

— Я надеюсь. — Молли прошла к плите. — Вот что я вам скажу, Джуд. Я в этом доме жена того сапожника, который без сапог. Мик и эта девица только и делают, что всем что-то ремонтируют, а у меня день и ночь все течет и громыхает.

— Ну, у тебя же на жизнь не заработаешь, — заявила Бренна, за что мать легонько ткнула ее ногой.

— На жизнь не заработаешь? А кто сегодня утром съел гору яиц и огромный тост с джемом?

— Только чтобы набить рот и не сказать Морин, чтобы она прекратила болтать о своей свадьбе. Девчонка с ума нас сводит. О, Джуд, она причитает и стонет, и ревет без всякой причины.

— Замужество и другие заботы приносит. — Молли расставила чашки, печенье, пригласила Джуд за стол и погрузила руки в огромный ком теста. — Посмотрю я на тебя, когда придет твое время.

— Ха! Если я решу выйти замуж, то приволоку парня к священнику, скажу все нужные слова, и дело с концом. Не по мне вся эта суета с платьями, цветами и музыкой. Месяцы мучений ради одного-единственного дня. Платье, которое никогда больше не наденешь. Цветы, которые завянут, и песни, которые можно петь, когда захочешь.

Бренна вынырнула из-под раковины и взмахнула гаечным ключом.

— А сколько денег ухлопаешь, уму непостижимо.

— Бренна, ты ничего не понимаешь. — Молли присыпала тесто мукой и перевернула. — Этот один-единственный день — начало жизни, и он стоит каждой минуты подготовки и каждого потраченного пенни. — Она вздохнула. — Правда, иногда так трудно успокоить ее, нашу Морин.

— Вот именно. — Бренна сунула гаечный ключ в помятый ящик с инструментами и взяла печенье. — Посмотри, мам, на Джуд. Видишь, какая она спокойная. Она не станет рассуждать, какие розы выбрать для букета, розовые или белые. — Бренна сунула в рот печенье и плюхнулась на стул. — Спокойная и разумная.

— Спасибо. Я стараюсь. Но о чем ты?

— О разнице между тобой и моей полоумной сестрицей. У вас обеих свадьбы на носу, но ты же не мечешься по дому, заламывая руки и меняя решение о величине торта каждые две минуты, верно?

— Верно, — согласилась Джуд. — Я не заламываю руки, потому что на моем носу нет никакой свадьбы.

— Даже если у вас с Эйданом будет скромная церемония — хотя как это получится, если каждый второй в округе его знает, — это все равно свадьба.

Джуд сделала глубокий вдох. Выдохнула.

— С чего ты взяла, что я выхожу замуж за Эйдана?

— Дарси сказала. — Бренна потянулась за вторым печеньем. — А она узнала из надежного источника.

— Это идиотский источник, — сердито сказала Джуд.

Молли перестала месить тесто. Бренна заморгала и открыла рот, но Молли бросила на нее предостерегающий взгляд.

— Набей рот печеньем, девочка, пока не поздно.

— Но Дарси сказала...

— Возможно, Дарси не так поняла, — предположила Молли.

— Думаю, она поняла правильно. — Джуд резко поднялась со стула. — Откуда у мужчин столько самоуверенности?

— Некоторые такими рождаются, — ответила Бренна и тут же съежилась под грозным взглядом матери.

— Должна сказать, Джуд, что, глядя на вас двоих, я сама думала, что свадьба не за горами, — мягко сказала Молли, не сводя с Джуд глаз. — Когда Бренна вчера за ужином сообщила нам, никто из нас не удивился, мы очень обрадовались.

— Сообщила вам за ужином? — Джуд оперлась руками о стол и наклонилась к Бренне. — Ты сообщила всей своей семье?

— Ну, почему бы и нет...

— Кому еще? Кто еще услышал от тебя эту нелепую новость?

— Ну... — Бренна откашлялась. Она сама была вспыльчива и могла разглядеть признаки надвигающейся бури. — Ну, точно не помню. Не многим я и сказала-то. Нескольким. Да почти никому. Понимаешь, мы все так обрадовались. И Дарси, и я. Мы же любим тебя и Эйдана, а он такой медлительный, ну, мы и понадеялись, что вечеринка его подтолкнет.

— Вечеринка?

— Ага. Летнее солнцестояние, луна и все такое. Ты же помнишь, мам? — Бренна повернулась к Молли и с надеждой посмотрела на нее. — Помнишь, ты рассказывала, как папочка сделал тебе предложение, когда вы танцевали под луной как раз на вечеринке? И тоже в доме Старой Мод.

— Помню. — Молли похлопала дочь по плечу. — У тебя ведь были добрые намерения?

— Да, мы... О-ой! — Морщась, Бренна потерла нос, только что больно сжатый матерью.

— Это чтобы ты помнила: не суй нос не в свое дело даже с самыми добрыми намерениями.

— Она не виновата. — Джуд вскинула руки, но вовремя сдержала себя. — Виноват Эйдан. О чем он думал, когда говорил своей сестре, что мы поженимся? Я же сказала «нет». Очень ясно и определенно. Даже повторила несколько раз.

— Ты сказала «нет»? — изумленно воскликнули в один голос Бренна и Молли.

— Теперь я понимаю, что он задумал. — Джуд нервно мерила шагами кухню. — Ему нужна жена, и тут подвернулась я. Я должна подчиниться, потому что все видят, какая я бесхребетная. Но он ошибается, у меня есть хребет. И крепкий. Может, это не так очевидно, но он есть. Я не выйду замуж ни за него, ни за кого другого. И никто никогда не будет мне диктовать, что делать, где жить и как жить, и кем я должна быть. Никто и никогда.

Молли внимательно посмотрела на раскрасневшееся лицо, сжатые кулаки и медленно кивнула:

— Ну и умница! Присядьте, дорогая, переведите дух и расскажите нам, что случилось. Мы же ваши друзья.

— Я расскажу вам, что случилось. А потом ты, — она ткнула пальцем в Бренну, — можешь обойти всю деревню и рассказать всем, какой безмозглый тупица ваш хваленый Эйдан Галлахер, и что Джуд Мюррей не выходит за него замуж.

— Это я могу, — согласилась Бренна, вымученно улыбаясь.

— Отлично. — Джуд перевела дух, как советовала Молли, села за стол и начала рассказывать свою историю.

* * *

Выговорившись, Джуд немного успокоилась и даже испытала некоторое удовлетворение, когда обе женщины дружно осудили Эйдана. Слава богу, что у нее есть друзья, которым можно излить душу.

Когда Джуд уходила, ее обнимали и хвалили за решительное сопротивление самонадеянному хвастуну. Знала бы она, что как только за ней захлопнулась дверь, мать с дочерью достали по двадцатке и поставили на Эйдана.

Им очень нравилась Джуд, и они искренне верили, что она знает, чего хочет, но еще больше они верили в судьбу и в хорошее пари.

С деньгами, поставленными на спор, в кармане Бренна поехала в деревню сообщить Дарси, как опростоволосился ее братец... и начать принимать новые ставки.

В счастливом неведении, с легким сердцем и вновь обретенной решимостью Джуд возвращалась домой. Она не будет спорить с Эйданом. Он не стоит ее переживаний. Она будет сохранять спокойствие и твердость, и на этот раз унижен будет он!

Войдя в дом, она сразу же направилась к телефону и без колебаний сделала следующий шаг.

Тридцать минут спустя она сидела за столом, опустив голову на руки.

Она это сделала! Поверить невозможно, но она это сделала.

Ее чикагская квартира выставлена на продажу. Поскольку пара, снимавшая квартиру, уже интересовалась возможностью покупки, риелтор уверил, что сделка пройдет быстро и без особых хлопот. На конец месяца Джуд забронировала авиабилет до Чикаго, чтобы разобраться со своими вещами, отправить в Ирландию или сдать на хранение то, что хочется сохранить, и продать или раздать остальное.

Вот и конец жизни, которую она строила в соответствии с чужими ожиданиями. Ну и что она теперь чувствует?

Панику? Сожаления? Уныние?

Ничего подобного. Наоборот, словно тяжесть свалилась с плеч. Облегчение, вот что она чувствует. Облегчение, предвкушение, удовлетворение. И странное, озорное волнение.

Джуд Фрэнсис Мюррей больше не живет в Чикаго. Джуд Фрэнсис Мюррей живет в доме на Эльфийском холме, графство Уотерфорд, Ирландия.

Родители упадут в обморок.

Джуд распрямилась, прижала ладони ко рту, сдерживая истерический смех. Они подумают, что она потеряла голову. Они никогда не поймут, что все наоборот: она здраво обо всем подумала и поняла, что нашла и свое место в жизни, и свое сердце, и свой дом.

Нашла себя, настоящую Джуд Ф. Мюррей, за то короткое время, что прожила здесь. Ну, не чудо ли? Именно так скажет она своей бабушке.

Звонок в Нью-Йорк дался Джуд тяжелее, чем первый, он был более важным. Продажа квартиры — разумеется, серьезный шаг, — но, в конце концов, это всего лишь деньги, а от этого звонка зависит ее будущее, осуществление мечты.

Джуд так и не поняла, действительно ли Холли Картер Фрей, ее знакомая по колледжу и ныне литературный агент, действительно вспомнила ее или из вежливости сделала вид, что вспомнила. Но она внимательно выслушала Джуд и задала ей несколько вопросов. Джуд, правда, плохо помнила, что говорила сама и что говорила ей Холли. Но одно она поняла: Холли Фрай заинтересовалась ее предложением и попросила безотлагательно прислать подробную аннотацию и наиболее яркие куски текста.

От мысли, что придется показать кому-то свою работу, Джуд даже стало подташнивать, но она заставила себя встать и подняться на второй этаж. Хотя ее руки и дрожали, когда она печатала сопроводительное письмо, ей удалось изложить свои мысли вполне профессионально.

Правда, один раз ей пришлось прерваться. Она несколько минут неподвижно сидела, обхватив голову руками.

Затем Джуд взяла несколько страниц пролога, первые три легенды и свои рисунки к книге и, чуть не плача от волнения, вложила в плотный большой конверт.

Она посылает свое сердце через океан, рискуя разбить его. А может быть, не стоит торопиться... Потирая заледеневшие руки, Джуд подошла к окну, устремила взгляд на зеленые холмы. Может, сделать вид, что некуда спешить, что лучше послать попозже... когда-нибудь. Еще есть время отступить и убедить себя, что это просто ее увлечение, проба пера... Ничего серьезного или жизненно важного.

Отправив конверт, она отрежет себе путь назад. Не останется места притворству и подстраховке.

Старая история! Гораздо легче убеждать себя, что ты глупая неумеха, потому что, если наберешься смелости попробовать что-то, надо быть готовым к неудаче.

Она потерпела неудачу в браке и в преподавании, а ведь была уверена, что годится и для того, и для другого. Однако вокруг так много неизведанного, о чем она мечтала и от чего отказывалась. Вечно она твердила себе, что должна быть разумной, должна соответствовать чужим ожиданиям.

Но главная причина ее колебаний и страхов была в другом. Джуд понимала: если потерпит неудачу, с этим придется жить, а сумеет ли она выдержать очередной удар? Этого она не знала и боялась даже думать об этом.

Джуд снова взглянула на пухлый конверт. Она должна это сделать сейчас, отбросив все страхи и сомнения. Если она не попытается, то не сможет жить с этим, она не простит себе трусости. У нее есть мечта, и она должна попытаться ее осуществить.

— Пожелайте мне удачи, — шепотом попросила она невидимых духов, парящих в ее доме, и взяла конверт в руки.

Ведя машину к деревне, Джуд мужественно боролась с сомнениями. Она отправит письмо и забудет о нем. Она не будет психовать дни и ночи напролет, терзаться и представлять свой провал. Она просто дождется ответа, и если ее труд недостаточно хорош, она постарается сделать его лучше.

А пока она ждет приговора, можно закончить книгу. Шлифовать и совершенствовать ее, пока она не засверкает, как бриллиант. А потом начать другую. Это будут истории, рожденные ее собственным воображением. Русалки и лесные эльфы, оборотни и ду́хи. Ее воображение вырвалось на свободу, и сдержать его уже было не в ее власти.

Когда Джуд припарковалась у почтового отделения, у нее шумело в ушах, сердце билось так часто и сильно, что болела грудь. Ноги подкашивались, когда она подошла к двери и открыла ее.

Начальница почтового отделения — снежно-белые волосы, свежая, почти девичья кожа — радушно улыбнулась Джуд.

— Здравствуйте, мисс Мюррей. Как поживаете?

— Спасибо, хорошо. — *«Лгунья, лгунья, лгунья,* — зазвенело в голове. — В любую секунду меня стошнит, и позора не оберешься».

— Чудесный день! Такого прекрасного лета у нас уж давно не было. Может, это вы привезли нам удачу.

— Приятно так думать. — С трудом растягивая губы в улыбке, Джуд положила на прилавок конверт.

— О, вы что-то посылаете своим друзьям в Америку?

— Да. — Джуд старательно удерживала на губах улыбку, пока женщина читала адрес. — Давней подруге по колледжу. Она теперь живет в Нью-Йорке.

— Мой внук Деннис с женой и детьми живет в Нью-Йорке. Деннис работает в шикарном отеле и получает хорошие денежки за то, что возит гостям багаж в лифте. Он говорит, что некоторые номера там похожи на дворцы.

Джуд продолжала терпеливо улыбаться, хотя и не была уверена, что ее терпения хватит надолго. За три месяца она успела узнать то, что знал весь Ардмор: невозможно заскочить в почтовое отделение, сделать свое дело и отправиться дальше, не поговорив со старушкой.

— Ему нравится эта работа? — вежливо поинтересовалась Джуд.

— Да, нравится, а его красавица жена работала в парикмахерской, пока не родился второй ребенок.

— Чудесно! Я бы хотела, чтобы этот конверт добрался до Нью-Йорка как можно скорее.

— Если вы хотите послать его экспресс-почтой, это будет стоить дороже.

— Хорошо. — Джуд, как в тумане, потянулась в сумку за кошельком. Как в тумане смотрела, как взвешивают ее конверт и рассчитывают стоимость, передавала фунты и получала сдачу.

— Благодарю вас.

— Ради бога. Никаких проблем. Ваша подруга из Нью-Йорка приедет на свадьбу?

— Что?

— Ваша семья, разумеется, приедет, но всегда приятно увидеть и старых друзей.

Гул в ушах превратился в рев. Ярость вышибла всю ее нервозность и лишила дара речи.

— Мы с моим Джоном женаты почти пятьдесят лет, а я до сих пор так ясно помню день, когда мы поженились. Дождь лил, как из ведра, а мне было наплевать. Вся моя родня понаехала, и родня Джона, разумеется. Все набились в маленькую церковь, и запах мокрой шерсти перебивал ароматы цветов. Мой отец, упокой Господь его душу, рыдал, как дитя, когда вел меня к алтарю, ведь я была его единственной дочкой.

— Как это трогательно, — с трудом выдавила из себя Джуд, когда наконец к ней вернулся дар речи. — Но я замуж не выхожу.

— Ой, бросьте! Вы что, уже поссорились с Эйданом? — Женщина поцокала языком. — Не переживайте, дорогая. Милые бранятся, только тешатся.

— Мы не ссорились. — Правда, у нее самой появилось предчувствие, что в скором времени они станут чемпионами по ссорам. — Я просто не выхожу замуж.

— Правильно, дорогая. Он еще должен это заработать. — Старушка подмигнула. — Мужчинам это не вредит. Только лучше мужьями становятся. Да, о свадебном торте непременно договоритесь с Кейти Даффи. Она такой испечет, не налюбуетесь.

— Мне не нужен торт, — процедила Джуд.

— Ой, милочка, если вы выходите замуж второй раз, это вовсе не значит, что вы не заслуживаете торта. Каждой невесте нужен торт. А насчет платья поговорите с Молли О'Тул. Для своей дочки она нашла чудесный магазинчик в Уотерфорд-Сити.

— Мне не нужны ни платье, ни торт, — теряя терпение, проговорила Джуд, — потому что я не выхожу замуж. Спасибо.

Она повернулась и направилась к двери.

Выйдя на улицу, Джуд глубоко вдохнула и в гневе уставилась на вывеску паба Галлахеров.

Нельзя сейчас идти туда. Если она туда войдет, то точно убьет его.

А почему бы и не войти? Он заслужил смерть.

Широким решительным шагом она подошла к пабу. И распахнула дверь.

— Эйдан Галлахер!

Набившиеся в зал местные жители и приезжие туристы замерли кто с поднесенной ко рту кружкой, кто с надкусанным сэндвичем, и воцарилась мертвая тишина.

Эйдан не шелохнулся, но, когда Джуд подошла к бару, закрыл кран и поставил кружку на стойку. Джуд совершенно не походила на сонную женщину, которую он покинул на рассвете. Та женщина была нежной, умиротворенной. Эта явно жаждала крови.

— Ты мне нужен на пару слов, — заявила Джуд.

И вряд ли это будут приятные слова, подумал он.

— Хорошо. Через минуту мы можем подняться ко мне. Там и поговорим наедине.

— Теперь он хочет уединения. Забудь! — Джуд повернулась к залу. На этот раз заинтересованные взгляды ее не смутили. На этот раз наличие публики лишь подхлестнуло ее ярость.

— Раз уж каждый житель этой деревни обсуждает мои дела, можете выслушать то, что я хочу сказать.

Позвольте прояснить: я не выхожу замуж за этого павиана, вырядившегося мужчиной.

Несколько человек, не сдержавшись, захихикали, кухонная дверь чуть приоткрылась. Джуд резко развернулась.

— Не прячься за дверью, Шон. Можешь выйти. Не твоя голова мне нужна.

— Какое счастье, — пробормотал Шон, но, как преданный брат, встал рядом с Эйданом.

— Красавчики, — фыркнула Джуд и повернулась к Дарси. — И ты тоже. Надеюсь, у вас двоих больше ума, чем у вашего братца, который, похоже, думает, что если у него красивое личико, то женщины должны падать к его ногам по первому зову.

— Джуд, дорогая...

— Хватит! — Джуд перегнулась через стойку и ткнула его кулаком в грудь. — И брось этот терпеливый, снисходительный тон, я тебе не избалованный ребенок, чертов болван.

Глаза Эйдана угрожающе вспыхнули. Большим пальцем он показал Шону на краны и кивнул Джуд:

— Мы поднимемся наверх и договорим там.

— Никуда я с тобой не пойду. — Она снова ткнула его кулаком в грудь, наслаждаясь новыми ощущениями. — Ты меня не запугаешь.

— Я? Кто кого пугает, хотелось бы знать. И это ты в меня тычешь кулаком.

— Могу и хуже. — Какое наслаждение вдруг понять, что это правда! — Ты думаешь, что если направо-налево будешь трепаться о нашей свадьбе, то заставишь меня выйти за тебя замуж? Ну, тебя ждет большой сюрприз. Измором меня не возьмешь. И на чужое мнение мне плевать. Никто никогда больше не будет диктовать мне, как жить. Ни ты и никто другой.

Она снова резко развернулась. Теперь к зрителям, с интересом наблюдающим за спектаклем.

— Всем присутствующим советую запомнить: я не побегу за свадебным тортом по щелчку его пальцев только потому, что сплю с ним. И спать я буду с кем захочу.

— Я свободен! — выкрикнул кто-то, и многие захохотали.

— Хватит. — Эйдан хлопнул кулаком по стойке так, что подпрыгнули стаканы. — Это личное дело. — Он проскользнул мимо Шона, поднял откидную доску. — Наверх, Джуд Фрэнсис.

Она вскинула голову.

— Нет! И поскольку у тебя с этим словом явные проблемы, хотелось бы знать, какую часть «нет» ты не понимаешь.

— Наверх, — повторил Эйдан, схватив ее за руку. — Здесь не место.

— Это твое место, — напомнила Джуд. — И твое дело. Отпусти немедленно.

— Мы обсудим это наедине.

— Я покончила с обсуждениями. — Она попыталась выдернуть руку, но Эйдан просто поволок ее к кухне. Оттого, что люди расступались перед ними, оттого, что он был настолько сильнее, что легко тащил ее, терпение ее лопнуло окончательно, и то отвратительное, что бурлило в ней, вырвалось наружу.

— Я сказала, отпусти, сукин сын! — В тумане, замутившем ее зрение и голову, она даже не осознала, что делает, но услышала звонкий звук удара, когда ее свободная рука, сжатая в кулак, впечаталась в его лицо.

— Господи! — Звезды посыпались из его глаз. Потрясенный и тем, что она сделала, и силой удара, Эйдан поднес руку к лицу. Из носа текла кровь.

— И держись от меня подальше, — бросила Джуд, направляясь к выходу. Притихший зал взорвался аплодисментами.

— Держи, — Шон передал брату тряпку. — Отличный удар правой у нашей Джуд.

— Я понял. — Ему просто необходимо было присесть, и Дарси, почувствовав это, подтолкнула его к свободному табурету. — Какой бес в нее вселился? — Он с благодарностью взял у Шона лед.

В зале оживленно делались новые ставки на будущую свадьбу.

С изумлением и отвращением Эйдан уставился на окровавленную тряпку.

— Эта женщина сделала то, что тридцать один год не удавалось никому. Она сломала мой чертов нос.

20

Эйдан сидел на кухне, прижимая лед к пострадавшему носу. Шон невозмутимо жарил рыбу и картошку.

— Я не побегу за ней, как нашкодивший щенок.

— За последние двадцать минут я слышу это уже в десятый или двенадцатый раз.

— Все равно не побегу.

— Отлично. Оставайся непрошибаемым тупицей.

— Не нападай. — Эйдан опустил пакет со льдом. — Я могу и сдачи дать.

— Как обычно. Я уже со счету сбился, но от этого ты не станешь умнее.

— И почему это я идиот? Это она ворвалась сюда в самый час пик, изрыгая огонь. Это она обзывала меня и сломала мне нос.

— Поймала тебя врасплох. — Шон положил золотистую рыбу с картошкой на тарелки, добавил шинкованную капусту и украсил блюдо петрушкой. — После стольких лет и отличных драк крохотная женщина добралась, наконец, до твоего носа.

— Ей просто повезло, — пробормотал Эйдан. Его уязвленное самолюбие пульсировало в одном ритме с многострадальным носом.

— Она обвела тебя вокруг пальца, — подлил масла в огонь Шон. — Сосунок, — нанес он последний удар, распахивая дверь и исчезая в зале.

— А еще говорят о братской солидарности! — Эйдан поднялся, стал искать в шкафчиках аспирин. Лицо горело огнем.

В других обстоятельствах и он восхитился бы и гневной вспышкой Джуд, и точностью ее удара, но только не сейчас.

Она оскорбила его. Разбила его лицо и сердце. Нанесла удар по его самолюбию. Впервые в жизни женщина разбила его сердце, и он понятия не имел, что с этим делать. Он еще мог понять, что поспешил со своим предложением на вечеринке, но был уверен, что в следующую ночь все исправил.

Романтические ухаживания, напор и убеждение. Что еще нужно этой чертовой женщине? Они же идеально подходят друг другу. Всем это ясно.

Как она может отказываться от него, если он ее хочет так, что дышать нет сил? Почему она не видит, как прекрасно они жили бы вместе, если он видит это так отчетливо?

Во всем виноват ее первый брак, мрачно размышлял он. Ну, он-то с этим справился, почему она не может?

— Она просто упрямая, — объявил он вернувшемуся Шону.

— Прямо как ты.

— Добиваться того, что считаешь необходимым, не упрямство.

Шон покачал головой и принялся делать сложный сэндвич. Паб был забит до отказа. Свидетели потрясающего спектакля не расходились, а те, кому не повезло, прослышав о случившемся, спешили из первых уст узнать новости. Шон уже мобилизовал Майкла О'Тула и Кейти Даффи, вызвал Бренну. Он не думал, что Эйдан в таком состоянии, физическом и моральном, вернется за стойку разливать пиво и общаться с посетителями.

— Наверное, ты прав, — согласился Шон, помолчав. — Но есть столько способов убедить женщину.

— Много ты знаешь о женщинах!

— Наверное, побольше тебя, по крайней мере, ни одна из них не всаживала кулак в мою физиономию.

— И в мою до сих пор. — Нос, даже замороженный, болел ужасно. — Не такой реакции ждет мужчина от женщины, которой сделал предложение.

— Дело не в самом предложении, а в том, как ты его сделал.

— И сколько есть способов? И в чем я виноват, интересно знать?

— Дураку ясно, что она тебя любит и взамен тоже хочет любви. Так что, если бы ты сказал, что любишь, она не отказала бы и не сломала бы тебе нос.

Эйдан тупо смотрел вслед Шону, удалившемуся в зал с очередным заказом. Подумал, не пойти ли за ним, но решил, что на сегодня хватит потешать деревню своими личными проблемами. Он вскочил и заметался по кухне в ожидании брата.

Шон вернулся с пустыми тарелками, опустил их в раковину.

— Чем метаться без толку, принеси пользу, вымой посуду. Мне снова заказали рыбу с картошкой.

— Может, я и напортачил в первый раз, — снова начал Эйдан. — Ладно, признаю. Я даже обсудил это с Дарси.

— Дарси? — Шон закатил глаза. — Ну, ты точно идиот.

— Дарси — подруга Джуд и женщина.

— В Дарси нет ни одной романтической жилки. Забудь о посуде. Я вымою ее позже. — Шон обвалял кусочки рыбы в муке. — Сядь и расскажи мне, что ты натворил.

Эйдан не привык подчиняться младшему брату, и приказ Шона ему не понравился, но отчаявшийся мужчина готов на все.

— Когда именно?

— Расскажи все. Начни с начала.

Шон работал и слушал, не вставляя ни слова, а поскольку покончил с заказом раньше, чем Эйдан со своей историей, повелительно поднял палец, повергнув брата в изумленное молчание, и понес тарелки в зал.

Вернувшись, Шон сел, сложил на столе руки и пристально посмотрел на Эйдана.

— Ну, в общем, картина ясна. У меня есть десять минут, чтобы высказать свое мнение. Только сначала вопрос. Пока ты рассказывал ей, чего хочешь, и как все будет, и что нужно делать, ты случайно не упомянул, что любишь ее?

— Конечно, упомянул. — Или нет? Эйдан заерзал на стуле, дернул плечами. — Она же знает, что я ее люблю. Мужчина не зовет женщину в жены, если не любит ее.

— Во-первых, Эйдан, ты ее не звал, ты поставил ее в известность, а это разные вещи. К тому же мне кажется, что тот, кто уже делал ей предложение, не любил ее, иначе он не предал бы ее раньше чем через год. С чего бы ей думать по-другому?

— Да, но...

— Так ты сказал ей, что любишь, или нет?

— Может, и не сказал. Не легко сказать такое.

— Почему?

— Не легко и все, — пробормотал Эйдан. — И я не гребаный янки, который ее бросил. Я ирландец, человек слова, католик, для которого брак священен.

— О, ну это ее убедит. Если она выйдет за тебя замуж, твоя честь и твоя религия удержат тебя рядом с ней.

— Я не это имел в виду. — Голова кружилась, и он плохо соображал. — Я говорю, что она должна верить мне. Верить, что я не обижу ее, как обидел тот подонок.

— А еще лучше, Эйдан, она должна поверить, что ты любишь ее так, как ее никто никогда не любил.

Эйдан изумленно вытаращил глаза.

— И когда это ты стал таким умником?

— Больше двадцати лет я наблюдал за людьми и старательно избегал ситуаций, в которую попал ты. На долю Джуд выпало мало любви и уважения, а она в них нуждается.

— Я люблю и уважаю ее.

— Я знаю. — С искренним сочувствием Шон сжал плечо брата. — А она не знает. Ты должен смирить свою гордыню. Я понимаю, как тебе это тяжело.

— То есть я должен поползать на коленях?

Шон усмехнулся.

— Твои колени выдержат.

— Пожалуй. Будет не больнее сломанного носа.

— Она нужна тебе?

— Больше всего на свете.

— Эйдан, если ты не скажешь ей именно это, если ты не отдашь ей свое сердце, если не откроешь ей свою душу и не дашь ей время поверить в то, что она там видит, ты никогда ее не получишь.

— Она может снова отвергнуть меня.

— Может. — Шон встал, положил ладонь на плечо Эйдана. — Риск есть. Но на моей памяти ты никогда не боялся рисковать.

— Еще одно открытие для тебя. — Эйдан поднял руку, накрыл ладонь брата. — Я в панике. — Он встал из-за стола. — Если вы тут справитесь, я бы прошелся. Надо проветриться, прежде чем идти к ней. — Он осторожно дотронулся до носа. — Ужасный вид?

— Ужасный, — с готовностью подтвердил Шон. — А будет еще хуже.

У Джуд безумно болела рука. Если бы она не увлеклась проклятьями, то встревожилась бы, не сломала ли кости. Хотя если пальцы сгибаются и разгибаются, она просто здорово ушибла руку, чуть не пробив кусок бетона, прикинувшийся головой Эйдана Галлахера.

Первым делом Джуд позвонила в аэропорт и поменяла билет на завтра. Нет, не из-за Эйдана, ни в коем случае. Просто ей срочно нужно в Чикаго, побыстрее сделать все, что она задумала.

А потом она вернется сюда и будет жить долго и счастливо той жизнью, которую выбрала для себя сама, с тем, кого выберет сама. И единственный человек, которого точно не будет в этом списке, — Эйдан Галлахер.

Джуд позвонила Молли и попросила приютить Финна. Она уже скучала по щенку и, чувствуя свою вину перед ним, взяла его на руки и крепко прижала к себе.

— Тебе будет очень хорошо у О'Тулов. Вот увидишь. А я вернусь раньше, чем ты поймешь, что меня нет, и привезу тебе подарок.

Джуд чмокнула щенка в нос и отправилась наверх собирать вещи. Много вещей брать не надо. Даже если дела займут пару недель, в Чикаго осталась ее одежда. Она возьмет только большую дорожную сумку и ноутбук. В самолете она отпразднует свободу бокалом шампанского и составит список всех необходимых дел.

А еще она убедит бабулю приехать с ней в Ирландию и пожить здесь до конца лета. Она даже постарается уговорить родителей приехать сюда и лично убедиться, что она хорошо устроилась и вполне счастлива.

Все остальное — мелочи. Продать машину, мебель, отправить сюда немногие любимые вещи. Удивительно, как мало она любит из того, что накопилось за последние годы.

Закрыть банковские счета, оформить все необходимые документы, оставить свой новый постоянный адрес. Недели, ну, десяти дней должно хватить. И прошлое останется в прошлом.

Продажу квартиры можно завершить по почте и телефону.

Джуд сложила вещи в дорожную сумку, застегнула молнию. Вот и все. Осталось утром передать Финна и ключи от коттеджа Молли. Чем бы заняться, чтобы скоротать время? Поработать в саду, чтобы не осталось ни одного сорняка, ни одного увядшего цветка, а потом еще разок навестить на холме Мод, сказать, что уезжает лишь на несколько дней.

Отлично! Джуд взяла садовые инструменты и перчатки, нацепила шляпку и вышла в сад.

Эйдан не собирался идти на могилу Мод, ноги сами повели его туда, и он не стал сопротивляться, понадеявшись, что найдет там утешение или, по меньшей мере, сочувствие.

Наклонившись над могилой, он провел пальцами по цветам, которые в прошлый раз оставила Джуд.

— Джуд часто приходит к вам. У нее доброе, щедрое сердце. Надеюсь, хоть немного доброты и щедрости она оставила в нем для меня. Она ваша родственница, и, хотя я не знал вас молодой, я слышал, что вы были вспыльчивы и упрямы, прошу прощения. Должен сказать, что она пошла в вас, и меня это в ней восхищает. Я хочу повидаться с ней сегодня и снова попросить ее стать моей женой.

— Тогда не повторяй моих ошибок.

Эйдан поднял голову и встретился взглядом с взглядом ярко-синих глаз.

— Так, значит, вы настоящий.

— Настоящий, как этот день, — заверил его Кэррик. — Она дважды сказала «нет». Если она откажет в третий раз, ты мне будешь не нужен, а значит, я зря потерял время.

— Я делал ей предложение не для того, чтобы принести пользу вам.

— Как бы то ни было, у меня остался единственный шанс. А потому берегись, Галлахер. Я не могу помочь тебе своими чарами. Это запрещено даже мне. Но я могу дать совет.

— Я сегодня уже получил кучу советов, спасибо большое.

— И все равно прими этот. Любви, даже залога любви, недостаточно.

Эйдан раздраженно провел пятерней по волосам.

— А что же тогда нужно?

Кэррик улыбнулся.

— Эти слова до сих пор застревают в моей глотке. Умение уступать друг другу. Иди к ней прямо сейчас, пока она возится в саду, зачарованная своими цветами. Может, это вдохновит тебя. — Улыбка Кэррика превратилась в широкую ухмылку. — Глядя на тебя, я бы не советовал пренебрегать ничьей помощью.

— Премного благодарен, — пробормотал Эйдан, хотя незваный благодетель уже растаял в прозрачном воздухе.

Понурив голову, с поникшими плечами, Эйдан отправился к коттеджу.

— Мой собственный брат обозвал меня непрошибаемым тупицей. Ехидные эльфы поучают меня. Женщина ударила меня в лицо и сломала мне нос. Сколько еще я должен проглотить за один проклятый день?

Небо вдруг потемнело, предвещая недоброе, прогрохотал гром.

— Валяй, угрожай мне. — Эйдан сердито взглянул на небо. — Это моя жизнь, как-нибудь сам разберусь.

Он сунул сжатые кулаки в карманы и постарался забыть, что все лицо ноет, как один огромный больной зуб.

Эйдан подошел к кухонной двери, хотел было постучаться, но вспомнил слова Кэррика о том, что Джуд в саду. И раз здесь ее нет, значит, она перед домом.

Размеренно дыша, чтобы унять волнение, Эйдан обошел дом. Джуд в своей смешной соломенной шляпке стояла на коленях, на тропинке рядом с ней лежал щенок. Она тихо пела о своем одиночестве в праздничной толпе, очень трогательно и застенчиво, явно не доверяя голосу даже сейчас, когда думала, что ее никто не слышит. Она как-то сказала ему, что поет, когда нервничает. Но внешне она была спокойна.

Казалось, Джуд не замечала ни сгустившихся над ее головой туч, ни далекого ворчания грома. Она наслаждалась своим маленьким волшебным миром и, если бы он уже не любил ее, то полюбил бы сейчас, хоть и не знал, как объяснить, ей ли, себе, почему.

Просто его сердце принадлежало ей. Приближаясь к ней, зачарованный, обезоруженный, он прекрасно понимал, как сильно рискует.

Эйдан окликнул ее по имени. Она подняла голову и встретилась с ним взглядом. Он почувствовал укол в сердце, увидев, как нежность и умиротворение покидают ее глаза, сменяясь холодной отчужденностью. Правда, нельзя сказать, что это его удивило.

— Мне больше нечего тебе сказать.

— Я знаю.

Финн встрепенулся, радостно затявкал, бросился к нему, и Эйдан вдруг понял, что в глубине его души теплилась надежда, что и Джуд обрадуется ему и бросится в его объятия. Однако он сам обращался с ней, как с неразумным щенком, так что, пожалуй, не стоит удивляться.

— Но я кое-что должен тебе сказать. И первым делом попросить прощения.

Эти слова застигли ее врасплох, но не смягчили. Она уже не была прежней Джуд.

— Я тоже прошу прощения за то, что ударила тебя.

Его нос распух, и под глазами уже обозначились припухлости. Неужели это натворила она? Ужасно, конечно, но она чувствовала своего рода удовлетворение. Оказывается, новая Джуд умеет не только давать волю гневу, но и злорадствовать.

— Ты сломала мне нос.

— Я? — Потрясенная, Джуд шагнула к нему, но остановила себя. — Ну, ты заслужил.

— Да, согласен. — Эйдан попытался улыбнуться. — В деревне о тебе будут еще долго говорить.

— Думаю, у них найдется более интересная тема для разговоров, — пожала плечами Джуд. — Ну, если это все, извини, я занята. Мне нужно привести в порядок сад и еще кое-что сделать до завтрашнего отъезда.

— Отъезда? — Паника сжала его горло. — Куда ты едешь?

— Я возвращаюсь в Чикаго.

— Джуд... — Он бросился было к ней, но замер под ее предостерегающим взглядом. Он хотел упасть на колени, просить, молить и понимал, что еще немного, так все и будет. — Это твое окончательное решение?

— Да. Я уже обо всем договорилась.

Эйдан отвернулся, пытаясь скрыть смятение. Обвел взглядом холмы, деревню, море. Родные места.

— Ты уезжаешь из-за меня или это твое желание?

— Мое желание. Просто я...

— Ладно. — Смири гордыню, сказал Шон, и он смирил. Он повернулся к ней и медленно приблизился. — Я должен тебе многое сказать. Я только прошу, выслушай меня.

— Я слушаю.

— Сейчас, минуточку, — пробормотал он. — Ты же не откажешь в минуточке мужчине, который меняет свою жизнь прямо на твоих глазах. Я прошу у тебя еще один шанс, хотя и не заслуживаю его. Я прошу тебя забыть все, что я дважды говорил тебе, так как я скажу по-другому. Ты сильная женщина, ты только что поняла это, Джуд. Но ты не безжалостная. Поэтому я прошу тебя на минутку отбросить свой гнев и постараться увидеть...

Эйдан умолк, растерянный, озадаченный, и Джуд покачала головой.

— Я не понимаю, о чем ты говоришь. Я приняла твои извинения, ты принял мои.

— Джуд. — Он схватил ее за руку, сжал так крепко, что ее глаза распахнулись от удивления. — Я не знаю, как это делается. У меня все кишки узлами связались. Понимаешь, в моей жизни никогда не было ничего, что было бы так важно для меня. И я никогда не страдал косноязычием, но сейчас не могу найти те самые важные слова, потому что моя жизнь висит на волоске.

Джуд поняла, что обидела его. Не только физически. Она уязвила его гордость, унизила его перед друзьями и родными, и он страдает. И она смягчилась.

— Эйдан, я поняла. Давай просто забудем то, что случилось.

— Я никогда ничего такого не говорил, вот в чем загвоздка. — Раздражение сверкнуло в его глазах, прозвенело в его голосе. Над их головами снова прогремел гром. — В словах есть магия. Они чаруют и проклинают. Некоторые из слов, лучшие из них, высказанные, меняют все. Поэтому я не говорил их, надеялся, трусливо надеялся, что обойдется, что скажу их после. Прости меня и за это. Я хочу заботиться о тебе. — Он протянул руку к ее щеке. — И ничего не могу с собой поделать. Я хочу дарить тебе подарки и показывать тебе все, что ты хочешь увидеть, я хочу, чтобы ты была счастливой.

— Ты добрый человек, Эйдан.

— Это не доброта. Я люблю тебя, Джуд.

Изумление и настороженность, вспыхнувшие в ее глазах, доказали ему, как же сильно он ошибался прежде. И он понял, что должен открыть ей свое сердце. Сейчас или никогда.

— Я люблю тебя. Я думаю, что влюбился в тебя, как только увидел, может, даже раньше. Ты создана для меня. Никого не было до тебя и никого не будет после.

Земля поплыла у нее под ногами, она еле устояла на месте.

— Я не уверена... я не знаю.

— Я не буду больше торопить тебя. Я буду ждать столько, сколько ты захочешь. Я улажу свои дела здесь и прилечу в Чикаго. Я могу открыть паб в Чикаго.

Джуд чуть не вскинула руки, чтобы проверить, на месте ли еще ее голова.

— Что?

— Если ты хочешь жить в Чикаго, так тому и быть.

— Чикаго? — К черту ее несчастную голову! Сейчас ей важен лишь этот мужчина, который вцепился в ее руку и смотрит на нее так, будто в ней одной весь его мир. — Ты бросаешь Ардмор и летишь в Чикаго?

— Куда угодно, лишь бы быть с тобой.

— Погоди. — Она выдернула руку, отошла к калитке, чтобы опереться.

Он ее любит. Он готов бросить свой дом, свое наследство, свою страну, чтобы последовать за ней. Он не просит ее подлаживаться под его желания, соответствовать его ожиданиям. Потому что она нужна ему такая, какая она есть.

Более того, он обещает ей стать таким, каким она хочет его видеть.

Чудо!

И не надо думать о том, кто кого сильнее и отчаяннее любит. Можно просто любить, быть вместе, строить вместе свою жизнь.

Она обрела здесь не только новую Джуд Мюррей. Она обрела здесь нечто больше.

Джуд повернулась к нему, преисполненная решимости. Решимости и покоя. А он не знал, как понять освещавшую ее лицо улыбку.

— Ты говорил, что тебе нужна жена.

— Нужна, но только, если это будешь ты. Я буду ждать тебя столько, сколько ты скажешь.

— Год? — Джуд вскинула брови. — Пять? Десять? Эйдан поежился.

— Ну, я надеюсь, что смогу уговорить тебя раньше.

Чтобы мечты стали явью, нужно рисковать. Нужно быть смелой. Сейчас самая смелая ее мечта ждет ответа.

— Скажи еще раз, что ты любишь меня.

— Всем своим сердцем, всем, что есть во мне и что будет, я люблю тебя, Джуд Фрэнсис.

— Очень убедительно. — Глядя в его глаза, она подошла к нему. — Когда я поняла, что нравлюсь тебе, то подумала, у нас будет короткий роман, что-то жаркое и отчаянное, чего у меня никогда раньше не было. Большой красивый ирландец не прочь провести со мной время. Ты тоже так думал, правда?

— Я... да, наверное. — Его снова охватила паника. — Черт побери, мне этого мало.

— Хорошо, потому что беда была... есть... в том, что я не гожусь для коротких интрижек да и для долгих тоже. Поэтому еще до нашей первой ночи, когда ты нес меня вверх по лестнице, я любила тебя.

— Родная моя. — Эйдан бросился к ней, но она отступила, качая головой.

— Подожди, дай мне договорить. Я возвращаюсь в Чикаго не для того, чтобы там остаться, а чтобы продать квартиру, уладить все дела и переехать сюда насовсем. Я решила так не из-за тебя, и даже сейчас причина не в тебе. Я сделала свой выбор. Ради себя. Я хочу писать, я уже пишу книгу. Свою собственную.

— Книгу? — Его лицо просияло. От гордости, с изумлением поняла Джуд и укрепилась в своем выборе. — Это же замечательно! Ты просто создана для этого.

— Откуда ты знаешь?

— Потому что ты светишься счастьем, говоря об этом. Я же вижу. И у тебя дар рассказчика. Я тебе это говорил.

— Да, — кивнула она. — Да, ты говорил. Еще до того, как я сама поняла.

— Я так рад за тебя.

— Я всегда этого хотела, но не осмеливалась даже думать. А теперь смею. — Теперь, мысленно добавила она, мне хватит смелости на что угодно. На все. — Я хочу писать книги, и я хочу стать хорошим писателем. Я хочу работать здесь. Теперь здесь мое место. Мой дом.

— Так ты не собиралась уезжать?

— Собиралась. Ненадолго. Но я решила вернуться. Я нашла здесь свое место, Эйдан. В первую очередь — свое. И я нашла здесь цель в жизни, в моей жизни.

— Я понимаю. — Он протянул руки, коснулся ее волос. — Я понимаю, потому что я такой же.

— Я нашла свое место в жизни, я нашла тебя. Поэтому я вернусь. И у меня все, все получится. — Джуд взяла его за руку. — Ты подарил мне слова, Эйдан, ты подарил мне их магию. И все это я верну тебе. Мы начнем нашу новую жизнь здесь, и мы начнем ее на равных.

Джуд умолкла, словно прислушиваясь к себе, ожидая страхов и сомнений, но почувствовала только радость.

— Никого никогда не было до тебя, — тихо сказала она. — Хотя я хотела, чтобы был, потому что боялась одиночества. Теперь я научилась жить в одиночестве и доверять себе, любить себя. Я не приду к тебе слабой и податливой, готовой угождать и подчиняться, чтобы только избежать размолвок.

Эйдан легонько коснулся пальцем разбитого носа.

— Надеюсь, это была последняя размолвка, дорогая. Второй такой я не перенесу.

Она рассмеялась легко и беззаботно.

— Когда я заполучу тебя, никаких размолвок не будет. — Джуд протянула ему руку. — Эйдан, навсегда или никак.

— Навсегда. — Он сжал ее руки, поднес к губам и, глубоко вздохнув, опустился перед ней на колени.

— Что ты делаешь?

— Наконец-то делаю то, что правильно. Здесь не место гордыне. У меня нет груды подаренных солнцем бриллиантов, чтобы бросить их к твоим ногам. У меня есть только это.

Он достал из кармана кольцо. Тоненькое старинное кольцо. Маленький бриллиант поймал заплутавший луч солнца и рассыпался разноцветными искрами — символ обещания, когда-то данного и повторенного.

— Оно принадлежало матери моей матери. Камушек мал, оправа проста. Но оно проверено временем. Я прошу тебя принять его и меня, ибо моя любовь к тебе не знает границ. Принадлежи мне, Джуд, как я принадлежу тебе. Построй со мной жизнь. На равных. Какой бы ни была наша жизнь, где бы мы ни жили, это будет наша и только наша жизнь.

Джуд обещала себе, что не расплачется. Она не хотела, чтобы в такую минуту слезы туманили ее глаза. Мужчина, которого она любит, стоит перед ней на коленях и предлагает ей... все.

Она опустилась на колени перед ним.

— Я принимаю его и тебя и буду дорожить им, как буду дорожить тобой. Я буду принадлежать тебе, Эйдан, как ты принадлежишь мне. — Она протянула руку, и он надел ей кольцо, отдавая и свое сердце. — И пусть наша жизнь начнется прямо сейчас.

Как только он надел колечко на ее палец, тучи растаяли, и солнечный свет хлынул на землю, яркий и слепящий, как бриллианты.

Стоя на коленях среди цветов и не сводя глаз друг с друга, они не заметили печальную женщину, следившую за ними из окна.

Они потянулись друг к другу, их губы встретились... Эйдан охнул.

— Ой, тебе больно. — Еле сдерживая смех, Джуд отстранилась, погладила его щеку. — Идем в дом, я приложу лед.

— У меня есть лекарство получше. — Эйдан поднялся, подхватил ее на руки. — Немного осторожности, и все будет прекрасно.

— Ты уверен, что нос сломан?

Эйдан покосился на нее.

— Уверен, конечно, ведь это мой нос. И, пожалуйста, убери эту довольную улыбку. — Поднявшись на крыльцо, он поцеловал ее в лоб. — Вообще-то, Джуд Фрэнсис, я думаю, сейчас самое время напомнить, что ты должна мне двести фунтов.

— А я думаю, что ты не дашь мне пожалеть о моих денежках.

Она взмахнула рукой, полюбовалась брызгами солнца в сверкающем камушке и открыла дверь.

Литературно-художественное издание

НОРА РОБЕРТС. МИРОВОЙ МЕГА-БЕСТСЕЛЛЕР

Нора Робертс

ДРАГОЦЕННОСТИ СОЛНЦА

Ответственный редактор *М. Носкова*
Младший редактор *В. Стрюкова*
Художественный редактор *В. Щербаков*
Технический редактор *О. Куликова*
Компьютерная верстка *Л. Огнева*
Корректор *Г. Титова*

В оформлении обложки использованы фотографии
amidala 76/Shutterstock.com

ООО «Издательство «Эксмо»
127299, Москва, ул. Клары Цеткин, д. 18/5. Тел. 411-68-86, 956-39-21.
Home page: **www.eksmo.ru**   E-mail: **info@eksmo.ru**

Өндіруші: «ЭКСМО» АҚБ Баспасы, 127299, Мәскеу, Клара Цеткин көшесі, 18/5 үй.
Тел. 8 (495) 411-68-86, 8 (495) 956-39-21.
Home page: www.eksmo.ru . E-mail: info@eksmo.ru.
Қазақстан Республикасындағы Өкілдігі: «РДЦ-Алматы» ЖШС, Алматы қаласы,
Домбровский көшесі, 3«а», Б литері, 1 кеңсе. Тел.: 8(727) 2 51 59 89,90,91,92,
факс: 8 (727) 251 58 12 ішкі 107; E-mail: RDC-Almaty@eksmo.kz
Қазақстан Республикасының аумағында өнімдер бойынша шағымды Қазақстан
Республикасындағы Өкілдігі қабылдайды: «РДЦ-Алматы» ЖШС,
Алматы қаласы, Домбровский көшесі, 3«а», Б литері, 1 кеңсе.
Өнімдердің жарамдылық мерзімі шектелмеген.

Подписано в печать 04.12.2012.
Формат 80×100 ¹/₃₂. Гарнитура «Ньютон».
Печать офсетная. Усл. печ. л. 16,3.
Тираж 7 000 экз. Заказ № 4046.

Отпечатано с электронных носителей издательства.
ОАО "Тверской полиграфический комбинат". 170024, г. Тверь, пр-т Ленина, 5.
Телефон: (4822) 44-52-03, 44-50-34, Телефон/факс: (4822)44-42-15
Home page - www.tverpk.ru Электронная почта (E-mail) - sales@tverpk.ru

ISBN 978-5-699-58829-9